ZHONGGUO XIAOSHUO
100 QIANG

中国小说100强（1978—2022）

鼠 药

荆 歌 著

北京联合出版公司
Beijing United Publishing Co.,Ltd.

图书在版编目（CIP）数据

鼠药 / 荆歌著. -- 北京 : 北京联合出版公司,
2023.9
（中国小说100强）
ISBN 978-7-5596-7046-5

Ⅰ.①鼠… Ⅱ.①荆… Ⅲ.①长篇小说－中国－当代
Ⅳ.①I247.5

中国国家版本馆CIP数据核字(2023)第118002号

鼠　药

作　　者：荆　歌
出　品　人：赵红仕
出版监制：张晓冬　范晓潮
责任编辑：徐　鹏
特约编辑：和庚方　张　颖
封面设计：武　一

北京联合出版公司出版
（北京市西城区德外大街83号楼9层　100088）
北京兴星伟业印刷有限公司印刷　新华书店经销
字数158千字　650毫米×920毫米　1/16　17.5印张
2023年9月第1版　2023年9月第1次印刷
ISBN 978-7-5596-7046-5
定价：58.00元

版权所有，侵权必究
未经书面许可，不得以任何方式转载、复制、翻印本书部分或全部内容。
本书若有质量问题，请与本公司图书销售中心联系调换。
电话：010-65868687

中国小说100强（1978—2022）丛书

编委会

丛书总策划

张　明　　著名出版人
张　英　　资深媒体人

编委主任

吴义勤　　中国作协副主席
　　　　　中国小说学会会长

编　委

吴义勤　　中国作协副主席、中国小说学会会长
宗仁发　　《作家》杂志主编
谢有顺　　中山大学教授、中国小说学会副会长
顾建平　　《小说选刊》副主编
张　英　　资深媒体人
文　欢　　作家、出版人

总　序

"中国小说100强"（1978—2022）是资深出版人张明先生和腾讯读书知名记者张英先生共同策划发起的一套大型文学丛书。他们邀请我和宗仁发、谢有顺、顾建平、文欢一起组成编委会，并特邀徐晨亮参与，经过认真研讨和多轮投票最终评定了100人的入选小说家目录。由于编委们大多都是长期在中国文学现场与中国文学一路同行的一线编辑、出版家、评论家和文学记者，可以说都是最专业的文学读者，因此，本套书对专业性的追求是理所当然的，编委们的个人趣味、审美爱好虽有不同，但对作家和文学本身的尊重、对小说艺术的尊重、对文学史和阅读史的尊重，决定了丛书编选的原则、方向和基本逻辑。

从文学史的角度来说，1978年以后开启的新时期文学是中国当代文学的黄金时代，不仅涌现了一批至今享誉世界的优秀作家，而且创造了许多脍炙人口的文学经典，并某种程度上改写了20世纪中国文学史的版图。而在中国新时期文学的经典家族中，小说和小说家无疑是艺术成就最高、影响力最大的部分。"中国小说100强"（1978—2022）就是试图将这个时期的具有经典性的小说家和中国小说的经典之作完整、系统地筛选和呈现出来，并以此构成对新时期文学史的某种回顾与重读、观察与评判。呈现在读者面前的这套丛书是对1978—2022年间中国当代小说发展历程的一次全面、系统的整体性回顾与检阅，是中国当代文学经典化的重要成果，从特定的角度集中展示了中国新时期文学在小说创作方面的巨大成就。需要说明的是，与1978—2022年新时期文学繁荣兴盛的局面相比，100位作家和100本书还远远不能涵盖中国当代小说的全貌，很多堪称经典的小说也许因为各种原因并未能进入。莫言、苏童、余华等作家本来都在编委投票评定的名单里，但因为他们已与某些出版社签下了专有出版合同，不允许其他出版社另出小说集，因而只能因不可抗原因而割爱，遗珠之憾实难避免，而且文学的审美本身也是多元的，我们的判断、评价、选择也许与有些读者的认知和判断是冲突的，但我们绝无把自己的标准强加于别人的意思。我们呈现的只是我们观察中国这个时期当代小说的一个角度、一种标准，我们坚持文学性、学术性、专业性、民间性，注重作家个体的生活体验、叙事能力和艺术功力，我们突破代际局限，老、中、青小说家都平等对待，王蒙、冯骥才、梁晓声、铁凝、阿来等名家名作蔚为大观，徐则臣、阿乙、弋舟、鲁敏、林森等新人新作也是目不暇接，我们特别关注文学的新生力量，尤其是近10年作品多次获国家大奖、市场人气爆棚的新生代小说家，我们秉持包容、开放、多元的审美立场，无论是专注用现实题材传达个人迥异驳杂人生经验、用心用情书写和表现时代精神的现实主义作家，还是执着于艺术探索和个体风格的实验性作家，在丛书里都是一视同仁。我们坚信我们是忠实于自己的艺术理想、艺术原则和艺术良心的，但我们并不认为自己的角度和标准是唯一的，我们期待并尊重各种各样的观察角度和文学判断。

当然，编选和出版"中国小说100强"（1978—2022）这套大型丛书，除了上述对文学史、小说史成就的整体呈现这一追求之外，我们还有更深远、更宏大的学术目标，那就是全力推进中国当代文学"经典化"的历程和"全民阅读·书香中国"建设。

从1949年发端的中国当代文学已经有了70多年的发展历程，但对这70多年文学的评价一直存在巨大的分歧，"极端的否定"与"极端的肯定"常常让我们看不到当代文学的真相。有人认为中国当代文学达到了前所未有的高度和水平。王蒙先生在法兰克福书展上就说：中国当代文学现在是有史以来最繁荣的时期。余秋雨、刘再复甚至认为中国当代文学的成就远远超过了现代文学。也有人极端否定中国当代文学，认为中国当代文学都是垃圾。他们认为现代文学要远远超过当代文学，中国当代文学连与现代文学比较的资格都没有。比如说，相对于鲁（迅）、郭（沫若）、茅（盾）、巴（金）、老（舍）、曹（禺）这样大师级的人物，中国当代作家都是渺小的侏儒，根本不能相提并论，两者比较就是对大师的亵渎。应该说，与对中国当代文学的肯定之声相比，对当代文学的否定和轻视显然更成气候、更为普遍也更有市场。尽管否定者各自的角度和出发点不同，但中国当代作家、作品与中外文学大师、文学经典之间不可比拟的巨大距离却是唱衰中国当代文学者的主要论据。这种判断通常沿着两个逻辑展开：一是对中外文学大师精神价值、道德价值和人格价值的夸大与拔高，对文学大师的不证自明的宗教化、神性化的崇拜。二是对文学经典的神秘化、神圣化、绝对化、空洞化的理解与阐释。在此，我们看到了一个非常有趣的悖论：当谈论经典作家和文学大师时我们总是仰视而崇拜，他们的局限我们要么视而不见要么宽容原谅，但当我们谈论身边作家和身边作品时，我们总是专注于其弱点和局限，反而对其优点视而不见。问题还不在于这种姿态本身的厚此薄彼与伦理偏见，而是这种姿态背后所蕴含的"当代虚无主义"。这种"虚无主义"的最大后果就是对当代作家作品"经典化"的阻滞，对当代文学经典化历程的阻隔与拖延。一方面，我们视当下作家作品为"无物"，拒绝对其进行"经典化"的工作，另一方面又以早就完全"经典化"了的大师和经典来作为贬低当下泥沙俱下的文学现实的依据。这种不在同一个层面上的比较，不仅毫无意义，而且只能使得文学评价上的不公正以及各种偏激的怪论愈演愈烈。

其实，说中国当代文学如何不堪或如何优秀都没有说服力。关键是要进行"经典化"的工作，只有"经典化"的工作完成了才有可能比较客观地对当代的作家作品形成文学史的判断。对当代的"经典化"不是对过往经典、大师的否定，也不是对当代文学唱赞歌，而是要建立一个既立足文学史又与时俱进并与当代文学发展同步的认识评价体系和筛选体系。当然，我们也要承认，"经典化"问题是一个非常复杂的问题，并不是凭热情和冲动一下子就能完成的，但我们至少应该完成认识论上的"转变"并真正启动这样一个"过程"。

现在媒体上流行一些对于中国当代文学经典化冷嘲热讽的稀奇古怪的言论，其核心一是否定中国当代文学有经典、有大师，其二是否定批评界、学术界有关"经典化"的主张，认为在一个无经典的时代，"经典"是怎么"化"也"化"不出来的，"经典化"是一个实实在在的"伪命题"。其实，对于文学，每个人有不同的判断、不同的理解这很正常，每一种观点也都值得尊重。但是，在"经典"和"经典化"这个问题上，我却不能不说，上述观点存在对"经典"和"经典化"的双重误解，因而具有严重的误导性和危害性。

首先，就"经典"而言，否定中国当代文学早就不是什么新鲜事，对当代文学的虚无主义态度在很多人那里早已根深蒂固。我不想争论这背后的是与非，也不想分析这种观点背后的社会基础与人性基础。我只想指出，这种观点单从学理层面上看就已陷入了三个巨大误区：

第一个误区，是对经典的神圣化和神秘化的误区。很多人把经典想象为一个绝对的、神圣的、遥远的文学存在，觉得文学经典就是一个绝对的、乌托邦化的、十全十美的、所有人都喜欢的东西。这其实是为了阻隔当代文学和"经典"这个词发生关系。因为经典既然是绝对的、神圣的、乌托邦的、十全十美的,那我们今天哪一部作品会有这样的特性呢?如果回顾一下人类文学史,有这样特性的作品好像也没有。事实上,没有一部作品可以十全十美,也没有一部作品能让所有人喜欢。在这个问题上,我们应该明确的是,"经典"不是十全十美、无可挑剔的代名词,在人类文学史上似乎并不存在毫无缺点并能被任何人所认同的"经典"。因此,对每一个时代来说,"经典"并不是指那些高不可攀的神圣的、神秘的存在,只不过是那些比较优秀、能被比较多的人喜爱的作品而已。从这个意义上说,当今中国文坛谈论"经典"时那种神圣化、莫测高深的乌托邦姿态,不过是遮蔽和否定当代文学的一种不自觉的方式,他们假定了一种遥远、神秘、绝对、完美的"经典形象",并以对此一本正经的信仰、崇拜和无限拔高,建立了一整套关于中国当代文学的伦理话语体系与道德话语体系,从而充满正义感地宣判着中国当代文学的死刑。

第二个误区,是经典会自动呈现的误区。很多人会说,是金子总是会发光的。但对文学来说,文学经典的产生有着特殊性,即,它不是一个"标签",它一定是在阅读的意义上才会产生意义和价值的,也只有在阅读的意义上才能够实现价值,没有被阅读的作品没有被发现的作品就没有价值,就不会发光。而且经典的价值本身也不是固定不变的。如果一个作品的价值一开始就是固定不变的,那这个作品的价值就一定是有限的。经典一定会在不同的时代面对不同的读者呈现出完全不同的价值。这也是所谓文学永恒性的来源。也就是说,文学的永恒性不是指它的某一个意义、某一个价值的永恒,而是指它具有意义、价值的永恒再生性,它可以不断地延伸价值,可以不断地被创造、不断地被发现,这才是经典价值的根本。所以说,经典不但不会自动呈现,而且一定要在读者的阅读或者阐释、评价中才会呈现其价值。

第三个误区,是经典命名权的误区。很多人把经典的命名视为一种特殊权力。这有两个层面的问题:一,是现代人还是后代人具有命名权;二,是权威还是普通人具有命名权。说一个时代的作品是经典,是当代人说了算还是后代人说了算?从理论上来说当然是后代人说了算。我们宁愿把一切交给时间。但是,时间本身是不可信的,它不是客观的,是意识形态化的。某种意义上,时间确会消除文学的很多污染包括意识形态的污染,时间会让我们更清楚地看清模糊的、被掩盖的真相,但是时间同时也会使文学的现场感和鲜活性受到磨损与侵蚀,甚至时间本身也难逃意识形态的污染。此外,如果把一切交给时间,还有一个前提,那就是对后代的读者要有足够的信任,要相信他们能够完成对我们这个时代文学的经典化使命。但我们对后代的读者,其实是没有信心的。我们今天已经陷入了严重的阅读危机,我们怎么能寄希望后代人有更大的阅读热情呢?幻想后代的人用考古的方式对我们这个时代的文学进行经典命名,这现实吗?我不相信后人对我们身处时代"考古"式的阐释会比我们亲历的"经验"更可靠,也不相信,后人对我们身处时代文学的理解会比我们亲历者更准确。我觉得,一部被后代命名为"经典"的作品,在它所处的时代也一定会是被认可为"经典"的作品,我不相信,在当代默默无闻的作品在后代会被"考古"挖掘为"经典"。也许有人会举张爱玲、钱钟书、沈从文的例子,但我要说的是,他们的文学价值早在他们生活的时代就已被认可了,只不过很长时间由于意识形态的原因我们的文学史不谈及他们罢了。此外,在经典命名的问题上,我们还要回答的是当代作家究竟为谁写作的问题。当代作家是为同代人写作还是为后代人写作?幻想同代人不阅读、不接受的作品后代人会接受,这本身就是非常乌托邦的。更何况,当代作家所表现的经验以及对世界的认识,是当代人更能理解还是后代人更能理解?当然是当代人更能理解当代作家所表达的生活和经验,更能够产生共鸣。因此,从这个角度来说,当代人对一个时代经典的命名显然比后代人更重要。第二个层面,就是普通人、普通读者和权威的关系。理论上,我们都相信文学权威对一个时代文学经典命名的重要性,权威当然更有价值。但我们又不能够迷信文学权威。如果把一个时代文学经典的命名权仅仅交给几个权威,那也是非常危险的。这个危险表现在什么地方呢?就是几个人的错误会放大为整个时代的错误,几个人的偏见会放大为整个时代的偏见。我们有很多这样的文学史教训。在这个问题上,我们既要相信权威又不能迷信权威,我们要追求文学经典评价的民主化、民主性。对一个时代文学的判断应该是全体阅读者共同参与的民主化的过程,各种文学声音都应该能够有效地发出。这个时代的文学阅读,最理想的状态应该是一种互补性的阅读。为什么叫"互补性的阅读"?因为一个批评家再敬业,再劳动模范,一个人也读不过来所有的作品。举个例子:现在我们一年有5000部以上的长篇小说,一个批评家如果很敬业,每天在家读二十四小时,他能读多少部?一天读一部,一年也只能读三百部。但他一个人读不完,不等于我们整个时代的读者都读不完。这就需要互补性阅读。所有的读者互补性地读完所有作品。在所有作品都被阅读过的情况下,所有的声音都能发出来的情况下,各种声音的碰撞、妥协、对话,就会形成对这个时代文学比较客观、科学的判断。因此,文学的经典不是由某一个"权威"命名的,而是由一个时代所有的阅读者共同命名的,可以说,每一个阅读者都是一个命名者,他都有对经典进行命名的使命、责任和"权力"。而作为一个文学研究者或一个文学出版者,参与当代文学的进程,参与当代文学经典的筛选、淘洗和确立过程,更是一种义不容辞的责任和使命。说到底,"经典"是主观的,"经典"的确立是一个持续不断的"过程","经典"的价值是逐步呈现的,对于一部经典作品来说,它的当代认可、当代评价是不可或缺的。尽管这种认可和评价也许有偏颇,但是没有这种认可和评价,它就无法从浩如烟海的文本世界中突围而出,它就会永久地被埋没。从这个意义上说,在当代任何一部能够被阅读、谈论的文本都

7

是幸运的，这是它变成"经典"的必要洗礼和必然路径。

总之，我们所提倡的"经典化"不是要简单地呈现一种结果，不是要简单地对一个时代的文学作品排座次，不是要武断地指出某部作品是"经典"，某部作品不是"经典"，不是要颁发一个"谁是经典"的荣誉证书，而是要进入一个发现文学价值、感受文学价值、呈现文学价值的过程。所谓"经典化"的"化"实际上就是文学价值影响人的精神生活的过程，就是通过文学阅读发现和呈现文学价值的过程。可以说，文学的经典化过程，既是一个历史化的过程，更是一个当代化的过程。文学的经典化时时刻刻都在进行着，它需要当代人的积极参与和实践。因此，哪怕你是一个对当代文学的虚无主义者，你可以不承认当代文学有经典，但只要你还承认有文学，你还需要和相信文学，还承认当代文学对人的精神生活具有影响力，你就不应该否定当代文学经典化的重要性。没有这个"经典化"，当代文学就不会进入和影响当代人的生活，就失去了存在的意义。每一个人，哪怕你是权威，你也不能以自己的好恶剥夺他人阅读文学和享受文学的权利。

从这个意义上说，当代文学的经典化当然是一个真命题而不是一个伪命题。在一个资讯泛滥的时代，给读者以经典的指引是文学界、出版界共同的责任，而这也是我们编辑出版这套书的意义所在。

最后，感谢张明和张英先生为本套书付出的辛劳，感谢北京立丰天文化传播有限公司、北京金圣典文化有限公司的资金支持，感谢全体编委和北京联合出版公司各位编辑，感谢所有对本套丛书的出版给予大力支持的作家和他们的家人。

是为序。

吴义勤

2022年冬于北京

目 录
Contents

作者按＿＿1

上部：一九七零年代＿＿4

下部：一九八零年代＿＿105

作者按

在我们住宅小区里，有一个收废品的老头。他每隔一段时间，就会按响我们家的门铃。他知道到我这儿来，多少会有一些收获，绝对不可能空手而归。我订了几份报纸，有日报、晚报和晨报，还有周报，都是随看随丢，并不保存。还有，大约有十几家期刊，每月都向我免费寄赠。对于这些刊物，我也只是大体浏览一下，就没用了。这些源源不断进入我家的纸张，都由这个老头定期上门收了去。开始，他还用他带来的一杆长枪一样的秤，称一下废纸的重量，每次我都从他手上得到几张皱巴巴的钞票。多则十几元二十几元，少则几元。后来，我决定不要他的钱了。就当是他义务帮我清除垃圾吧，爬这么高楼，不容易。因为接触多了，算是熟人，我也跟他不客气，我说，你如果收到写了字的稿纸，就挑出来送给我看看。我的想法是，也许能发现一些有文史价值的手稿。我这么想，绝对不是异想天开。南京藏书家薛冰先生，就曾经在废品收购站淘到一大包明清时期的名人信札，只花很少的钱，却得到了十分珍贵的文物。收废品的老头是个知恩图报的人，他非常卖力，第二天就给我送来了一大摞"手稿"。不过，却让我啼笑皆非。他拿来的，只是学生作业簿。我对他说，小孩的作业簿不要，要大人写的，比方信什么的，如果是用毛笔写的，就更好了。

从此他每次来我家，都做出一副很抱歉的样子，每次都对我说，没收到你要的那种纸，真是对不起！我对他说，没关系，又不是一定要。后来我对他说，你不要每次都跟我说对不起，没有就算了，你不用说，等有的话拿给我就是了。

今年春天，他给我送来一大包东西，脸上洋溢着兴奋的表情。我为他的这种表情而感动。我知道他一直在努力不让我失望，今天，他终于立功了。他一定要我立刻打开这个牛皮纸包，看看里面的东西是不是值钱。是的，他用了"值钱"这个词。而我的心，这时候也有点激动，它明显非同寻常地怦怦乱跳。好像这纸包里包着的，真是一些古代名人的信札。不，不一定古代，哪怕是民国，哪怕是建国后的名人手札，也是非常有价值的啊！

牛皮纸里包着的，其实只是一些普通人写的信。都是钢笔字，根本不可能是翁同龢、梁启超之流的手迹。我翻看信末的署名，也不是俞平伯和柳亚子，而只是几个平凡得不能再平凡的名字。信的数量不少，但只是几个人写的：邹峰、邹善、苏惠，还有一个自称"妈妈"的人。

捧着这一大包信，我说不出心里是什么滋味。我正在犹豫是不是把这包信件留下来，老头开口向我要两百块钱。他的贪婪让我感到意外。这么多年来我送了他多少废报纸旧杂志啊，他却要用这一包破信件来向我换取两百块钱！"不要不要，没用的，你拿走好了！"我对他说。

"那就给一百块吧。"他开始讨价还价。我很生他的气,说:"五十块也不要。你拿走就是了!"

最后,他还是把这包信件留下来给我,分文未取。这是个狡猾的老头。他一定从我的表情判断出,对这包东西,我还是有点儿兴趣的,但它显然并不值钱。为了今后还能从我这儿免费得到废旧报刊杂志,他决定不要报酬,送给我。

当晚我就坐下来,仔细地看这些信。看着看着,一个与爱、恨、背叛和谋杀有关的故事便展现出来了。几个人物,也真实而生动地浮现于字里行间。我发现,只要将这些信件加以整理,并进行适当编辑,是完全可以成为一部别致的长篇小说的。这些信件均写于上世纪七十年代和八十年代,我把它们按年代一分为二,成为上下两部。题目定为《鼠药》,是因为这些信件中,出现这两个字的地方太多了。它无疑是这几个人所构成的这部人生戏剧中一件最主要的道具。

上部：一九七零年代

妈妈：

　　昨日儿抵三白荡大队，已是薄暮时分。此地贫下中农对我甚好，特将生产队摆放农具的两间仓库腾出，供我居住。一间可睡觉学习，另一间有灶，可烧火做饭。昨晚生产队长还邀我至他家做客，主人热情非常，菜肴丰富，有炒螺蛳、韭菜炒蛋，还有番茄蛋汤。他们还请我饮酒，但我不会，故未喝。队长说："是男人都应该喝酒！"但我想，我是来接受贫下中农再教育的，不是来喝酒的。

　　我们生产队地处水网地区，湖荡遍布。儿居住的地方，即在三白荡畔。白日从窗口便能看到三白荡，浩浩汤汤，极为壮观。夜晚则能卧听呼呼风声，及哗哗浪涛声。当地人歌曰："芦沟三白荡，无风三尺浪。"有风时湖浪之大，可想而知。故所有贫下中农的屋顶上，都压以大石数块，以防屋顶被风掀掉。儿的房顶，也压以石块，请妈妈放心。

此地临湖，气候凉爽，比起家中，温度略低，因此不觉其热。因风较大，故蚊亦不多，家中带来的蚊帐，尚未挂起。若有蚊子来犯，定会挂起的，无须为儿担心。

总之一切都好，释念便是。儿定会在农村广阔天地里大有作为！

儿　邹峰

一九七五年七月三日

【荆歌评注】这个名为"邹峰"的写信者，写得一手好字。他的字粗放中带着一丝娟秀，叫人看了觉得非常舒服。只是语气有点儿半文不白，有点滑稽。信写在顶端印有"敬祝毛主席万寿无疆"字样的横格信笺上。信纸已经发黄，但顶端红色的黑体字，却依然鲜艳，红得甚至有些刺眼。

我在地图册上找了半天，苏浙皖赣闽湘鄂川渝这些多水的省份都仔细查看了，却还是没有找到"三白荡"这样一个地名。它究竟是一个什么地方呢？邹峰不可能虚构吧，他是给他母亲写信，又不是写小说。

善弟：

我在煤油灯下给你写信。屋中虽有电灯，惜未能用，乃今晚又停电之故。据当地贫下中农称，此处经常断电。黑暗无边，令人油生孤单寂寞之感。我非多愁善感之人，此刻竟为寂寞所困。生而为人，习惯群居，离开家庭，多少有些不适。但若令我即刻回家，我定不愿。好不容易飞鸟出笼，就是死也不愿回去。

众多飞蛾，在煤油灯四周飞来舞去，不时撞击我脸我眼。弟可听说过"飞蛾扑火"的成语?可怜飞蛾,凡扑至煤油灯玻璃罩上,便嗤的一声,跌落进去,堕火而亡。既如此,又为何飞来?盖其为光明而来,不惜生命。它们的死,是重于泰山呢,还是轻于鸿毛?

我们生产队地处水网地区,湖荡遍布,风光旖旎。三白荡乃湖中之翘楚,一望无垠。当地有民谚云:"芦沟三白荡,无风三尺浪。"无风尚且有浪,风狂时自然恶浪滔天!惜我刚来,尚未能见其风急浪高之壮。三白荡中常有翻船事故发生,生产队长之三妹,便在一次翻船事故中壮烈牺牲。彼时她们几个妇女摇一船,载大粪自镇上归,不幸于三白荡中翻船。船上共三人,二死一伤。队长之三妹善泳,竟亦淹死。乡间有此一说:善泳者反易溺毙,乃因为水鬼所忌,拖曳而去。昨晚我在生产队长家做客,队长之母说,三白荡里较多水鬼,夜间常上岸作祟。她让我夜间若闻敲门声,切勿开门。你读信至此,一定很害怕吧?你自幼胆小,见狗都怕。但我不怕,我从不信神仙鬼怪。我来已两天,两晚皆平安无事。心情落寞,若有鬼怪敲门,也许反倒是趣事一桩!

我在油灯下写信,风将灯焰吹灭数次。户外湖风猖狂,门窗多缝隙,灯焰摇晃不止。窗上玻璃缺损,明日当向生产队要些尼龙纸(荆歌注:是塑料纸吧?),将缝隙糊上。此刻,家中可有风?你是否已上床休息?或者还在阅读?《鸟儿栖息在柳树沟》读完否?

风狂夜深,余不赘言,改日再叙。

愚兄　阿峰
一九七五年七月三日

【荆歌评注】这封信与前一封信,写于同一天。但因为是写给不同的对象,所以字迹有很大的差异。那封写给母亲的信,字迹庄重；而这封写给弟弟的信，字越写越潦草，到后来简直是龙飞凤舞。奋笔疾书，好像跟孤独忧郁的气息不太吻合啊。

信上说当地人认为水性好的人反而容易淹死，原因是被落水鬼盯上，这个说法显然荒诞无稽。我想，原因应该是水性好的人常常比较大意，所以也就相对容易出事，比方被水草缠住，或者腿抽筋什么的。我想象邹峰在偏僻的乡下，独在异乡，又是没电的夜晚，写着家书，谈着鬼怪，他难道真的不害怕？由此可见他是一个性格比较刚强的人。也许他是孤独到了极点，便觉得来个鬼也不错。孤独的滋味，真是比见鬼还要可怕。

峰儿：

儿行千里母担心，你走了之后，妈妈的心，分分秒秒都在牵挂着你。收到你的信，知道你在乡下一切都好，妈妈终于可以放心了。

我非常担心，你到三白荡插队落户，心里会恨我们父母，觉得我们太狠心。你一定会想，爸爸在上山下乡办公室工作，完全可以不让你下乡。你很早以前的理想，就是当一名工人。那时候你在农机厂学工，师傅就说你聪明好学，勤奋肯干，是一块好工人的料。而我也因此打算好，等你高中毕业后，就把你分配到农机厂去工作。但是爸爸在上山下乡动员大会上表了决心，主动要求让你去农村插队落户，接受贫下中农再教育。他这样做，是为了响应毛主席号召，带一个好头，把上山下乡的工作做好。希望你能够理解爸爸，支持他的工作，不要因此对他产生怨恨的心理。

峰儿，事情已经到了这一步，你就安心在农村劳动锻炼吧。吃点苦，磨炼一下自己，让自己在意志上、身体上都变得更坚强，这也许真是有好处的。妈妈向你保证,绝不会让你一辈子待在乡下。我们一定会想办法,早则一两年,最迟三五年,就把你上调回城。到时候,你就可以圆你做工人的梦。但愿到那时候,你回想起下乡的几年,觉得那些苦吃得还是值得的。

蚊帐还是要挂起来,被蚊子咬了,容易得传染病。另外你自己生火做饭,一定要小心用火。做完饭,要记得在灶膛里泼点水。临睡前,一定要仔细检查一下灶间,火是不是灭了。切记!

我的身体你不用担心,这几天头已经不晕了。你走了之后,阿善变得懂事了,他知道照顾妈妈了。他也非常牵记你,正在给你写信。

爸爸代笔问好!

妈妈
一九七五年七月九日

【荆歌评注】从"妈妈"的这封信里可以看出,邹峰有一个非常廉洁的父亲。他是干"上山下乡"工作的,近水楼台,却主动让儿子下乡,而不是利用职权让他"上山"。这种情况在革命的年代还比较普遍,如果放在今天,这么做就显得非常不可思议了。

哥哥:

来信收到了。你的字越写越淡,是不是没有墨水了?你一定是在钢笔里加了水,所以字迹才变淡了吧?你走的时候,我让你带一瓶蓝黑墨水的,你不肯,你怕路上不小心打碎了,会弄脏行李。现在怎么办?那么偏僻的乡下,能买到墨水吗?

我和妈妈的来信,信封上的邮票你一定要替我剪下来保管好。这套革命样板戏邮票我很快就要集齐了。剪的时候一定当心,不要把邮票边上的齿孔剪坏了!

你走了之后,妈妈一直哭。她动不动就哭。经常是一提到你,一句话都没说完,就哭起来了。我的心里也很难过,虽然你在家的时候,我俩经常拌嘴,为了一点点小事,我们也会争得脸红耳赤,为此你没少挨爸爸的打。我也不知道爸爸为什么总是打你,每次他打你的时候,我心里都特别难受。我并没觉得爸爸偏心我是什么好事,许多时候我倒是希望他打我们两个,打你几下,打我也几下,这样才公平,我心里才好受。我们发生了矛盾,他总是打你,我知道你心里一定非常气愤,你一定很恨我。但你要知道,不是我让他这么做的。有时候我宁愿他只打我一个,也不要打你。你相信吗?你恨我,瞧不起我,这比打我更让我难受啊!

你走了之后,我非常想念你。晚上一个人睡在大铁床上,心里感到很不踏实。并不是因为害怕,而是觉得不习惯。虽然我们两个人一起睡的时候,我觉得很不舒服。你的呼噜声太响了,总是吵得我睡不好。你的脚也很臭,有一次半夜我醒来,发现你的一只大脚趾竟然塞在我的嘴巴里,让我感到恶心死了。现在我看到妈妈哭,自己的眼睛也不禁湿润了。哥哥你在乡下好吗?已经开始参加劳动了吗?那是一个什么样的地方?除了你说的到处都是湖荡,还有一些什么?我真想象不出来。我很想亲自到那个地方看一看。但真要去,可不是那么容易。汽车都要走一整天,太遥远了!

《鸟儿栖息在柳树沟》我已经读完了。哥哥,你说你在乡下感到了孤单,心情是不是和来熙一样呢?来熙还好,虽然漂泊,但他总是跟全家人在一起,而你却是一个人。写到这里,我的眼泪淌下来了。

好了，妈妈催我睡觉了，今天就写到这儿。

你的弟弟　阿善

一九七五年七月九日

【荆歌评注】我少年时也读过《鸟儿栖息在柳树沟》这部朝鲜长篇小说。这是一本忧伤的小说。书中的主人公少年来熙，他的父亲只要心情不好，就会搬家。来熙刚对一个地方有点儿熟悉，刚交上朋友，又要被迫离开，他因此非常伤心。他经常一个人呆呆地看着天上的云，心里觉得自己也就像一片云，只要他爸爸的"搬家风"一吹，他就要漂泊流浪。

峰儿：

你怎么不给妈妈写信呢？已经一个多月了，妈妈都没有收到你的来信。我给你写的信都收到了吗？为什么不回信呢？出了什么事了？一天一天，妈妈每天到学校的第一件事，就是去传达室看有没有你的来信。回到家里，打开门锁，第一眼就是看地上有没有你的信。我还到柜子底下、床底下找信，因为我担心邮递员把信从门缝里推进来时，推得过重，因此信会滑到柜子底下或者床底下去。但是没有。我在街上看到邮递员，都要盯着他看。我是想他能够对我说："有一封你儿子的来信，我忘了给你了，快来拿去吧！"但我一次次都失望了，邮递员那儿没有你的信。峰儿，为什么没有你的信呢？我连续写了好几封信给你，你难道都没有收到吗？这些日子，我的眼皮老是跳，我真的非常担心你出了什么事。要不是有工作，要不是怕你爸爸生气，我真的要赶到你那儿去了！我真的太担心了，夜里睡不好，经常莫名其妙就一阵心惊肉跳。峰儿，收到这封信，你一定要给妈妈回信，一定！立刻！

妈妈的身体不太好，上课的时候站在讲台上，也会突然一阵头晕。这个病是从你外公那儿遗传来的，我一直在坚持吃药，估计不会有大碍，你也不用担心。

妈妈最担心的是你。快快来信！

妈妈
一九七五年八月十七日

妈妈：

来信收悉。我因积极参加劳动生产，每日收工，便抓紧休息。疏于写信，别无他因。让您担忧，深以为歉！

您常感头晕，应去大医院仔细检查。您的病当非外公遗传，外公的头晕之疾，系日本鬼子所吓，他原无病，鬼子一枪打掉其帽，受了惊吓，落下顽症。此非先天性疾病，如何遗传？万望抽空去县医院详查，对症下药，尽早康复。

短短一月，我已学会干多种农活。罱湖泥既费体力，又需技术，即便是当地的贫下中农，也不见得人人都会。儿已学会，深感欣慰。我罱湖泥一天，记八个工分。生产队壮劳力劳动一天，也仅九个工分而已。

儿在这里一切都好，请勿挂念，更勿赶来探望！否则会让贫下中农笑话。温室之花，又怎能经风雨见世面！

夜已深，就此搁笔。

您的儿子　阿峰
一九七五年八月二十二日

【荆歌评注】正如邹峰所说,罱湖泥是一种难度和强度都很大的农活。工具是用两根长竹做成夹子状,底部有笆斗大小,站在船头,将其探到湖底,把淤泥夹上来。湖泥是上佳的肥料。罱湖泥既然劳动强度如此之大,邹峰为什么只得到每天八个工分呢?而当地的壮劳力,却一天要记九个工分。"妈妈"读了这封信,一定会觉得生产队是在欺侮插队知青,而不会想到其实是邹峰在说谎。

善弟:

　　我久不写信,实乃病了。住院数日,前天方才出院。你不必惊诧,因我已痊愈,大可放心。并请务必保密,勿让母知!我在给她的信中并未提生病住院之事,是怕她担心,故避而不谈。

　　罱湖泥系最难最重之农活,我已学会,深感荣幸。初学之时,手掌磨出血泡,痛得钻心。但我牢记最高指示:"下定决心,不怕牺牲,排除万难,去争取胜利。"终于战胜困难,勇攀高峰。不过,实话相告,我吐血了。我实在是用力过猛,鲜血从嘴里喷涌而出,顿觉天旋地转,不省人事。

　　在公社卫生院住了十来天,很多人都来看望,公社革委会主任也来了,还送来苹果和鸡蛋,我不胜感激。卫生院里的护士,听说我因劳动而吐血,当场感动得流泪。

　　情况就是如此。出院回到生产队,队长给我颁发了奖状,给我莫大鼓舞。我决心不辜负毛主席的期望,要在农村这所大学校里刻苦再刻苦,百炼成钢!

鼠 药

你和妈妈的来信,信封上的邮票都不翼而飞了,真是咄咄怪事!我想,定是被什么人偷偷撕走了吧。我已责问给我送信来的生产队会计,问他为何撕走邮票。他对天发誓,说不是他干的。他还说,他从公社邮电所取来的时候,便是这样。那么我想,邮票大抵是在邮电所即已被人撕去。得暇我将去公社邮电所一问,到底是谁在贪赃枉法。请不必难过,我当尽力为你收集更多邮票。我已吩咐同学志学和苏惠,寄信时务必贴上纪念邮票,并发动他们一起收集邮票,届时全悉给你。

　　　　　　　　　　　　　　　　　愚兄　阿峰
　　　　　　　　　　　　　　一九七五年八月二十三日

【荆歌评注】对弟弟邹善则说是罱湖泥累得吐血,还是说谎!

哥哥:

读了你的来信我内心万分焦急!我们还都年轻,生活的道路还很漫长,而身体是革命的本钱,要是把身体搞垮了,就什么都干不成了。你刚到农村不久,就得了奖状,我当然为你感到骄傲。但是,那是你吐血换来的,又让我感到心里不是个滋味。好钢要用在刀刃上,希望你保重身体,不要让小车倒下来,而要一直推到共产主义。

邮票的事,确实让我伤心。你们乡下邮电所的人真的很卑鄙,他们怎么可以这样做!你是插队农村干革命的知识青年,是响应毛主席的号召到农村去的,他们私自揭掉你信件上的邮票,就是破坏知识青年上山下乡,是要吃官司或者枪毙的!但愿他们悬崖勒马,立刻改正错误,尽早回到无产阶级的正确轨道上来。你答应要帮我集邮,让我感到很高兴,谢谢你!不过你在剪邮票的时候,一定要当心别把齿孔剪坏了。另外重复的邮票也不要扔掉，只要是纪念邮票，你都帮我留着。重复的我可以去和明辉、阿萍他们交换的。

哥哥，在这封信里，我要告诉你的是，自从你走了之后，爸爸的脾气一点都没有变好，他反而变得更暴躁了。以前，你在家的时候，他经常是一发火就打你。我还一直以为他是不喜欢你，所以经常打你。但你走了之后，他还是动不动就发脾气。他要泡茶喝，一看热水瓶里没水，也要光火。昨天，他把那只竹壳热水瓶都砸了。他还打了我，因为我出门的时候没把窗子关好，结果下雨的时候，雨水进到屋子里来了。他先是在我后脑勺上抽了一巴掌，当他要打第二下的时候，我抬起手来阻挡了一下，结果，他把我右手的无名指打折了。直到现在，我的这根手指头还非常痛，我真担心是不是骨折了。他打我的时候，妈妈是在边上的，但她没有劝，她只是低着头。我知道她是很舍不得我被打的，但她又不敢出面劝阻。如果她劝阻的话，他就会打得更凶。这些我即使不说，你也都是知道的。你在家里的时候，不也是这样吗？

一个人躺在床上的时候，我想，也幸亏你到农村去插队落户了，否则的话，在家里经常被他无缘无故地打，实在是太委屈了。我现在尝到了这种滋味，我想我还不如像你一样去农村插队闹革命呢。

《鸟儿栖息在柳树沟》被阿萍借去了。前天她来我们家，看到了这本书，一定要借。我当然是不想借给她，她总是借了东西不还。但她已经把书拿在手上了，我又不能抢回来。我只好答应她。不过，我已经对她讲，书看完后一定要还给我，因为这本书我哥哥还没有看。她说她一个礼拜之内肯定归还。

弟　阿善
一九七五年九月三日

鼠 药

善弟：

　　我走后父便打你，是我始料未及。我向来以为，父母偏袒于你，而我在这家庭之中，实属多余。曾记得，有一次明明是轮到你生煤炉，结果你忘了，父大发雷霆，说什么"不劳动者不得食"，说我是"寄生虫"，抬手就给我一个耳光，打得我耳朵嗡嗡作响。你知我性格，威武不能屈，宁为玉碎不为瓦全，绝不会低三下四求他饶命。结果他拿起木柴，对我一通乱抡，直打得我鲜血直流。

　　我到农村插队落户，在人们敲锣打鼓欢送之时，就暗下决心，壮士从此一去不返！我似飞鸟出笼，从此不再挨打骂受压迫。回望苟活了十余年的家、饱含泪水的母亲，还有脸色苍白的你——我胆小怕事、体弱多病的弟弟，我颇伤感，却并不心软。我心已决，从此将不再踏入家门半步！我将展翅高飞，迎接风雨。

　　若他以后再行凶打你，你就逃跑！你可去明辉家避难，其父母慈祥和蔼，以前见我被打，总是百般关怀，不仅暖语春风，还赐予糖果点心，不是父母胜似父母！

　　你勿羡我，农村劳动锻炼艰苦非常，若无强健体魄和钢铁意志，定难胜任。好在你明年就要高中毕业，毕业后你去农机厂当工人吧，我曾在那儿学工，工人师傅可亲可敬。农机厂有集体宿舍，若你不想再屈居家中，就住集体宿舍。

　　随信寄上两枚邮票，是从我同学苏惠来信上剪下，不知是否喜欢？

愚兄　阿峰
一九七五年九月十五日

【荆歌评注】当时的"上山下乡"政策规定，多子女的，可有一人留城工作。邹峰下乡插队了，邹善将理所当然留城，或进厂当工人，或到商业服务单位工作。这一政策，给多少人心里注入了不平与悲壮，又让多少人永远背上歉疚的包袱！邹善在给其兄的信中，反复写自己如何遭受父亲的打骂，是否有意无意地想要淡化兄弟间遭遇的不平和自己内心的愧疚呢？

哥哥：

现在，爸爸几乎天天都要打我骂我。我真不知道我犯了什么罪，要受到这样的惩罚。我看他火气越来越大了，在家里就没有脸色好的时候。好像人人都欠了他的债！我真是受不了了！我几次都想放一把火，把这个家烧光算了！但我又舍不得妈妈，我怎么忍心让她也活活烧死呢？她是那么可怜，每当爸爸发脾气，打我骂我的时候，她都缩在一边低着头，一声不吭。有时候我知道她是在偷偷地哭泣。

妈妈的身体非常不好，头晕病总是不见好。她经常头上扎一条手绢，扎得紧紧的，这样可以减轻一些头痛。她一天到晚皱着眉头，我猜她不仅是头痛，心里也痛苦万分。有时候我想，干脆我一刀把他杀了算了，也算是为民除害。但我想到妈妈，就下不了手。你想呢，我杀了她的丈夫，然后自己又被枪毙掉，她会受到多大的打击呀！

我还想到了自杀。既然我现在成了他的眼中钉肉中刺，那我就死了算了。我死了，他打谁去？可是我真要那么做了，妈妈一定会伤心死的。她含辛茹苦把我们两个拉扯大，吃尽了千辛万苦，是希望我们长大成人，对社会有用。而我高中还没有毕业，就自杀死了，她会伤心欲绝的。唉,我只有忍辱负重,苟且偷生,沉默啊沉默啊,不是在沉默中爆发,就是在沉默中灭亡!

弟　阿善
一九七五年九月二十六日

鼠药!

善弟:

　　来信收悉。你千万勿轻生!自杀很可怕,绝非明智选择。我同学苏惠亦曾轻生,其状可怖。苏惠初二时,其母改嫁。其继父流氓本性,常趁其母不在家时对其非礼。她求助于母,母却非但不帮她,反而骂她,说她思想意识不良,将大人的关心想歪。苏惠深感绝望,服下**鼠药**。结果被送到医院抢救,洗胃灌肠,生不如死。苏惠说,个中滋味,难以言说,再不敢动死的念头。善弟,我说这些,是要警示你切勿轻生。试想,毒药入肠,就如孙悟空钻进腹中,拳打脚踢,如何能够忍受!若以刀刎颈,或者割腕,亦难下手。你一向胆小,绝无此勇气。投河也非良策,水中窒息,其痛更甚。若不信,可尝试将头闷于水中,看能坚持多久。俗话说,好死不如赖活,人死便无,再不能活,你不害怕?你若想以死相争,令其后悔,则是大错特错了!他非但不会后悔难过,反而觉得你死有余辜,轻于鸿毛!

　　你言之有理,若你死了,母亲必定伤心。她身体欠佳,我又远在天涯,不能尽孝,唯有请你好好照顾她了。

　　另有一事相告:我们公社邮电所的刘根山被抓起来了。他作恶多端，经常私拆信件，将夹于信中的金钱贪污。他还交代，凡撕破的邮票，一律烧掉，其中竟有《毛主席去安源》邮票，他也烧了。如此大罪，可判极刑。

今日是国庆节，昨晚公社放映电影《闪闪的红星》，我去看了。我和队长他们同坐一船。电影就于湖岸放映，大家坐在船上观看。船极多，计有百余艘，煞是热闹。队长的次女陈英竟打瞌睡，差点跌入水中。

余言后叙。

愚兄　峰
一九七五年国庆

【荆歌评注】"文化大革命"中，烧毁、撕破毛泽东画像，即使不是故意，也会被打成"反革命"，枪决是极有可能的。我清楚地记得，当年有人用报纸擦大便，不知上面正好印有毛泽东接见外宾的照片。结果此人被游街示众。

鼠药

峰儿：

我今天碰到你同学徐志学的妈妈，从她那儿知道，前几天你竟然回来过一趟了。我听到这个消息，气得差一点儿当场晕倒。你到三白荡插队落户，已经三个月了。这三个月中，我没有一天不挂念你。万万没想到的是,你回来了,却家都不回。峰儿,这究竟是为什么?你为什么这样狠心呢?妈妈把你养得这么大,不知道吃了多少苦,操了多少心,现在你长大了,翅膀硬了,不要妈妈了。你太让我伤心了!

如果知道你要回来,你的棉袄和绒线手套,我就不邮寄给你了,让你自己带走就是。今年一年的布票和棉花票,我都几乎没用,攒下来就是为了给你做一件厚实的棉袄。你那儿冷,冬天没有一件厚棉袄是不行的。你弟弟的棉袄,我只是用旧棉花弹了一下给他做了。还有肉票,我也一直舍不得用光,想有一天你回家来,就烧一顿大肉给你吃。你不是最喜欢吃大肉吗?一大块一大块的,用稻草扎起来,红烧,烧得很烂。你在家的时候,每次吃到有肉丝的菜,你都会说,吃肉丝没劲,不过瘾,要是吃大肉就好了。老家的郭阿姨上个月来,带来一瓶蜂蜜,我也藏了起来,不让你爸知道,打算等你回家的时候让你带走。

我活这么大,经历了许多的人生磨难,六八年的时候,你爸爸被关进去,在万人大会上批斗,拉我上去陪斗,把我的头发铰了,我也没有这么悲观伤心过。这一次,你实在是太伤我的心了!我想不管发生了什么事,不管你的事情有多么紧急,你都应该回一趟家的!你说说看,你心里还有没有父母?生儿育女,我不希望你们知恩图报,等我老了,我也不想享你们的福,等我老得做不动了,走不动了,我就吃一包老鼠药死了算了,不打算拖累子女的。你要稍微有一点良心,就不应该做出这样的事。妈妈非要见你一下,并不是要什么好处,见你一下我也不会多长出一块肉。我只是想看看你瘦了胖了,是不是晒黑了,三个月来,我做梦都牵挂着你啊!可你,唉,真是让我太伤心了!

好了,我也不多说你了。希望收信后即给我回信,告知你的情况和想法。

           你伤心的妈妈
           一九七五年十月十九日

  【荆歌评注】那个年代,什么都是凭票供应的,粮票、油票、糖票、布票、线票、棉花票、肉票、火柴票、煤油票、煤球票、肥皂票,还有缝纫机、手表等也要凭票供应。

  "陪斗"在"文革"中较为普遍。开批判大会斗争某个阶级敌人时,通常要拉上一到两个人陪斗。陪斗者一般来说并非同案犯,而是与主要斗争对象相关(有时并不相关)的人,妻子或者丈夫,常常成为陪斗对象。而被斗女性,则通常会被剃阴阳头,铰去半边头发。或者在脖子里挂上一只破鞋。

妈妈:

  收读来信,深感惭愧。为儿不孝,使您伤心,真是对不起!我知道,仅仅说声对不起,远不能洗却我罪,亦无法得到您的原谅。

  我插队三白荡,不知不觉已经三月有余。我知道这些日子以来,您为我操心非常,时刻挂念。而我其实也经常想家,特别是在十分劳累和孤独之时。有时真想插翅飞回,看望您和弟弟。但每每念及,我是响应主席号召,到农村这所大学校接受贫下中农再教育,便不能意志薄弱,儿女情长,从而影响劳动锻炼。此次儿受生产队派遣,收购大粪途经家乡,惜乎时间太紧,未能得暇回家探望,恳请谅解!

请勿再为儿生气，我在此一切皆好，万望释念！

儿　峰

一九七五年十月二十三日

峰儿：

收读你的来信，我感到更加伤心了。你在说谎！徐志学的妈妈说，你在他家睡了一夜，是第二天早上才走的。怎么说是没有时间回家呢？你的心肠真硬啊！你还好意思说你也经常想家，你是什么时候学会骗人的呢？你在我身边生活到高中毕业，我一直以为你是个善良、诚实的好孩子，没想到你不仅心肠硬，而且会说谎。其实你不用说谎，你不想回家也就算了，你已经长大成人了，回不回家是你的自由，谁都不能勉强你。

收到你的信，我一夜未睡。除了伤心，我还反反复复地想，你这么做，到底是为了什么？想来想去，唯一解释得通的，就是你不想见到爸爸。如果确实是这样，我也并不能因此原谅你。他毕竟是你爸，你不该对他这么绝情的。虽然说，他对你是狠了点，可是，天下哪个父母不打孩子？自己的孩子，就是自己身上掉下来的肉，打骂也都是为了你们好。你爸爸这个人，聪明能干，挺有本事的，但是命运不好，什么好事情都轮不上他，坏事情晦气的事情，却常常落到他头上。他以前不是这样的，他年轻的时候，是很热情开朗活泼的一个人。几次政治运动被冲击，被批斗，被关押，他的性格就变了。他确实变得很厉害，变得跟谁都很难相处，一天到晚皱着眉头不开心。不要说对你们，就是对我，他也是从没有一句好话，像是谁都欠了他的债似的。但是作为儿子，你要多理解他，不要记他的仇，他怎么说也是你的亲生父亲,是不是?我们不说要你们报答养育之恩,但回家来看看,总是应该的吧?难道说你打算永远都不回来了吗?你决定从此与家庭断绝关系了吗?

　　妈妈在漆黑的深夜里,翻来覆去睡不着,想想活着真是很没意思。一天到晚,忙忙碌碌,又是为了什么呢?为了这个家,为儿为女,到头来又能得到什么呢?等你以后成立了家庭,有了自己的孩子,你才会明白妈妈此刻心里是什么样的滋味。

　　隔壁刘老师的儿子毛冬参军去了。阿善这几天心情很不好,他从小就向往长大以后成为一名中国人民解放军战士,但我们家成分不好,参军是不可能的。你给他写信的时候也劝劝他,三百六十行行行出状元,干什么工作都是建设社会主义祖国,让他不要灰心丧气。道路是可以自己选择的,出生没办法选择,这不是他的错。

　　天气转冷,你要注意身体。

妈妈
一九七五年十一月一日

　　【荆歌评注】 *儿子过家门而不入,母亲当然伤心。家长做到这个份上,也够失败的。*

哥哥:

　　隔壁毛冬参军去了。我和他一起去参加体检,军医查看他的肛门时说:"哎哟,肛门里全是屎!"但他还是参军去了。我很苦闷。但是,爸爸非但不安慰我,反而恶狠狠地骂我。我想参军有什么错?我不能参军,不是因为我表现不好,而是因为我成分不好。谁可以选择出生呢？家庭是没办法选择的。成分不好，是因为他当过历史反革命，还因为爷爷是地主。我没怪他，他反倒来骂我！我气得不行，就顶了几句嘴。他因此咆哮起来，举起板凳，说要砸死我。我一点都不怕他，我不逃，我闭上眼睛，让他砸。我死了，他就是杀人犯，他也活不成。要不是妈妈发疯似的抓住板凳，我想我已经被他砸死了，今天就不能给你写信了。

毛冬走的时候，我买了一本笔记簿给他，上面抄了一首毛主席诗词《卜算子·咏梅》。他想要我把我们家的敦煌口琴送给他，他一直想要这只口琴，但我没给他。我怎么可能把口琴给他呢，他真是痴心妄想！

好了，今天就写到此，余言后叙。

弟　阿善
一九七五年十一月一日

【荆歌评注】 那时候，说是"道路可以自己选择"，但出身"地富反坏右"的人，还是不能自由选择道路。邹善不能参军，其父反过来骂他，其实是可以理解的。因为儿子要想参军而不能，触到了他内心的痛处。

哥哥：

今天我听志学说，你八月份吐血住医院，是因为被人打伤了。我感到非常吃惊！原来你不是罱湖泥罱得吐血的呀？志学说你被打得很厉害，打得吐血了。这是真的吗？

匆匆给你写一信，是想问你究竟是怎么回事。你为什么要骗我呢？

你在那里是不是很危险？

收信后请即回信！我的内心非常焦急！

阿善
一九七五年十一月三日

善弟：

关于我被打伤之事，并非存心骗你，只是不想让你担心，故讳而未言。现实情相告：凶手乃隔壁生产队人，是陈英的对象。陈英是队长次女，生产队赤脚医生，十二岁时便订好对象。我到三白荡插队，队长一家对我甚好。于是有人造谣，说我和陈英如何如何。陈英的对象有所耳闻，便带人前来行凶。他们用扁担抢我，将我打倒在地，踢我胸口，将我踢得吐血。不过你放心，我无甚大碍，经卫生院检查，并未伤及内脏。住院数日，早已痊愈。

此事一出，陈队长即解除了陈英婚约，且率本生产队壮劳力十余人，其中包括三名基干民兵，去隔壁生产队兴师问罪。陈队长说，若他们再敢乱说乱动，就要绳之以法。因我是知青，殴打知青就是破坏上山下乡，就是反对毛主席！

毛冬参军，你勿羡慕，更无须因此闷闷不乐。你体弱胆小，不宜当兵。部队非常艰苦，无坚强意志实难经受磨炼。你若为脱离家庭计，以后还有机会。毕业后可去农机厂，那里有集体宿舍可住。

夜已深，余言后叙。

愚兄　阿峰
一九七五年十一月十日

苏惠

阿善：

　　今有一事相托：烦将此信送给我同学苏惠。

　　出于信任，故而托付，切勿偷阅！你我在同一屋檐下生活十余载，虽也经常吵闹，为些许琐事斤斤计较，却同病相怜，手足情深。

　　苏惠的继父凶恶如狼，凡她信件，皆私拆阅。他对苏惠，犯下过滔天罪行，却无人能为她申冤，正义始终得不到申张。（荆歌注：此处有删节）我的信若直接寄她，必定落入恶棍之手。迫于无奈，只得有求于你。

　　你送信时，须慎之又慎。她家是汤家弄七号，解放桥南一百米处有酱油店，右拐便是。苏惠家屋后有一院，你在院后以敲砖为号，切勿让其父母发现。（荆歌注：此处有删节）

　　此事绝密，万勿泄露！拜托拜托！

阿峰

一九七五年十一月十八日

　　【荆歌评注】 苏惠出场了！邹峰写给弟弟的这封信很长，其中，说苏父如何对苏惠有非分之想，并极力将其软禁，有两千多字。另外，对弟弟转交信件，似乎还是不太放心，反复叮咛，文字十分啰唆。我觉得这些对情节推进似有影响，所以删掉了。

哥哥：

　　给苏惠的信，我已帮你转交。我是亲自交到她的手上的，请放心！

　　收到你的信，我当天晚上就到汤家弄去了。但是因为发生了一点意外，所以那晚没送成。我是第二天晚上再去，才把信交给她的。

　　第一天晚上，我到汤家弄去，照你说的，走过解放桥往南一百米，但没有找到酱油店。因为晚上所有的店都打烊了，所有的店都上了排门板，我不知道哪一家才是酱油店。好在我的鼻子比较灵，我连续闻了几家店，我把鼻子贴在排门板的缝隙里，终于闻出了那一家有酱油的味道。然后我往右拐，没走多远，就看到了苏惠家的院子。院子里真的有一棵楝树，上面结了很多楝树果。我拾了两块碎砖头，嗒嗒敲了两下。院子里的门，就吱呀一声打开了。苏惠从里面探出头来，我就迎上去，要把信给她。这时候，只听得轰隆隆一声巨响，吓得我掉头就走。我不知道发生了什么事，逃出好几步远，转过头来看，才发现苏惠家砖头垒成的院墙，倒了一个大缺口。这时候，苏惠的继父走出来了，他大声叫道："贼骨头！贼骨头！"他冲出来，手里还拿着东西，好像是一根门闩。

　　第二天晚上我又去苏惠家。她家的院墙已经垒好了，上面插了许多碎玻璃。我敲了两下砖头，苏惠没有出来。我就蹲在院墙外，过了一会儿再敲砖头。这次苏惠听到了，她轻手轻脚地走出来，我就把信给了她。

　　哥哥，我已经胜利地完成了你交给我的任务，你就放心吧！

　　天已经很冷了，我的耳朵上已经生出冻疮了。妈妈前天买了两副耳朵套，一副给了我，一副她准备过些天给你寄棉袄的时候一起寄上。但是，我的耳朵套刚戴上去，就被爸爸看见了。他恶狠狠地说，戴这样的东西，实在是太娇生惯养了。他还说，只有懒人才会生冻疮！他要我把耳朵套立刻拿下来，不准我戴。他说："为什么就你生冻疮？天气冷又不是冷你一个，为什么我们都不生冻疮，偏偏你要生？"他真是不讲理啊！

　　　　　　　　　　　　　　　　　　　阿善
　　　　　　　　　　　　　　　　　　　一九七五年十一月二十五日

　　【荆歌评注】邹善的这封信写得也很啰唆，为方便阅读，已删去很多字。不作一一说明。

峰儿：

　　本来上礼拜就要给你寄这个包裹，棉袄我早就给你翻好了，只是因为最近比较忙，绒线手套还有几个手指头没结好。现在终于好了。包裹里面还有一副耳朵套，你也注意查收。耳朵套我买了两副，一副给你，一副给弟弟了。峰儿，你们兄弟两个，从小就会生冻疮，也不知怎么搞的，我们也一样冷，我还一直在冷水里洗衣服，但我就从来不生冻疮。是不是真像你爸说的那样，缺少锻炼呢？你去了农村之后，还生冻疮吗？如果觉得冷，还是要把耳朵套戴上的。

　　再过一个多月，就要过年了。过年你一定要回来！你什么也别带，只要回来就行了。妈妈能见到你，比吃什么东西都高兴的。

　　收到包裹给我写回信，好让妈妈放心。

　　　　　　　　　　　　　　　　　　　妈妈
　　　　　　　　　　　　　　　　　　　一九七五年十二月二日

善弟：

又让你给苏惠送信，不觉厌烦吧？请谅！苏惠来信说，她以前竟不知你是我弟。她还说，你的招风耳极有特点，谁看见都会过目不忘。请勿误会，她并非嘲笑。你是我弟，她必定对你友好。

请将《鸟儿栖息在柳树沟》一并交给苏惠，我答应借她一阅。

万勿泄密！感激不尽！

阿峰
一九七五年十二月二日

哥哥：

对不起，《鸟儿栖息在柳树沟》阿萍借去之后，一直没有还我。收到你的信，我去问她要，她却对我说，书借给毛冬了。她还说，毛冬一定带到部队里去了。她做事情真是荒唐，书又不是她的，她有什么权利借给别人？她从我这里拿去的时候，说一个礼拜之内一定归还，可三个月都不止了，她不但不还，还借给毛冬，被他带到部队里去了。我让她立刻写信给毛冬，一定要马上把书寄回来。等书寄回来之后，我再给苏惠送去，好吗？你一定很生我的气吧？但我也没办法。我会催着阿萍尽快把书要回来的，你就放心吧。

阿善
一九七五年十二月八日

【荆歌评注】邹善信中始终没向哥哥保证不偷看信件，因此在整理这些信的时候，我一直心存疑惑：他会偷看吗？他能忍住不偷看吗？到后来，邹善终于承认，哥哥写给苏惠的信，每一封他都是偷看了的。

妈妈、善弟：

寄来包裹已收，不胜感激！所以今日才回信，因我处发生了龙卷风。

幸而我将包裹塞于床下，故未被大风吸走。否则妈妈一番心血将付诸东流。棉袄翻得甚好，穿在身上舒服之至。手套亦已试过，非常合适。耳朵套则无用，因我至今未生冻疮，手足耳朵皆无，因劳动锻炼之故也。整日劳动，体内血液循环良好，冻疮便无从寄生。弟弟要注意保暖，多多运动，冻疮非病，却是难受，我有切肤之痛。

今日还收到毛冬一信，深感意外。他寄来照片，头戴军帽，身着军装，一颗红星头上戴，革命的红旗挂两边。《鸟儿栖息在柳树沟》一书，既然被他带走，必定有去无回，我深知毛冬为人。阿萍如此不讲信用，借而无还，再借便难。

年关在即，过年我定回家探望你们。

阿峰
一九七五年十二月二十八日

【荆歌评注】此信有删节。大段描写风灾的文字，有冗长之感。但邹峰笔下的龙卷风，非常奇特，如果彻底删除，似乎也可惜。所以决定将删下来的部分放在"上部"末尾，作为附录，可供参阅。

峰儿：

（荆歌注：此处有大段删节，内容无非是母亲的万般担忧和殷殷嘱咐。）

这几天你爸爸去南京出差了，他不在家，我倒是可以趁机去看看你。我太想赶过去看一看了，我实在不能放心，你那儿情况到底怎么样了。但是，临近期末，学校的事情太多，我又是班主任，有那么多学生的品德评语要写，实在也请不出假来。况且让阿善一个人在家，我也不太放心。妈妈只有相信你的话，相信一切都确实已经没事了。你要好好照顾自己，劳动中也要懂得保护好身体，不要蛮干，不要太逞能。快过年了，妈妈等着你回来。我已经跟隔壁刘老师讲好了，请毛冬爸爸帮忙买点蜜枣柿饼，等你回来吃。

万分挂念，多多保重！

妈妈
一九七六年元月七日

哥哥：

今天，我们敬爱的周总理逝世了，我和全国各族人民一起，沉浸在无比的悲痛之中！我们学校所有师生，都臂戴黑纱。下午不上课，大家在教室里做小白花，准备开追悼大会的时候佩戴在胸前，以寄托我们的哀思。广播喇叭里一遍遍播放着哀乐。此刻我给你写信，脑子里还盘旋着哀乐那低沉哀伤的旋律。

虽然我的内心充满悲伤，但是因为这几天爸爸不在家，他到南京出差去了，所以我还是感到很愉快。平时，只要他在家，家里的气氛就是沉闷的，大家的脸上，都没有笑容。我的内心也始终是紧张的，生怕他一个不如意，就会打我骂我。出差前，他在门外滑了一跤，因为门外地上结了冰，是他自己不小心，踩到了冰，所以滑倒了。他却拉不出屎怪茅坑臭，非常主观地说，肯定是我把洗脚水倒在门外，夜里结了冰，这才害得他摔倒的。我肯定没有把水倒在门外，结冰是因为夜里外面有露水。可是他就是主观主义，非说是我给害的，骂我是"危害人民的寄生虫"。他不在家，我感到非常轻松自在，我和妈妈两个人，有说有笑的，吃什么都是香的，干什么都是开心的。于是我想，要是我没有爸爸，那是一件多么幸运的事啊！真的，许多时候，当我受到太大委屈的时候，我就会想，要是他生病死了，我一定会在心里偷偷地感到高兴。我还曾经想，妈妈为什么不和他离婚呢？我发现他们之间好像也并没有什么夫妻感情，他在家里，一天到晚就是板着个脸，和妈妈也从不多说一句话。妈妈也像我们一样，处处小心翼翼的，生怕一不小心就要受到他的责怪。我是他的儿子，是消费者，生活不能独立，受他的气没办法，但是妈妈为什么也那么怕他呢？总是忍气吞声，为什么不跟他离婚呢？隔壁毛冬的爸爸妈妈就不是这样的，他们的夫妻关系很融洽，很平等，两个人经常说说笑笑，刘老师还经常在家里唱歌。我们家和毛冬家虽然只有一墙之隔，却是两重天，两个世界。他们那里是欢乐的，我们这里是痛苦的，就像我们祖国大陆和宝岛台湾，一个是蒸蒸日上，一个是水深火热。我估计妈妈的内心，也是希望和爸爸离婚的吧，这几天他不在家，妈妈显得是那么快乐。虽然她经常为你担心，十分挂念你，生怕你那儿的风灾影响了你的生活，她每提到你，都会流眼泪。但是和爸爸在家比起来，她像是换了一个人似的，和我有说有笑的。我多么希望日子永远都是这样啊！

（荆歌注：此处删去大段向遭受风灾的哥哥表示慰问的话。）

你给苏惠的信，我已经交给她了。我是昨天放学之后去她家的，她家里没有其他人，只有她一个，我没有敲砖头，她就看到我了。她一定要我到她家里去，还热情地冲了一杯麦乳精给我喝。我坐下来之后，她拿出一张照片给我看，她告诉我说，照片上的男人是她的亲生父亲。她的亲爸爸长得很英俊，可惜已经不在人世了。苏惠还告诉我说，她的爸爸是六七年的时候被红卫兵打死的。苏惠说她长得像她爸爸，五官和身材都像。我看了照片，觉得她说得不错，她长得和她爸爸确实很像的。他们都是大眼睛，鼻子很挺，下巴中间都有凹下去的一条线。苏惠说，要是她爸爸还活着就好了，她就可以跟他学画画。苏惠的亲爸爸是苏州美专毕业的，活着的时候在中学里当美术老师。苏惠的家里很暗，窗子都是小小的，天气本来就冷，待在这么暗的屋子里，就更感觉冷了。苏惠说了很多话，她说话的声音轻轻的，但说得很快，好像有许许多多的话不抓紧说完就来不及说了。她坐在一张小板凳上说，我坐在一只木头椅子上听，我只是听她说，自己一句话也插不上。她要是让我说，我也说不出一句话，因为我不知道该说什么话。我只是听她讲，她讲了很多她家里的事，讲了许多她妈妈的坏话。不过她倒是没提起她继父，一句都没有说。她只说她妈妈的坏话，她说她妈妈精神有问题，让我感到很吃惊。我不知道她说的是真话呢，还是故意在说她妈妈。

后来听到外面有自行车铃声响，苏惠吓得跳起来，说她继父回家了，让我赶紧走。她的样子真的很可怕，突然紧张得不得了，好像她继父是一个吃人的恶魔，回来就要把我们吃了似的。她这样子，搞得我也害怕得很，不知道会发生什么事。她把我拉到院子边的后门口，让我赶快从后门口逃走。我从她家后门出来后，就像一个小偷快要被人抓住那样，没命地跑起来。我在街上飞也似的跑，跑得气都快喘不过来了。最后我实在跑不动了，才停下脚步，蹲下来喘粗气。我也不知道苏惠的继父最终是不是发现家里来了人，要是发现茶杯里还没有喝完的麦乳精，要是闻到空气中有陌生人的味道，他会不会打苏惠？他为什么不准有人到他们家里玩呢？我非常担心苏惠。她说起她亲生父亲的时候，样子很可怜。

毛冬也给我寄了他身穿军装的照片。隔壁刘老师说，毛冬几乎给所有认识的人都寄了照片。他穿了军装，确实很神气，跟以前看上去有点不一样了。毛冬在信里告诉我，他是在浙江舟山群岛当兵，能够天天看到大海。那里的气候也和我们不一样，冬天还能下海游泳。这让我非常羡慕，我还从没见过大海是什么样子的。

这封信写得太长了，不写了，过几天再给你写吧。

让我们沉痛悼念敬爱的周恩来总理！

阿善
一九七六年一月八日

峰儿：

爸爸从南京开会回来说，上山下乡的政策可能会改变，以后城镇的中学毕业生，可能不会再到农村插队落户了。他还说，已经插队到农村的，也将逐步有计划地返城。这真是个好消息呀！我听到之后，高兴得一个晚上都没好好睡觉。我决定今天一定要写信给你，把这个好消息告诉你！不过，你千万不能对任何人说，自己知道就行了。这只是你爸爸带回来的内部消息，外面还都不知道，要是说出去，会害你爸爸犯错误的。政治形势是很复杂的，我们要把好消息藏在心里，千万不能对别人说，否则后果会很严重。

等正式文件发下来之后，我们就会想办法尽快调你回城，让爸爸给你落实一个好的单位。你在农村这半年来表现很好，到时候不管是进工厂还是商业单位，人家对表现好的人总是会十分欢迎的。这件事我连你弟弟都没告诉，我怕他知道后在同学面前说漏了嘴，就会造成极不好的政治影响。

在没有回城之前，希望你还是要在农村安心劳动，不要受到任何影响。

妈妈
一九七六年元月十一日

善弟：

离家半余载，返家过年，谁料想如此结果！春节万家团圆，亲情融融，我却孤魂野鬼，有家难回！

此刻我蜗居于三白荡边的小屋，听北风呼啸，涛声如泣。彻骨寒意，将我包围。这世上，也唯有这小屋，才是我的避难所，我因此对它充满感激。我将灶火烧得旺旺的，锅内开水沸腾，水汽源源而出，弥漫于小屋。温暖的空气将我拥抱，令一颗冰冷的心不至于冻僵。

我写给苏惠的信，全悉落入其恶棍继父之手，真是始料未及！我给苏惠写信，何罪之有？可恨自己的父母，竟和恶棍一丘之貉。要我签字与家庭断绝关系，吓不倒我！难道说没了家庭我就走投无路了？说我思想龌龊，说我是流氓行为，真是滑天下之大稽！何谓流氓？向所爱之人表白纯真之爱，就是流氓？那他们为人父母，更是流氓，若不流氓，如何生下我们？

罢了罢了，我已是无家之人，非为人子，亦无父母。唯一牵挂的亲人，也只有你这个弟弟了。你不会和他们一样，也将我视作流氓吧？我和苏惠志同道合，彼此相爱，我对她的爱，比山高比海深，海枯石烂不变心！我春节逃离家庭，四处流浪，正因有苏惠的爱，才坚强地活了下来。若苏惠亲口对我说，她已不再爱我，我愿立刻死去！为了苏惠，我愿做任何事，刀山火海亦敢闯！

  苏惠目下情况如何，我极担心。她定痛苦万分，如那可怜羔羊，为恶狼所困。她的父母，还有我们的父母，定以最恶毒的语言骂她，令她失却尊严。他们还会威胁利诱，逼其反戈一击，立功赎罪，从此与我一刀两断。我怕她难熬非人折磨，最终屈服投降。更担心她在强大压力之下精神崩溃。她有过自杀经历，如今泰山压顶，她能顶住吗？

  善弟，烦你再送一信给苏惠，我要她知道，真爱不变，要坚强，要挺住，天塌下来一起扛！道路是曲折的，前途是光明的，只要活着，只要彼此相爱，便能战胜一切困难！

  此番送信，定要慎之又慎，不可被人发现。白天苏惠家仅她一人，相对安全。信交给她就走，不可再到她家中久坐，以免暴露。紧紧握手！

阿峰
一九七六年二月四日

又及：

  我已将姓名改成"周峰"。我与家庭关系已绝，不再姓邹。敬爱的周总理一生鞠躬尽瘁，却无后代，我就算是他和邓奶奶一个不争气的后代吧！

阿峰

峰儿：

　　本来，你回来过年，妈妈是多么开心啊，从你去年七月份插队去农村起，我似乎就盼着这一天的到来。天天盼啊盼啊，盼着你回来，盼着见到我的儿子，终于盼到了这一天。为了迎接你回来，我把你们床上所有垫的盖的都洗了一遍，晒得香喷喷的。还有吃的东西，也都准备好了。

　　谁都没有想到，你刚到家，还没来得及在家里度过春节，就出事了！苏惠的父亲气势汹汹地冲进我们家时，我简直被吓蒙了。我不知道出了什么事。但我知道一定是出事了，我的心怦怦地狂跳起来，我感到害怕极了。这感觉，就像六六年夏天红卫兵来抄家一样。

　　不是妈妈批评你，你确实有些不懂事。你过了年才二十岁，怎么可以谈恋爱呢？你背着我们大人，给苏惠写了那么多情书，而且情书的内容，真让我这个当母亲的感到脸面丢尽。我一直认为你是一个老实厚道的孩子，本分，吃得起苦，妈妈从来也都没有想到你会有这样的花花肠子。你情书里说的这些话，都是从哪里学来的呢？你在农村看了坏书了吧？你是中了坏书的毒了！在这一点上，妈妈觉得不能袒护你。你到农村插队落户，应该全心全意地接受贫下中农的再教育，给那里的贫下中农留下一个好印象。我告诉过你，我们会尽快帮你上调回城的，婚姻的事不应该现在考虑，而要等到以后再说。从你写的情书看，你在农村一点都不安心，你满脑子想的都是那些不健康的事。苏惠的爸爸当着我们的面说的那些话，真的让我无地自容。你爸爸是一个自尊心很强的人，他又怎么受得了！你没注意到吗，他的脸都青了！要不是你这个儿子不争气，他可不会让别人这么羞辱。苏惠的爸爸骂你小流氓,他当着我们的面,要我们对子女加强教育,他的意思是说,是我们教育失败,他恨不得骂你爸爸是老流氓,老流氓生小流氓,你想想你爸爸心里是什么滋味,我心里是什么滋味?我想要是地上有一条缝,你爸爸是会钻下去的。

生儿养女,希望子女有出息,每个父母都是这样的。我们做父母的,不求儿女为我们带来荣华富贵,也不指望对我们有多孝顺,只要子女思想好、表现好,当父母的就感到莫大的安慰了。你一回来,家里就闯进来一个苏惠的父亲,晴天霹雳,妈妈真是感到痛心极了!

爸爸要你签字,从此断绝家庭关系,他也是一时激愤,在气头上。血缘关系是无法割断的,不是说割断就能割断的。尽管你签了字,你就不是我们的儿子了吗?你还是我们的儿子,是妈妈身上掉下来的肉。虽然妈妈伤透了心,但是,仍然挂念着你,在你一气之下离开家之后,我的心还在为你流血,没有一时一刻的安稳。对于断绝家庭关系,我发现你做得比爸爸更绝。你也许是巴不得这样,你早就想这样了是吗?你一向十分恨爸爸,不喜欢这个家,现在爸爸提出来要你签字,这正是你所希望的是吗?妈妈真是感到寒心。十月怀胎,含辛茹苦把你拉扯大,你却一点恩情都没有,非常决断,说走就走了。你昂着头走出家门的那一刻,妈妈感到绝望、伤心,我内心的痛苦,又有谁能够理解呢?

我很想像你爸爸那样,心肠硬一点,正像他说的,你已经长大成人,翅膀硬了,不需要父母也可以生活下去了,那就让你去吧,以后的人生道路,就靠你自己去闯了。我们反正迟早是要死的,我们不可能管到子女老,管不了你们一辈子的。既然你已经表示再也不要回到这个家里来,你还说早就盼着这一天了,那么我们也就只当从来没有你这个儿子好了。没有了你,我们照样过日子,我又为什么要这样痛苦和伤心呢?

　　这几天我一直头晕得厉害,什么都不能干,什么都吃不进去,只有躺在床上。我告诉你这个,并不是说这都是给你害的,要让你感到内疚,你要是以为我在说谎,你可以问你弟弟,你走后这些天,我是不是真的病倒了。我躺在床上,胡思乱想,感到心一阵阵刀绞似的痛。因此就常常禁不住哭起来。但我又不敢哭。每次见到我哭,爸爸都要骂我。他说我是天下最贱的一个母亲,哭什么哭,又没死丈夫!他甚至怪到我头上,认为你表现不好,我应该负主要责任。说这都是因为我平时太宠爱孩子,对你们没有严格要求,放松了教育。听他这么说,我感到很委屈,我对你们的爱护关心,难道你们感觉不到,反而会害了你们吗?你们做女子的,为什么不想一想,妈妈那么爱你们,妈妈的一番苦心,难道反而促使你们去干坏事吗?我感到伤心极了,觉得我是世界上一个多么不幸的母亲,母亲的心,为什么会如此苦涩啊!

　　我躺在床上,一颗心还时时牵挂着你。大年三十,你刚一到家,还没来得及坐下来喝杯茶,就转身走了,而且是表示永远都不回来了。天已经黑了,外面刮着风,下着雪,你什么都没拿就走了。你会走到哪里去呢?过年家家户户都是亲人团聚,而我们家却是这样!你一个人,这些天来是怎么度过的呢?今天是年初五了,你回到三白荡生产队了吗?还是一个人在外面乱逛?想着这些的时候,我的眼泪再也控制不住,哗哗地流出来了。我的心也在哭泣,它在流血!我看到你弟弟也在偷偷地哭,他除了哭,又能怎么样呢?他从小就胆小懦弱,家里突然发生了这样的事,他又有什么办法呢?我病倒在床,幸亏有他照顾。否则的话,我会更加绝望,我会在绝望中死去的。

　　我只有给你写信。除了给你写信,我又能做什么呢?只有给你写信,我才感到胸口不那么堵得紧紧的,否则我是要窒息了,喘不过气来了。我希望你能及时收到我的信,收信后你要尽快给我回信,告诉我这几天你是怎么过来的,让我知道你在哪里。如果你还要我这个妈妈,如果你心肠还不是那么硬,那么就尽快写信来!你苦命的妈妈时刻在盼望着!

妈妈
一九七六年二月四日

【荆歌评注】这位母亲,经常头晕,不知得的是什么病。是高血压呢,还是低血糖?

哥哥:

你二月四日写的信我昨天才收到,一定是邮递员也过年了,这些天不送信了吧!

你走了之后,爸爸天天在家里骂你,说你是个不肖之子。还好他没发现是我帮你送信给苏惠,否则他一定饶不了我。

今天我去给苏惠送信了,我在她家的砖墙外头敲了几下砖头,她听到后,就走到院子里来了。但是,我把信递给她,她却不肯收。她摇了摇手,还后退了一步,好像信会咬了她的手一样。她不仅不拿信,还让我告诉你,以后不要再写信给她了。我对她说,要说你自己去对他说好了。我让她怎么也得先把信收下,但她坚决不收。我很想把信扔在她家院子里,但我又怕她真的不拿,到后来被她父母看见怎么办!她的态度很坚决,见我不肯走开,她就转身回到屋子里去了。

我没有想到她会不肯收信。我想,一定是她屈服了吧。我没办法,只好拿了信回家。走在半路上,我突然想再去她家试试,于是我又回转头，向她家走去。但是这一次，不管我怎样敲砖头，她都不出来，就像根本没听到似的。

既然她不肯要你的信，我也没办法。我就把信寄还给你吧，我怕放在家里被大人看到。我想你收到退回来的信一定很失望吧。我已经尽力了，请原谅！

弟　阿善

一九七六年二月十七日

【荆歌评注】当我把所有的信件读完一遍，回头再看这封信时，我有理由怀疑，邹善此信有说谎的成分。

哥哥：

昨天刚给你写了信，因为苏惠不肯收你的信，我也没办法，只好退给你。但是，今天下午，苏惠到学校来找我，向我要你的信。她真是一个奇怪的人啊，昨天我送信给她，她死活不肯要，今天却又来问我要信。我告诉她，信已经被我寄还给你了，她好像还不相信，让我再仔细找一找。我说不用找，一早就被我寄走了。她就问我在哪里寄走的。我说就是离学校不远的那个邮筒里。她就跑到邮筒那里，用她的钥匙开邮筒。我劝她不要这样做，她自己家的钥匙，怎么可能打开邮筒呢？即使打开，里面也一定没有她要的信，信是一早投进去的，早被邮递员取走了。另外我还提醒她，她这样做是犯法的，要是被邮递员看见可是不得了！但她根本不理我，只管埋着头一个钥匙一个钥匙轮流往锁眼里塞。我觉得她真是疯了，我想把她拉开，但我根本拉不动她。最后，一枚钥匙折断在邮筒的锁孔里了。

鼠 药

因为她一直呆呆地站在邮筒边不走，不说话，也不动。我就劝她回家。她却对我说，她不想回家。我觉得她的样子非常可怕，我挺为她担心的，我就对她说："我送你回家吧！"她点了点头，就走了。我就跟在她的身后，我怕她会出什么事。走了一阵，我发现我们把方向走反了，这样走着，离她的家汤家弄越来越远了。我赶紧对她说："不对了，走错了！"她理都不理我，只管走，而且越走越快了。我一路跟着她，最后走到了轮船码头。

傍晚轮船码头上一个人都没有，她站在码头上，前面就是宽阔的明江，她只要再跨出一步，就会掉到河里去。我非常担心她，所以紧张地站在她边上，如果她身体稍微动一动，我就要一把拉住她。

她突然转过脸对我笑了，她问我："你哥哥以后还会回来吗？"她问得很突然，我一时不知道怎么回答。后来我对她说："回总是要回来的吧。"她咯咯咯笑了起来，说："什么叫回总是要回来的呀？"我不想对她说家里的事，我不想让她知道你和父母闹得那么僵，所以我站在那里什么都不说。可她却好像对我们家的情况很了解，她说你已经签了字，决定和父母断绝关系，以后就不可能再回来了，即使回来，也没地方住了。我想这些都是你写信告诉她的吧？我对她说，回来没地方住没关系，可以住到志学家里去。我还告诉她，你曾经回来过一次的，就没住家里，而是和志学一起睡了。苏惠大笑起来，说她知道你回来住在志学家的，还知道你那天晚上喝醉了。

她说了很多话，我几次叫她回家吧，她都不理我。她好像突然又变得很开心，说说笑笑的。天都黑下来了，轮船码头上风又大，吹得我清水鼻涕直淌。听到我吸鼻涕的声音，她把她的手帕递给我，我不要，她就问我："你要不要我做你的嫂嫂？"我被她问得很难为情，脸都红了。幸亏是在黑暗中，她看不到我脸红。

我因为回家很晚,爸爸妈妈饭都已经吃好了。饭菜已经收掉,妈妈正在洗碗。这一次很奇怪,爸爸不打我,也不骂我,他们两个见我回家,一声都不吭,好像没看见我这个人,也不叫我吃饭。我想他们一定是商量好了的,决定不让我吃晚饭,以此来惩罚我。现在,街上的高音喇叭里正在播放雄壮的《国际歌》,我在给你写信。很奇怪,我没吃晚饭,却一点都不感到饿。我只是觉得冷,天气真冷啊,我在板凳上坐得久了,身体都在打颤。加上手上的冻疮痒得难受极了,所以不再多写了。你收信后尽快来信,把给苏惠的信寄过来,我收到后会马上给她送去的。

弟　阿善

一九七六年二月十八日

【荆歌评注】那个年代,每天晚上八点是《各地人民广播电台新闻联播节目》,全中国室内室外所有的喇叭都同时播放。听到结束曲《国际歌》响起,就知道是八点半了,通常人们也就洗洗睡了。

阿善:

两信均收。昨日收二月十七日信,我沮丧之极。真想亲问苏惠,为何不愿收信。纯洁的爱情,为何如此脆弱?曾经海誓山盟,难道父母一闹就屈服了?昨夜无眠,听北风呼啸,不禁黯然至于泣下!我已无家可归,现在最后一根爱的绳索又断,真是悲哀之至!

今日又收读来信,山穷水尽疑无路,柳暗花明又一村!(荆歌注:此处有删节,内容为哥哥表达喜悦的心情,以及再三叮嘱弟弟给苏惠送信时要小心。）

随信寄上五斤全国粮票，可去大众点心店换年糕吃。

另有一事相告：公社邮递员刘根山，昨日已被枪决。他烧毁主席邮票，罪大恶极。县里召开公判大会，我生产队特派水泥大船一条，组织人员前去参加。刘根山胸挂大牌，公审时屁滚尿流，裤子都湿了。可在宣布其死刑立即执行时，他却反而笑了。真不明白反革命分子死到临头，有什么好笑的。

阿峰
一九七六年二月二十四日

【荆歌评注】那时候粮票分全国和地方两种。全国粮票因为可以全国通用，所以比较珍贵。全国粮票不光可以和人民币一起用来购买食物，还可单独换取食品和其他生活用品——当然后者是非法的。

【荆歌按】从一九七六年二月二十四日，至同年四月十八日，中间将近两个月的时间，兄弟俩至少也会有四五封通信，但缺失了。根据下面的信件可以获悉，这段时间，苏惠的情感发生了变化，不再给邹峰写信，令他痛苦万分。

哥哥：

来信收到。你给苏惠的信，我昨天一收到就立刻去汤家弄送给她了，请放心！

我也不知道苏惠为什么这么长时间都不给你写信。昨天我送信给她的时候问她:"你给我哥写回信了吗?"她不理我,只是白了我一眼。我又问她:"他给你写了那么多信,你怎么一封也不回?"她却对我说:"不要你管!"

这几天家里出了点事,昨天爸爸竟然打了妈妈。后来妈妈就不见了。我很害怕,就出去找。结果在分湖滩找到了她。她一个人坐在大柳树下,见到我,就哭了起来。她哭得真伤心,我还从未见她这么哭的。她告诉我爸爸踢她,踢得很痛。她撩起裤管给我看,她的小腿都被踢青了,有好几处青紫的痕迹。我觉得他也太狠了,他打儿子可以那么无情,但他不可以对妈妈下毒手的!我的内心有一股怒火在燃烧,妈妈受到了伤害,这是我无法忍受的!

阿善
一九七六年四月十八日

妈妈:您好!

自除夕黯然离家,至今未给您写信,请谅!听说您不幸被殴,我感到非常气愤!虽然您心目中或许早就没我这个儿子,但我仍然绝不允许任何人欺侮我母!不管何人,若他欺侮我母,即为我敌!如此暴行若有再犯,我将考虑回来与其血战到底!

阿峰
一九七六年四月十九日

峰儿:

收到你的信妈妈十分意外,也十分高兴。我还以为,你永远都不会再给我写信了。我以为你不要我这个妈妈了，永远都不会再回到这个家了。我知道你有时候给弟弟写信的，但是，弟弟坚决不让我看到你给他的信。你的来信，他不知道藏到哪里去了，我怎么也找不到。我感到很伤心，本以为母子同心，谁想到你们两个儿子一个都不跟妈妈贴心！

我是一个可怜的、不幸的女人。年轻的时候，我长得漂亮，人也聪明，不知道有多少人追求。那时候我以为，我是一个最幸福的女人，对于这个世界来说，我是那么重要，人人都宠着我，让着我，要是没了我，人们也就失去了欢乐，世界也就变得黯淡无光。如今回想起当时我的想法，是多么幼稚可笑啊，我是那么虚荣、肤浅。原来美好的生活，根本就不属于美丽的人。当年有那么多追求者，我最终却嫁给了你爸爸，我也不知道究竟是为了什么。也许这就是命运，是生活对我的惩罚和捉弄。嫁给他之后，我几乎没过上一天好日子。跟着他倒霉，跟着他吃苦。他这个人，天生一条黄瓜苦命，什么倒霉的事都轮得上他，他却和任何好事无缘。我可以跟他共苦，他却不跟我同甘。文化大革命开始的时候，红卫兵来抄家，要开斗争大会斗他，要给他挂上大牌子，他就用镰刀割了脖子。要不是我发了疯一样求人抬他到医院，他就是十条命也没了！六八年他被打成历史反革命，害得我被剃光了头发和他一起到台上陪斗。在生活中，总是我跟着他倒霉，照顾他。而他得意的时候呢，从来心里就没有我。他只知道工作，一天到晚在外面卖力，出风头，根本不想一想，我是一个女人，我需要关心和照顾。生你和弟弟的时候，都是我一个人在产房里嗷嗷大叫。我一边喊叫，一边哭。我不仅仅是因为痛，更多的是心痛。生孩子这样的大事，也好像都只是我一个人的事，跟他一点儿关系都没有。所以生下你弟弟之后，我就立刻做了绝育手术，不想再生了。为此他还跟我大吵大闹，说这么大的事也不跟他先商量一下。他需要商量吗？他做什么事又跟我商量了呢？只有在他倒霉的时候，他才会想起我，才感到我对他来说是重要的。

好了，不去说他了，谁让我嫁给他的呢。这就是我的命，我认命了，我早就认命了。不认命又能怎样呢？

你不用为我操心的，我已经跟他共同生活了这么多年，我已经习惯了，麻木了。再说了，夫妻之间，吵吵打打，也是正常的。你作为儿子，就不要管父母的这些事了。你只要管好你自己，注意学习，好好表现，等以后回城能安排进一个较好的单位。

你还知道疼惜妈妈，我感到十分欣慰。但是，我不赞成你把他当作"敌人"。他怎么说也是你爸，你不可以有"血战到底"这种想法的，那是很危险的。

妈妈
一九七六年四月二十四日

【荆歌评注】这封信太长，又很婆婆妈妈，本想全部删去。但斟酌之下，觉得还是应该保留部分，它有助于我们对两兄弟的父母了解更多。

善弟：

志学来信，说在看电影时，见到苏惠和蔡正阳一起。多日的困惑，终于茅塞顿开：她早已移情别恋，我却还一日日盼其来信，何等痴愚可怜！

曾经的海誓山盟，一文不值！我有眼无珠，未料其文静外表下，竟藏着一副蛇蝎心肠。她愚弄了我的感情，亵渎了爱情这两个字。我对她，已无爱可言，唯有鄙夷。我已不再相信爱情，不再信女人。

这是我给她的最后一信。我要揭穿其伪装，正如撕去厉鬼披上的画皮。阿善，请你务必将此信交她，从此梦醒！往后，将再不劳你送信了。兄弟深情，没齿不忘！

阿峰

一九七六年四月二十九日

哥哥：

来信收到。你不要太冲动了，会不会是志学看错了呢？即使苏惠和蔡正阳一起看电影，也不能肯定就是谈恋爱。如果是很多人一起去看电影呢？当然，她这么久不给你写信，确实是有点奇怪。但不管怎样，你还是要冷静，千万不要惹出什么事来。

阿善

一九七六年五月三日

善弟：

我写给苏惠的信，你是否已经送她？

满纸恶毒辱骂，哪有理智可言！无情的刀枪炮弹，理应投向苏修美帝，我却将它投向了最心爱的女人。我仿佛看到，苏惠颤抖着双手读信，尚未读完，便流下痛苦的眼泪。我真是蠢不可及！我以尖刀伤人之心，无疑亦将自己送入万劫不复的地狱！我此刻唯一的愿望，就是你并未将我的信送她。当然我知道，这种可能微乎其微，几乎是零。

阿峰
一九七六年五月八日

哥哥：

你写给苏惠的信，我没有送给她。真的，我不骗你，我要是骗你，就会掉进河里淹死！

我当时就决定不把这封信送给苏惠。我觉得这样不好，你那么恨她，信上一定不会写什么好话，让她读到，有什么意思呢？让她读了之后心里难受，你就会因此而好受吗？

这封信已烧掉，请放心！

我不懂爱情，但我认为，当爱情不再存在的时候，两个人之间应该还有友谊。因为两颗心毕竟相爱过，珍惜过。突然又变成了敌人，彼此伤害，那又是何必呢？

阿善
一九七六年五月十三日

【荆歌评注】读了这封信，我们完全有理由怀疑，哥哥所有写给苏惠的信，邹善其实都是偷看了的。甚至有些信，他到底转交与否，都很难说。而辱骂苏惠的这一封，又真的没有交给苏惠吗？为什么要烧掉呢？

善弟：

  这些日子，我除却劳动，便是独自一人躲在屋内睡觉。陈英（荆歌注：队长次女，三白荡生产队赤脚医生。前文有交代。）较为关心，常来问候。某日，她将家中粮食白酒偷出，给我解忧。

  偷了几次，酒便告罄。而我不思茶饭，只想常醉不愿醒。陈英就取来医用酒精，让我兑水而喝。结果我醉得一塌糊涂，几乎不省人事！

  今宵酒醒何处？躺在床上，内心无比孤独，宛若漂浮于无边大海，四处无岸。我是一只可怜虫，为整个世界所抛弃！

阿峰
一九七六年六月十日

哥哥：

  六月十日的来信收到了。

  看来你的情绪很不好，萎靡不振、自暴自弃，我很为你担心。我听妈妈说，许多地方的知青都在开始回城了，你要表现积极一点，不要太感情用事，以免影响了自己的前途。我没有更多的话来安慰你，只希望你尽快从痛苦中走出来。

阿善
一九七六年六月十五日

陈英

善弟：

　　自插队以来，队长一家对我关爱有加，尤其陈英，更是无微不至。然而，酒醉乱性，我却做了不该做之事，与陈英发生了肉体关系。

　　我对陈英，并无爱情，向来将她视作姐姐。在这世上，我独钟苏惠。失去真爱，我痛苦万分，恰似一叶孤舟，漂浮于茫茫大海之上。陈英的关心爱护，给我以安慰，不是姐弟，胜似姐弟。然而，我却玷污了这份阶级友谊！我悔恨交加，恨不得抽自己一百记耳光！

　　我一失足，深感有负于苏惠。我对苏惠的爱，深过海洋。即便她已不爱我，我心依然。今生今世，除却苏惠，我不会再爱第二人。然而，我却与另外一个女人发生了肉体关系！深深的自责如毒蛇盘踞我心，令我窒息！

　　除了向苏惠忏悔，我别无解脱之法。若我不说，内心的毒蛇，会啃噬我更甚，最终我将自责而死。我要向她忏悔，主动暴露丑恶灵魂，让她看到一切。她恨得越深，我心里才会好受一些。若她给我写信，加以强烈谴责，或者痛骂，甚至前来抽我耳光，用刀捅我几个窟窿，我心方能有几许安慰。

阿峰
一九七六年六月三十日

鼠 药

善弟：

　　信刚寄出，便又后悔！中饭后我飞奔去大队部，想取回那信。可是，信已被邮递员取走。我又追至公社邮电所，却被告知，当天的信件已交付轮船码头运走。想取回给苏惠的忏悔信，已无可能！

　　若未将此信交她，则幸甚矣！此信若已交苏惠，我将悔恨终身！

　　请速回信，告以实情。

　　盼！

峰
一九七六年七月一日

哥哥：

　　我要告诉你的是坏消息，你给苏惠的信，我已经交给她了。昨天收到你的信，我也曾犹豫了一下，我想，要不要把信交给苏惠呢？这样好吗？当她知道一切，又会怎样？她当然会鄙视你，看不起你，她也会感到难过的。作为你的弟弟，我也感到难为情。但是我最终还是决定把信交给她。我认为这样做，对你来说，的确是有好处的。既然苏惠已经不再爱你，你也不必要整天为之痛苦，无法挽回的事，就让它过去吧。现在你出了这样的事，让苏惠知道了，你们之间也就算是彻底结束了。这对你来说，确实不是坏事。你就会死心了，不要再想她了，尽可能把她忘记掉，然后振作起来，不要再整天沉湎在痛苦之中。我是这么想的，所以把信交给了苏惠。我认为这样做对你是有利的，你不要再胡思乱想了，你和苏惠已经没什么关系了，也就说不上谁对不起谁了。你出了那样的事，跟苏惠一点关系都没有。你们已经断绝了恋爱关系，就不能说你是背叛了她。她因此对你有看法，觉得你生活作风不正派，那也没关系，反正你又不是她的什么人。

　　你出了这样的事，我确实感到很惊讶。我虽然年纪还小，不太懂这些，但我觉得，这种事，应该是在结婚以后再发生的。在结婚之前就做这样的事，被人家知道了是不是很难为情呀？要是还没结婚，就生出孩子来了，那又该怎么办呢？我从你的来信了解到，陈英是个不错的人，她对你看起来是很真心的，你为什么不爱她呢？你是嫌她是乡下人吧？她是赤脚医生，也不是没文化，是有文化有知识的农村青年。两个人只有真心相爱，才是幸福的。苏惠已经不爱你，你就是和她结婚了，也不会幸福。你既然和陈英发生了关系，说明你还是喜欢她的，要是你一点都不喜欢她，怎么可能这样呢？你只是觉得苏惠比陈英好，但苏惠不愿再爱你了，好又有什么用呢？

　　哥哥，你就不要再难过了，忘记苏惠吧，不要再为了她而感到痛苦，也不要内疚和后悔了。

　　再过几天我就要高中毕业了，今年我们这一届听说没有插队下乡了，全部都会留在镇上工作。我听说，绝大多数人都会进厂工作，但我不想当工人。可是商业上名额有限，而且是烟糖店和饭店，我也不想去。我想进钟表店工作，但不一定有名额。妈妈也认为我到钟表店工作比较好，或者照相馆也不错。她跟爸爸说起过，希望他早点想办法。但他很不耐烦，把我狠狠训了一通，说什么不让我下乡劳动锻炼已经是很不错了。

善
一九七六年七月六日

　　【荆歌评注】这一次，邹善反倒将信送给了苏惠，让人感到意外。当然，我们仍然有理由怀疑，他说的并不是真话。读完全部信件之后，我相信，邹善是个很有心计的人。他所做的一切，包括他在这封信里劝哥哥忘掉苏惠，建议他与陈英相好，都是在为自己考虑。还有，说从这届开始，所有的高中毕业生都不用下放，全部留城工作，对哥哥说这个，是要表明，他的留城，并不是以哥哥的插队换来的。

峰儿：

（荆歌注：这里有一大段与地震有关的文字，因为与情节发展关系不大，但却有特殊的时代背景意义，所以作为附录放到"上部"之末了。）

我听说，你和农村的一个女青年好了，是不是啊？她还是生产队长的女儿，对吗？妈妈不是想刺探你的秘密，而是想在生活上指导你，给你一点经验，免得你犯不必要的错误。什么叫大人？大人就是年纪比你大，生活经验比你丰富，许多事你们年纪轻不明白，大人明白。许多事你们以为是这样，大人却能透过现象看到事物的本质。自己的大人，能用他的生活经验来指导自己的孩子，让他们及时明白道理，不要在生活的道路上走弯路，走错路。妈妈没有别的意思，一切都是为了你好。你和农村女青年好，妈妈说实话不赞成。我并不是说有门第观念，而是这么考虑的：你要是娶了农村女青年，那你不就是一辈子待在乡下了吗？你难道愿意一辈子当农民吗？以后你的孩子，你孩子的孩子，世世代代都当农民了。你如果想回城，不想永远待在农村，那么跟农村女青年谈对象就是不合适的。

你以前给你的同学苏惠写情书，苏惠的爸爸找上门来，当时我们的态度是，你年龄还小，而且刚到农村插队落户，应该把更多的精力用在学习和劳动上，不应该搞那些小资产阶级的情调，一天到晚卿卿我我，情书你一封我一封写来写去，确实不太好。所以当时我们和苏惠的爸爸一样，都是竭力反对的。现在你和农村女青年好，妈妈觉得你虽然过了二十，可以算成人了，但还是觉得谈论这些事为时过早。二十岁，人生的道路还长，以后的路还要靠你自己一步一步走出来，现在更多的时间和精力，应该放在学习和劳动上，是不是？我和你爸爸结婚的时候，我二十七岁，他已经三十岁了。你才刚过二十，不用这么急的啊！最后，妈妈要特别提醒你，年轻人谈对象一定要注意，千万不要感情冲动，做出不道德的事情来。否则影响会很不好，弄不好的话甚至会彻底葬送你的前途。

我知道许多话你是不爱听的，听了之后会对我更加反感，更不愿意回家来，也更不愿意给我写信了。但是，作为妈妈，应该说的还是要说。良药苦口利于病，忠言逆耳利于行，希望对你有用。我相信随着时间的推移，你会渐渐明白妈妈的这番苦心的。

祝你一切都好！

妈妈
一九七六年八月八日

【荆歌注】这里有一封邹善写给哥哥的信，内容基本是关于地震的，还算有趣，已整体移放到"上部"末尾。有兴趣的读者可以闲览。

邹善：

我一向对你信任，没想到，你却是叛徒奸细，将我出卖。卑鄙无耻堪比甫志高、王连举！我最恨两面三刀之人，你善于伪装，是一头披着羊皮的狼！

　　本来，在这家中，我还有你一个朋友。现在看来，所有的人皆非善类。也罢也罢，我与家庭，从此便无任何瓜葛了。就譬如自己是孙猴子，出生于石头缝里吧！

周峰
一九七六年八月十三日

阿峰：

　　读了你的信，我如坠五里雾中。我做错了什么？你不问青红皂白，说我是叛徒、奸细，是甫志高、王连举，说我两面三刀，比他们还要卑鄙无耻，还说我是披着羊皮的狼，你把所有最恶毒的话都用到了我的身上，这是为什么？我感到非常气愤！我不是叛徒，我没有出卖你，我也不是披着羊皮的狼。

邹善
一九七六年八月十八日

邹善：

　　你真不知自己做了什么？那么我和陈英之事，母亲又怎会知晓？她来信要我别和农村女青年谈对象，还让我万勿感情冲动做出不道德的事。若非你告密，她又怎能得知？

　　别再伪装，群众的眼睛是雪亮的，狐狸尾巴终于露出来了！

周峰
一九七六年八月二十四日

哥哥：

　　我敢以生命保证，这件事我绝对没跟妈妈说。你给苏惠写了那么多信，我从来没有告诉过任何人。我出卖过你吗？我一直为你严格保密，却没想到，到头来会是这样一个结果。

　　你这样冤枉我，不觉得罪过吗？随便冤枉一个为你保守秘密、帮助你的人，真的很不应该。即使我真的一不小心说漏了嘴，你也不应该这么恨我。你翻脸就不认人了，对我这样凶，骂我骂得这么厉害，我真受不了！

　　自从接到你上一封信，我就心里一直非常难过。晚上躺在床上，想到自己被冤枉，想到你那么无情地骂我，我眼泪都流下来了。好心没有好报，我现在才知道世界上真是有这样的事的。要是早知道你是这样的人，当初我根本就不应该帮你，一次次像做贼一样去送信，我那样做又是为了什么呢？是你给苏惠写情书，又不是我，我那么起劲干什么？我是一个傻瓜，到头来还要被人冤枉。

邹善
一九七六年八月三十日

　　【荆歌评注】我反复研究了相关信件，还是无法判断，邹峰和陈英的事，是不是邹善告诉母亲的。

阿善：

　　这几日我左思右想，也许，我和陈英之事，是志学不慎透露了风声。若果真如此，那么真是抱歉万分，我冤枉了你。在此，我郑重向你道歉，万望海涵！你若不能消气，可来信骂我，无论怎样谩骂，我都愿意承受。但求你宽大为怀，不计前嫌。

七月底志学曾来我处，开怀畅饮，推心置腹。我将陈英之事告诉于他，而他也向我透露了秘密。原来他和阿萍也有肉体关系，还说阿萍腹部有疤。我与他乃生死之交，从不怀疑会彼此出卖。而志学母亲是个典型的长舌妇，但凡知道什么事情，必定宣扬。志学与其母，感情笃深，他成人后还常与母同睡。此事定是他不慎泄露！

善弟，再次向你道歉！今后我一定改正粗心鲁莽的毛病，凡事调查研究，反复核实，再作结论。非常对不起，弟弟！

愚兄　阿峰

一九七六年九月五日

哥哥：

既然你这么说，我也就不怪你了。虽然我被冤枉了，心里很难受，但是，你已经知错了，向我道歉，我就原谅你了。我只有你这么一个哥哥，我不希望亲兄弟反目成仇。我们的家庭已经这么不和睦了，我和你如果再断绝了来往，那不是太悲惨了吗！

收到你的信，我很吃惊。志学真的和阿萍发生了肉体关系吗？他不会是在你面前吹牛吧？如果事情是真的，那我会从此看不起阿萍。我没想到她是这样的人。我一直觉得她很文静，很聪明，是个很乖巧很懂事的女孩子。她做出这种事情来，不觉得难为情吗？

昨天，伟大领袖毛主席逝世了，当时我正和明辉他们在打篮球，有人跑过来说了这个不幸的消息，起先大家都不相信，说这一定是阶级敌人造谣。但是后来我们没法不相信，因为高音喇叭里响起了哀乐。

真是晴天霹雳！明辉当场就哭了，他一哭，许多人也都哭了起来。我当时没有哭，但到了晚上我也哭了。晚上大家聚集在阿萍家门外的空地上，一起看她家的电视机。电视里一遍遍放哀乐和《国际歌》，放伟大领袖毛主席的照片，我禁不住也落下了眼泪。我听妈妈说，她很担心毛主席去世后，中国会变颜色。夜里我睡在抗震棚里，外面电闪雷鸣风狂雨猛，我想到妈妈的话，心里非常恐惧。

今天一整天，到处都回响着低沉的哀乐和悲壮的《国际歌》声，我的脑子里，也一刻不停地回旋着哀乐的旋律，大家都感到心里不是个滋味。你们乡下的情况怎么样？也要组织群众进行各种各样的悼念活动吗？

你不要再后悔了，我已经不恨你了，我们永远都是团结一心的亲兄弟！

阿善
一九七六年九月十日

阿善：

（荆歌注：这里删去一段与毛泽东逝世有关的内容，因为写得有趣，放到"上部"末尾作为附录，可博一粲。）

近日惴惴，恐我和陈英之事败露。若被队长知道，定会抽我耳光。我多次问她，是否告以家人，她都笑笑，讳莫如深，令我忐忑不安。不过，话说回来，即便事情败露，我也不会和她相好。纵使以死相胁，也绝不答应。失去所爱是痛苦的，但要和不爱之人结合，更是痛苦。

就此。再叙。

阿峰
一九七六年九月十五日

阿萍

哥哥：

在抗震棚里住了一个多月，一直没有发生地震，但最近却发生了一件比地震还要大的大事，现在几乎镇上所有的人都知道了，都在议论这件事。

那天是星期六，九月二十二日，姚阿姨拎住阿萍的一只耳朵，把她从她家的抗震棚里拖出来。姚阿姨像疯了一样，一定要阿萍当着众人的面说出来，她肚子里的小孩是谁的。原来是阿萍肚子里有小孩了，我们都看不出来，不知道她妈妈是怎么知道的。阿萍蓬头散发站在那里，低着头，大家围着看热闹，就像开批斗大会一样。我被吓坏了，我从来没看见过姚阿姨这么凶，没想到她会发这么大的火。她当着这么多人的面，一定要阿萍说出肚子里的小孩是谁的，她这样做，不是疯了吗？这难道是什么光彩的事情，要让所有的人都知道吗？她怎么这样做呢？看到阿萍低头站在那里，我非常同情她。虽然我觉得她跟别人睡觉，把肚子睡大了，是很可耻的事，但是我非常同情她，我担心姚阿姨这样做，会把她逼上绝路。那么多人围观，她一个女孩子，以后还怎么做人？如果换了我，我一定不活了。即使不自杀，也要逃到一个没人认识的地方，否则还怎么抬起头来做人？会被人们的唾沫淹死的！阿萍站在那里低着头，她一句话也不说。她当然不肯说，她哪里有脸说啊！但姚阿姨一定要她让说，她对她吼叫，拎她的耳朵，要她抬起头来说。阿萍就把头低得更下了，她的腰也弯了下去。

我希望有人上去劝劝姚阿姨，让她不要这样做。有什么话，可以到家里去说，这种事怎么可以当着大家的面解决呢？但是，没有一个人上去劝的。大家都看得津津有味，好像看戏一样。我想他们是巴不得这场戏继续演下去呢，要是有人上去把姚阿姨和阿萍劝回家，这个人是会犯众怒的。我几次都想上去劝姚阿姨，让她不要这样了，快带着阿萍回家吧。我甚至愿意跪下来求她，再也不要这样逼阿萍了，再这样的话会把她逼死的呀！但是我终于没有上前去。姚阿姨一副凶神恶煞的样子，我感到害怕极了。

后来庄书记来了。他一来，我想就好了，他一定不会像姚阿姨这么愚蠢吧，当着这么多人的面审自己的女儿实在是太难为情了，他应该马上把她们母女两个拉回家去吧。谁知道，庄书记上来就抽阿萍的耳光。他噼噼叭叭打了她十几个耳光，打得那么响。阿萍站在那里一动不动，听凭他打。我看到，她的嘴巴里淌出血来了。我很害怕，我不知道我为什么害怕，我心里很难受，我竟然发抖了，我不知道事情发展下去会是怎样。以前我一直非常羡慕阿萍，她有那么好的爸爸妈妈，平时对她总是客客气气的，我从没见过他们骂她打她。没想到他们也这么凶，他们翻了脸，凶得我站在边上都感到害怕，好像庄书记的耳光会打到我脸上来似的。

这时候体育老师宋金根上来劝了，他拉住庄书记的手臂，说："好了，好了，不要打了，自己的孩子，打坏了怎么办？你看，出血了！"阿萍以前一直没哭，现在听宋老师这么说，她就伤心地哭起来。但庄书记甩掉了宋老师的手，对他说："你别管！"说着又打了阿萍两个耳光。宋老师就上去抱住庄书记，把他拖开，不让他再打阿萍。庄书记在宋老师的怀里挣扎，宋老师力气大，抱得紧紧的，庄书记挣不脱。他就大喊："别管我，放开我！我要打死她！打死这个不要脸的！我没这样的女儿！"庄书记拼命地挣扎，身体像弓一样弹起来，结果他的头把宋老师的下巴顶着了。宋老师就松开了手。宋老师松开之后，庄书记就猛兽一样冲过去，把阿萍的两条胳膊反扭到身后。这时候姚阿姨上来揪住阿萍的头发，两个人像是真的要把阿萍弄死一样。我在一边心里紧张极了，心咚咚乱跳，感到头皮发麻，我不知道会出什么事。这时候阿萍叫了起来，她一定是痛得受不了，或者是她实在太害怕了，她喊道："是毛冬，是毛冬啊！"

她一开口，庄书记和姚阿姨就松了手。他们让她说清楚，是哪个毛冬。阿萍的头发更乱了，脸上眼泪和血混杂在一起，她看上去就像精神病院出来的，她抬起头看看庄书记，又看看姚阿姨，样子非常可怜，她说："就是李毛冬。"她说她肚子里的小孩是毛冬的。

我开始还以为是真的，我想怪不得阿萍和毛冬那么好，原来他们睡过觉了，肚子里都睡出小孩了。但是刘老师出来一说话，大家就知道阿萍其实是瞎说。刘老师说："放屁！你倒会造谣，毛冬去年十一月份就去参军了，一直没回来过，你是什么时候让他睡的？你的肚子是鬼睡大的！"

刘老师说完，姚阿姨上去又揪阿萍的头发，揪得她哇哇地大叫。庄书记则在边上用脚踢，踢得阿萍最后倒在地上。刘老师则在边上骂："自己不要脸，还要造谣冤枉别人！我不管是哪个鬼把你的肚子睡大了，你不要冤枉我们家毛冬。毛冬是军人，是中国人民解放军战士，他在保卫祖国，谁冤枉他就是破坏国防！"刘老师骂得嘴里白沫都有了，我也是第一次看见她这么激动，她平时一直是很文静的，突然也变得像一只雌老虎。

我真是没想到，阿萍接下来会冤枉我。她坐在地上，庄书记用脚点着她的鼻子，对她说："你今天要不说老实话，我打死你！"阿萍抬起头，她看见了我。她看我的样子，是那么可怜。她好像是在对我说："救救我吧，阿善，救救我呀！"我的心怦怦乱跳，我不知道应该怎么做。我想救她，但我不知道怎么救她。我可以过去把她从地上扶起来吗？如果他们还要来打她，那我就推开他们，把他们推得远远的。如果他们一定要揪住她打，那么我就跟他们拼命。如果他们打我，我倒不会反抗。只要他们放了阿萍，不再打她，那么我愿意被他们打。阿萍的眼睛里，真的全是恐惧，她太害怕了，她已经吃不消了，看着她这样子，我心里的滋味真是说不出来。正在这时，她抬起手来，指着我说："是他。"真是晴天霹雳！我哪里会想到，她竟然说是我。

我真气啊，气得一塌糊涂，我想我心里这么帮你，愿意为了你被打死，你却冤枉我。这么多人你都不去冤枉，偏偏要冤枉我，这又是为了什么？我想她一定是神经出了问题了，她瞎说八道，先是说毛冬，现在又说我，她不是像只疯狗在乱咬人吗？毛冬去年十一月份去参军，一直也没回来过，他说得清，我却说不清。所有的人都看着我，姚阿姨和庄书记，像是会吃人一样，他们愤怒地瞪着我，像是要把我吃掉。我应该怎么办呢？我感到害怕极了，我不知道怎么来为自己申辩。如果真的是我，我不会抵赖，好汉做事好汉当，没什么好赖的，早知今日何必当初。但我是冤枉的，真的不是我，怎么可能是我呢？我对姚阿姨庄书记说："不是我！真的不是我！"我听到自己的声音在发抖。我为什么要发抖？我太害怕了，我为什么害怕？他们一定以为阿萍的肚子真是我睡大的，以为我在撒谎。

我没办法了，我实在是逼得没办法了，我只能咬出志学。我要是不说出志学，他们看样子会打死我的。即使他们不打死我，我也一定会被自己的爸爸打死。我不会有活路的。我只能说出来，我没办法了，一点办法都没有，除了把志学说出来，我没有其他办法。

我把志学说出来之后，庄书记一定要我写证词，他说，只有写下来，才能证明我是清白的。我被逼无奈，就写了。他们还让我按指印，我也按了，蘸了钢笔里的墨水，在证明书上按了指纹。

　　我现在心里很恨阿萍，她自己做出了不要脸的事，要么不说，要说也应该实事求是，她为什么要冤枉人呢？先是冤枉毛冬，接下来又冤枉我。她为什么要冤枉我呢？我感到太气愤了！我现在觉得她被她的爸爸妈妈打，吃了那么多耳光，头发也扯掉了不少，那是罪有应得。谁让她冤枉好人呢！要不是你对我说过，是志学把她的肚皮睡大的，我想我就是跳进黄河也洗不清了。

阿善
一九七六年九月二十五日

邹善：

　　收读来信，非常气愤！你怎可咬出志学？这等天大秘密，我因信得过你，才说给你听，可你却出卖了我们！此刻志学定然对我恨之入骨。我是活该，他应该恨我，我不配做其朋友，是我出卖了他。我真该死，如此重大秘密，怎能告诉你这样一个人！

　　你曾否思考，你这样做，对我，对志学，意味着什么？不是出卖又是什么！自己苟且偷生，便不顾他人，以出卖别人求得自身安全，你是个软骨头！无耻之徒！

　　如此一来，志学完蛋了。是我泄露了秘密，惹出惊天大祸！而这一切，皆由你造成，我对你切齿痛恨！

　　你的叛徒行为，为世人所不齿，也将受到自己良心的谴责。勿以为有人冤枉你，便有理由出卖别人。我曾将你比作王连举甫志高，可谓恰如其分。你就是这样的人,是叛徒,是奸细,是卖国求荣的软骨头!别以为王连举甫志高只是书中才有,现实生活中也有,就是你这样的人!你就是贪生怕死出卖同志的活典型!

再跟你啰唆,已无必要。我只是觉得有愧于志学,我间接出卖了他,犯下不可饶恕的罪。

周峰

一九七六年九月三十日

志学被枪毙了!

(邹峰邹善兄弟通信摘录集束)

【荆歌按】志学与阿萍发生关系后,由于阿萍指控其强奸,所以最终志学被枪毙。对此,邹峰邹善兄弟在信中各有相关的叙述和议论。现将分散于诸多信件中的有关文字专门摘出,汇集如下:

志学真的被枪毙那天,我受到了极大的震动。我突然觉得,他的死,并不是与我一点儿关系都没有的。如果我不说出他来,他也许就不会死。我想志学被抓进去之后,一定恨死我了,他直到死,都对我恨得咬牙切齿。我经常晚上做噩梦,梦见志学变成枪毙鬼来找我报仇。有时候则梦见是我自己被绑赴刑场枪毙了:他们把枪顶在我的后脑上,啪地一响,我吓坏了,但却没有死,他们于是又对我开枪。自从志学枪毙了之后，我的灵魂一刻都没有安宁过，好像觉得志学是被我害死的。有时候走在街上，突然看见一个人过来长得很像志学，我的心就怦怦怦狂跳起来。

我没有想到志学真的会枪毙。当时，阿萍告志学强奸，志学就被抓了起来，我想他也最多是送到西山劳改农场去扛石头。通过这件事，我对阿萍这个人已经看穿了，她就像一条疯狗，不仅不要脸，做出那种丑事，而且还乱咬人，一会儿说毛冬，一会儿说我，最后又说志学是强奸了她。世界上怎么会有这种人？她应该到精神病院去检查一下，看看是不是有神经病。

——摘自一九七七年二月二十八日邹善给哥哥的信

今天我在街上碰见志学的妈妈，她现在满头的白发。刚见到她的时候，我紧张得不得了，很想找个地方躲开她。但是，她已经看见我了，她对我笑眯眯的，还向我问起你的情况，看上去她一点都不恨我。也许是因为，她并不知道志学是被我出卖的吧。看见她的样子，我心里既害怕，又很难过。我觉得我对不起她，因为我出卖了她儿子，我害了他们。我不会原谅自己，永远都不会！

——摘自一九七七年五月三日邹善给哥哥的信

我经常做梦梦见志学，奇怪的是他每次都对我很客气，笑眯眯的，他总是递一支烟给我，我对他说我不会抽烟，他就把自己的手指头掰下来，说："那你抽这个吧！"他越是对我客气，我越是害怕。每次醒来后，想起梦中的情境，都非常害怕。梦都是反的，志学一定非常恨我，他变成了鬼也对我恨得咬牙切齿呢。

不过我想，志学更恨的人应该是阿萍。如果她不告他强奸，他就不会死。他们本来就是两厢情愿的，不可能被枪毙的。她为什么要告他呢？她不是因为喜欢他才和他睡觉的吗？为什么出了事就要整死他呢？她一定是想表明她是清白的，但是现在事实是，她在镇上名誉扫地，工作都找不到，所有的单位都不要她。

我猜测，是她的父母教她这么做的。他们真是阴险啊，自己的女儿明明是跟人家谈恋爱，却要她告别人强奸，结果害了人家性命。他们看上去精明，其实愚蠢得不得了，阿萍肚子大，其实当初谁也没有看出来，都是他们当着那么多人的面，一定要她说出来肚子里的小孩子是谁的，结果弄得全镇的人都知道了。现在所有的人都看不起阿萍，所有的单位都不要她，这一切还不是他们自己造成的？他们不光害了志学的性命，也害了自己的女儿。我以前一直觉得庄书记和姚阿姨是天下最好的父母，我曾经那么羡慕阿萍，想要是自己有这么好的父母就好了。现在看来，他们是天底下最坏的父母，是罪魁祸首！

——摘自一九七七年六月二十日邹善给哥哥的信

志学死于非命，我痛心疾首。我与他肝胆相照，是此生最好的朋友。风华正茂，生命便戛然而止，且以很不光彩的形式结束，悲哉恸哉！志学何其冤，他不是强奸犯，他们彼此爱慕，发生肉体关系，亦出于阿萍自愿。她家为保全名誉，不惜牺牲他人性命，惨无人道！

志学之死，我难辞其咎。若我当初守口如瓶，一切皆不会发生。

志学身陷囹圄，我曾前去探望。我给他下跪，向他请罪。他却并不怪我，还说与我永远是好兄弟。他说，除却阿萍，别人皆无过错。他在我面前痛哭失声，说他看错了人，一腔真爱被无情践踏。两情相悦，一切皆出于自愿，若要他承担责任，男子汉绝不推诿。为了爱情，要他去死，也在所不辞。但是，告他强奸，令其绝望愤懑。他表示，在他心中，爱已荡然无存。所有的爱，已化而为恨。爱有多深，恨就多深。他唯有一念，便是早日释放。不管几年，三年五年，即便十年廿年，出去后便要将阿萍全家杀掉，与他们同归于尽！被判死刑之时，他一定绝望之至，复仇已无可能，真是死不能瞑目！

——摘自一九七七年八月二十二日邹峰给弟弟的信

哥哥：

我终于正式参加工作了。我们照相馆包括我在内一共有五名职工，三男两女，我年龄最小。我一定会认真向老师傅学习，尽快掌握拍照技术，更好地为人民服务。

自从去年收到你九月三十日来信后，我给你写过无数信，但你一封都没有回。我知道你恨我，你永远都会恨我的。

这封信，我不知道看了多少遍。每一次看，我都感到十分难受，好像有刀子在扎我的心。我觉得你骂得对，我是叛徒，我的确实是出卖了志学，也出卖了你。不要说骂，你就是打我，我也觉得是应该的。如果时光能够倒退，我一定不会把志学说出来，我宁可死，也不说。通过这件事我认识到了我自己，我真的是一个贪生怕死的胆小鬼，跟江姐李玉和这样的革命先烈比，我太渺小了，我的骨头太软了，我首先考虑的是自己，怎样为自己摆脱困境，而完全没有考虑别人会怎么样，更没有考虑我这样做的性质是非常严重的。我恨自己，看不起自己，我永远都不会原谅自己！

我想，也许你这辈子都不会再理我了。但是，我还是要给你写信。我要一遍遍对你说：对不起，说一千遍一万遍都不能减轻我的罪。

阿善
一九七七年二月二十八日

哥哥：

今晚庄书记到我们家来，带了苹果、麦乳精等礼物，要爸爸帮阿萍安排工作。我听说所有的单位都不要阿萍，灯泡厂这种福利厂，里面都是些跛脚断手，还有聋子、痴呆，他们也不要阿萍。大家都觉得像阿萍这种生活作风不好的女的，招进单位里来，迟早又会出事。庄书记求爸爸帮忙，让"上山下乡"办公室硬安排一下。

以前经常有人上门来，为了子女的工作，求爸爸帮忙。他对家里人凶得不得了，对外面的人，却是很客气的，他即使不帮人家，也都对人家客客气气的。但是对庄书记，他很不客气。庄书记一进门，爸爸的脸就拉长了，没说几句话，他就对庄书记说要休息了，有什么事可以白天到办公室去讲。后来，庄书记带来的礼物，被他扔了出去。庄书记走了之后，妈妈就跟他吵了起来。他们吵得很凶，他们关起门来吵，我在外面也听不清他们都说了些什么，只听到爸爸不断地咆哮，还有妈妈的哭声。我觉得在这样的家庭里生活，真的是一点欢乐都没有，经常处在压抑的气氛中。我已经参加工作了，不再是个小孩子了，但我还是要生活在这样的家庭里，我难道会一辈子生活在这阴影中吗？我记得你曾多次对我说过，让我工作后就不要待在家里了，还建议我去农机厂当工人，那样就可以住到工厂宿舍去。我现在真希望照相馆有宿舍，那样我就可以不住在家里了。

             阿善
            一九七七年四月二十日

哥哥：

  我在照相馆的工作很轻松，每天上午进暗房，跟小赵师傅学洗印。小赵虽然是个女青年，但她参加工作已经五年，技术很好。她总是很耐心地教我，使我每天都有很大的进步。下午我的工作是把洗印出来的照片在上光机上烘干、上光，然后用花边铡刀切边。这个工作我和店里的另一位女青年小汪一起做，有时候小赵也过来帮忙一起弄。徐经理和老金师傅，都是五十几岁的老职工了，徐经理负责修底片，这是照相馆最难的技术。在摄影室里给顾客拍照片的是老金师傅，他喜欢批评人，那些来拍照片的人坐得不好，姿势不对，都要被他批评。喜欢笑的人也要被他说，他总是看不惯喜欢笑的人，说他们"吃了笑药"。徐经理让我有空就到摄影室看老金拍照，让他慢慢教我。但老金从来不教我，眼睛都不看我一下，就像边上根本没我这个人。他有什么稀奇的，工作了几十年，拍照的技术还没小汪好。我听小赵说，小汪的拍照技术比老金要好很多，但老金年纪大，不能让他干暗房或者烘照片。我想只要我努力学习，过不了多久，技术也会超过老金的。

  你还是不给我回信。也许，我所有的信，你收到就扔掉，或者烧掉了。你是那么恨我，恨我这个没出息的、贪生怕死的弟弟。

             阿善
            一九七七年五月三日

哥哥：

今天，苏惠到我们照相馆来拍照了。她是和一个女同学一起来的，那个女同学很黑，所以她显得更白了。

老金师傅对黑皮肤的女人，总要讽刺挖苦几句，不是说人家像张飞，就是说人家面孔像猪肝，经常有女的被他说得哭的。我以为苏惠这么白，老金一定不会说她。但是，拍照的时候，他还是讽刺她了，他说："这个人看上去就像白骨精。"苏惠却不生气，反而很开心地笑了。老金给苏惠拍照，显得特别卖力。他让我把灯搬过来搬过去，搬了好几次，那些都是几百支光的灯泡，我都被照出汗来了。老金给苏惠拍照费了很大的劲。但给另一个女的拍得就很快，她刚坐上去，他咔嚓一捏皮球，就拍好了。

苏惠的照片拍得很好，这是老金拍出来的最好的照片了。他平时技术一般，又不太认真。他给苏惠拍的照片，无论是用光，还是人物表情，都很好。苏惠的照片在暗房里洗出来的时候，小赵说："这个女的很漂亮！"小赵还说，苏惠的眼睛特别清纯，嘴唇也好看。小赵对我说，女人第一要紧的是眼睛，因为眼睛是心灵的窗户，好看的眼睛是最能够打动人的。

阿善
一九七七年五月二十二日

哥哥：

上午苏惠来取照片，这次是她一个人来的。她对自己的照片很满意，站在柜台前看了又看，还叫我一起看。我已经看过好多遍了，洗印的时候和小赵一起看,后来烘干上光的时候又和小汪一起看,小汪没说她眼睛和嘴唇好看,倒是夸了她的鼻子,说苏惠的鼻子长得很可爱。小汪说:"女人是因为可爱才美丽的。"

看了半天,她说:"我哪里有白头发?老太婆才有白头发呢!"她不懂拍照,头发其实不是白了,而是因为顶光,从后上方打下来的一束聚光,打在她头上、肩上,这样会让人物显得生动,更有立体感和艺术性。我向她解释,她很快就懂了。

哥哥,这次看见苏惠,我心想,如果她是我嫂嫂,该多好啊!你不给我写信,就给苏惠写一封吧。我帮你送去,我会尽量让她给你写回信。

阿善
一九七七年五月二十七日

【荆歌评注】邹善为了获得原谅,锲而不舍地给哥哥写信。这里,又抬出苏惠,试图以此诱惑哥哥回信,并换取宽恕。他的工于心计,是不难看出来的。

哥哥:

今天我碰见阿萍了,她在街上一边走,一边吃小笼馒头,吃得狼吞虎咽。见到我的时候,她还叫了我一声。我没理她。我听妈妈说,阿萍的工作问题一直解决不了,所有的单位都不要她,她的父母很着急。我看妈妈也为她操心,不知道她为什么要操这个心。妈妈在我面前埋怨爸爸,说他做事一点都不近人情,阿萍的事不肯帮忙也就算了,还把庄书记带来的礼物扔出去,皇帝还不杀送礼的人呢。我对妈妈说,阿萍这是活该！妈妈说："可是志学的确把她的肚子弄大了呀！"我说："肚子弄大就是强奸吗？"妈妈后来也承认，志学确实很可怜，一个年轻的生命就这样消失了。

你不回信，你还是那么恨我。你恨我是应该的，就像我到死也不会原谅阿萍。

阿善
一九七七年六月二十日

【荆歌评注】直到读完所有的信件，我才明白，为什么邹父那么讨厌阿萍的父亲庄书记，而邹母又为什么站在庄书记一边。

哥哥：

（荆歌注：此处有两小段描述的是电影《血情梦》的场景，因与故事情节关系不大，删去又觉得可惜，故移至"上部"末尾，作为附录。可看可不看。）

电影开映之后，苏惠跑过来找我。她从人海中挤过来，一直挤到我们边上。她说没地方坐，要在我们这儿挤一挤。她再三请求我们说："让我挤挤吧，谢谢你们啦！"这样她就坐了下来，坐在我边上。看电影的时候，她一直跟我说话，我闻出来，她在吃奶糖，她嘴里有一股奶糖的气味。后来妈妈和我咬耳朵，问我："这个苏惠是不是就是和阿峰写情书的？"我告诉妈妈，你们早就不好了。看得出来，妈妈蛮喜欢苏惠的，回家以后，她还夸苏惠漂亮。

另外告诉你一件事：爸爸买了一杆气枪，是"卫国牌"的，上海货。他经常晚上带一支三节电筒出去打鸟。上礼拜我趁他不在家，把他的气枪偷偷拿出来，瞄准外面的路灯一扣扳机，就把路灯打碎了。我不知道里面有子弹，也没想到自己眼光这么准，一枪就击中了目标。他回来后发现枪里的子弹没了，就知道是被我打掉了。我想这下完了，他一定会打死我。可是还好，他只是臭骂了我一通，并没有打我。我想，大概因为我已经参加工作了，是大人了，他不再打我了吧。

我要是哪天有一杆自己的气枪就好了！

盼你给我写信。

阿善
一九七七年八月四日

阿善：

所有来信，尽皆收悉。随着时光推移，我已不再记恨于你。想世间事，似皆命中注定。志学与阿萍错爱一场，遭杀身之祸，也许是他命该如此。

你终于还是到照相馆工作了。我对那种地方，向无好感。我乐于当工人。但你我性格不同，既然喜欢，也是好的。

今有一事相求：能否加印一张苏惠照片寄我？我想留作纪念。此事对你来说，应该不难，举手之劳而已。

（荆歌注：此处有段落移至"上部"末尾。）

阿峰
一九七七年八月二十二日

哥哥：

　　收到你的来信，我真是高兴极了。你终于原谅我了，不再恨我，我心里感到轻松多了。现在，唯一不能原谅我的，是我自己。那毕竟是一种可耻的行为，是我人生的一个污点，不是轻易可以抹去的。我一定要吸取教训，今后严格要求自己，不再做任何对不起别人的事。

　　所以，你要我偷印一张苏惠的照片，我不能答应你。请你原谅！因为我们在照相馆工作，是不能随便偷印别人照片的。苏惠这张照片拍得好，徐经理想放大了摆在橱窗里，还特地让我到苏惠家去征得她的同意。你想要一张她的照片，我能够理解，但却帮不了你。偷印照片，那是很卑鄙的行为。

　　再次请你原谅！

阿善
一九七七年八月二十七日

阿善：

　　你竟不肯帮忙，让我失望。此事天知地知，你知我知，又有何妨？对你而言，这也是将功赎罪的机会。你出卖我和志学，犯下大错，我对你既往不咎，你若不肯帮忙，岂不是一点良心都没有？

　　苏惠不再理我，我始终找不到答案。给她写了那么多信，皆如泥牛入海。我想彻底将她忘记，却依然朝思暮想，未能忘怀。若能得到一张她的照片，画饼充饥，望梅止渴，亦得些许安慰。请务必帮忙，勿令我失望！

　　本月起，我被抽至大队小学当代课教师，无须再干农活。代课较为轻松，颇多时间看书。周日我去县城新华书店购书，大多为鲁迅先生著作。先生的作品深刻犀利，似匕首投枪，剖析国民劣根性，更是入木三分。

今日还要批改学生作业，余言后叙。

盼速给我寄来苏惠照片！求求你了！

阿峰
一九七七年九月十日

哥哥：

经过激烈的思想斗争，我决定帮你印一张苏惠的照片。偷印时我对小赵说，因为我和苏惠认识，要多印一张送给她，我让小赵不要告诉任何人，她答应了。虽然说我已经初步掌握了暗房技术，但我还从未一个人进过暗房，所以这件事，肯定要让小赵知道，这是没办法的，除非不偷印。小赵是不会说出来的，她一直对我很好，而且，我说是偷印一张送给苏惠，她相信了，没有怀疑我有其他用途。我这样做，说实话是不道德的，是对不起苏惠的。但是因为你强烈要求我这么做，我还是答应了你。但愿永远都不要被苏惠知道。

照片夹在信纸里了，请查收。

你当代课老师很好，我把这个消息告诉了妈妈，她也非常高兴，她说要写信给你，让你好好教书，表现好一点，争取能够转成民办教师。民办教师虽然不及公办教师，但比代课老师好，是正式教师。当老师不用再干又苦又累的农活了，而且也会受到当地贫下中农的尊敬，是吗？

收到照片请即回信，我好放心。

阿善
一九七七年九月十八日

【荆歌评注】在中国的教育体系中，公办教师是国家干部，除工资之外，还享有公费医疗和一切城镇居民的待遇。民办教师次之，有编制，但不算国家干部，没有公费医疗，也没有城镇居民所享有的国家配给物资，通常只是在乡镇以下级别的学校任教。民办教师有"转正"（转为正式教师）的可能，但机会极少。代课教师地位最低，不占任何编制，没有任何保障，说来就来，说去就去。代课教师转而成为民办教师的机会，更是微乎其微。不过，能当上长期代课教师，不用干繁重的农活，却能像壮劳力一样记工分，应该说也不是一件容易的事。费振钟曾在《上海文学》撰文，对中国教育体系中这种等级设置进行了深刻而辛酸的剖析。

峰儿：

你当上代课老师了，这真是个天大的喜讯，妈妈真高兴啊！你要好好珍惜这个机会，认真教书，认真备课，认真批改作业，争取当一名合格的人民教师。虽然说农村广阔天地是大有作为的，但我还是不希望你一辈子在农村。如果可能上调，当然是最好的，但要是一时回不了城，现在你这样代代课，最后能转成民办教师，我也就放心了。妈妈当了二十年人民教师，对这个工作很有感情，如果你能像妈妈一样，成为一名人类灵魂工程师，是大有前途的。

近来我的身体总的来说还不错，只是睡眠比以前更加不好了，每天睡觉前都要吃一颗安眠药。我也知道吃药不好，天天吃，长久吃，就有了药物依赖。但是，如果不吃药呢，根本无法睡，白天一点精神都没有，上课的时候在讲台上站都站不稳。医生现在也不反对我吃药，医生说了，和白天不能正常工作生活相比，药物的一点点副作用，对人的影响还是没太大关系的。不过我担心的是，以后吃一颗药也会慢慢变得没用了，刚开始吃的时候，会睡得很熟，你爸爸那么响的呼噜，我睡着后都听不到了。但是最近，有时候会被他的呼噜吵醒。睡眠不好的人，最怕有声响，特别是呼噜声，听了心里很烦躁。你爸爸那么响的呼噜，吵得我难受死了，吃了安眠药都常常要被他吵醒，我真不知道应该怎么办。

不过你不用担心，医生说，这种舒乐安定片毒副作用并不大，即使每晚吃两片，也没多大关系的。只要吃了之后能够真正休息好，那么还是应该吃的。阿萍的爸爸，我们学校的庄书记，他五年前就开始每晚服用安定片了，现在要是哪天晚上特别睡不好，或者是出差在外的话，就会吃两到三片，他也照样身体很正常。

对了，说到庄书记，我想起来了，他曾几次对我说，希望他女儿阿萍能和你好，他说他一向很喜欢你，说你性格刚强，能吃苦耐劳，为人忠厚老实，意思是要我跟你说说，让你和阿萍谈谈看。我没有答应他，这种事，我怎么能答应呢，这种事我们大人可做不了主，我对他说，孩子还小，还在农村劳动锻炼，暂时还不应该考虑个人问题。我知道阿萍配不上你，她出过事。但是我想，她是被强暴的，责任不在她身上，她是受害者。更主要的是，她的家庭不错，庄书记是我们学校党支部书记，她妈妈是医院的护士。阿萍不管怎么样，比农村姑娘总要好吧？你如果和农村姑娘结婚，那就是在农村扎根了。我不是看不起贫下中农，而是觉得要一辈子在一起生活，许多生活习惯差距太大，是不会幸福的。

啰啰唆唆地说了这些，我知道你不爱听，你一定觉得烦了。你们已经长大了，会越来越不需要我这个妈妈的。

有空给我写信!

                    妈妈
                一九七七年九月十六日

【荆歌评注】"妈妈"竟然要邹峰和阿萍"谈谈看",亏她想得出来。她真是太不了解儿子了,怪不得做母亲那么失败。

阿善:

照片收到,非常感谢!端详照片,我突然发现,三年级学生姚爱菊与苏惠十分相像。我将照片示于学生,他们皆认为照片中人与姚爱菊酷似。姚爱菊本人看一眼照片,便羞愧而逃。农村孩子忠厚纯朴,表达感情方式与镇上孩子迥然不同。他们相互之间习惯骂人,无论男女,皆出口粗鄙,却从不骂我。他们对老师十分尊重,令人欣慰。

自当教师之后,生活不同于前,心情也大有变化。我日益爱上教师工作,对简陋的教室和纯朴的学生怀有深厚感情。

                    阿峰
                一九七七年九月二十五日

妈妈:

承贫下中农信任,当上代课老师,我定努力工作,以不辜负群众期望。当一名光荣的人民教师,是我夙愿。插队农村,本以为理想永不能实现。未料机会突然降临,原来的民办教师顾龙奎因喝酒精中毒，抢救无效去世，生产队便决定由我顶替。我当努力，争取早日转为民办。

信中提及阿萍事，绝无可能。庄书记有如此想法，对我是极大侮辱。她害死我挚友志学，罪不能恕，我若敌友不分，将愧对志学英灵。即便终身不娶，也不会要她。目下我不考虑个人问题，要全心全意将课教好。若能转为民办，一辈子扎根农村也心甘情愿。

儿　阿峰
一九七七年九月二十五日

蔡正阳

哥哥：

今天，蔡正阳来加印照片，竟然是苏惠的照片。我怀疑底片是他捡来的，或者偷来的，就对他说："偷印别人的照片是犯法的！"他却反过来说我是小偷。结果我们吵了起来。为了这件事，徐经理批评了我，他认为我不能对顾客耍态度。我不服气，像蔡正阳这样的人，为什么要对他态度好？

想起以前志学曾告诉过你，看见苏惠和蔡正阳一起看电影，当时我还不相信，现在看来，苏惠是有可能和蔡正阳好了。我真是不明白，她为什么要跟他好？我看不惯蔡正阳这样的人，小眼睛，厚嘴唇，而且还流里流气的。苏惠怎么会跟这样的人好？

阿善
一九七七年十月十日

【荆歌评注】邹善是为哥哥而吃醋吗?

弟弟:

　　苏惠与蔡正阳好,已确凿无疑。否则她断不会如此绝情。天上的浮云少女的心,说变就变。我决心彻底将她忘掉,将全部精力投放于教学。所幸学生皆很可爱,尤其姚爱菊,非常聪明,目光清澈如湖水,歌声异常动人,不仅嗓音清脆,乐感也佳。水网地区,劳动人民打鱼时爱唱民歌,此地民歌"呜啦啦调",婉转抒情。姚爱菊善唱民歌,皆其奶奶所教。若是大城市孩子,或可进少年宫向阳花合唱团为外宾演出。惜乎生在偏僻乡村,难有机会。

阿峰
一九七七年十月十五日

哥哥:

　　昨天晚上,我们照相馆的橱窗玻璃被人砸碎了,里面苏惠的照片被偷走了。其他的陈列的照片,却一张都没有少,只少了苏惠的照片。我敢肯定,这件事一定是蔡正阳干的,苏惠自己不可能半夜里跑到这儿来砸玻璃。今天早上,徐经理向派出所报了案,后来来了两个民警,现场拍了照片,不知道他们会不会去抓蔡正阳。这是犯罪,不仅破坏公物,而且是偷窃。希望他被抓起来,判刑,枪毙掉最好。

　　由于出了这件事,今天一整天我们都没心思干活,大家一直在议论。老金还讲了几个凶杀破案的故事,很吓人的。其中他说到一个丈夫谋害了妻子，结果自己穿上了妻子的衣服，披头散发地从屋子里逃出来，当着许多人的面跳进了河里。人们都以为，这个跳河的人，是这个人的妻子，没想到却是杀人凶手本人！他水性很好，跳进河里之后潜游了一百多米，然后爬上岸逃跑了。大家都以为，这个人的妻子是跳河自杀了。其实，这个人的妻子是之前就被他按在河里淹死的。老金讲得好恐怖，小赵和小汪都让他不要再讲了，说听了他的故事，晚上都不敢睡觉了。他说得真的很可怕，我现在给你写信，都害怕得头皮一阵阵发麻。

你的学生姚爱菊，真的长得很像苏惠吗？世界上没有两片完全相同的叶子，但看起来还是有长得一模一样的人。双胞胎就长得很像。要是姚爱菊和苏惠年龄一样大，她们兴许就是一对双胞胎呢。

阿善

一九七七年十月二十一日

哥哥：

我们徐经理到派出所去问过几次了，他们到现在还没有破案，也没有把蔡正阳抓起来。他们说，这也算不上什么大案，镇上经常有人家玻璃窗被砸碎的事情发生，还有路灯，也经常被人用弹弓或气枪打掉，不用大惊小怪的。他们让我们不要在橱窗里放贵重的东西，还建议我们晚上安排人员值班。徐经理很生气，回来后一直在骂派出所就像国民党。他们还说，要抓蔡正阳，一点证据都没有。他们说，我们不能放过一个坏人，但也不能冤枉一个好人。徐经理回来后说，只有一个办法了，晚上安排人在店里值班，否则，他说，弄得不好，我们店里的设备都会被偷掉。但小赵小汪都叫了起来，她们说，一个人住在店里值夜班，那会把她们吓死的。小汪还说，要是被强奸了谁负责？徐经理说，那就两个人一起值班，两个人一班。但小赵小汪还是不肯，她们说，即使是两个女的一起值班，也不安全的，来了坏人，女的怎么打得过？要是一男一女值夜班，那也不行，怎么睡呢？最后徐经理说，那就我们三个男的轮流值班吧。老金却不肯，他说他年纪大了，要是坏人来了，他也打不过。并且他还说自己神经衰弱，晚上在家里都睡不好觉，要吃安眠药。要是值班，换了一张床，就更睡不着了。要是睡不着吃安眠药，那坏人来了也不知道，值班等于白搭。最后只剩下经理和我两个人可以值夜班，经理看了我一眼，就说，算了，你们都在家里睡觉吧，干脆我一个人值班，我就把被头铺盖搬过来，住在这里了，家里也不去睡了，以店为家吧！他这么宣布决定之后，大家都很高兴，小汪称赞徐经理，说他就像革命烈士一样，舍己为人，发扬了共产主义的大无畏精神。

阿善
一九七七年十月二十五日

哥哥：

我必须要弄清楚，我们照相馆橱窗里苏惠的照片，到底是不是被蔡正阳偷去的。我肯定是他偷走的，除了他，还会是谁呢？为此，我今天特地到苏惠家去了一次，我想看看那张放大照片是不是在她家里。如果在，那么一定是蔡正阳偷出来的。但是我在她家里什么都没发现。苏惠很警惕，她问了我两遍，问我想要找什么，我想她一定是心里明白的，她这是明知故问。后来我就告诉她，我们照相馆橱窗里她的放大照片被偷了，橱窗玻璃都被砸碎了。我直截了当地告诉她，我怀疑照片是被蔡正阳偷走的。她听了之后，冷冷地对我说，你有什么证据呢？接下来她就赶我走，说她父母很快就要回家了，希望我马上离开。她对我十分冷酷，让我感到很难受，自尊心受到了很大的伤害。但是我又不能赖着不走，这是她的家，我又怎么能赖着不走呢？

　　回家的路上，我心里很恨她，我觉得她就是一个内心冷酷无情的女人，我发誓我一定要查出来，一定要找到证据证明蔡正阳是个贼。

阿善
一九七七年十一月二日

【荆歌评注】 和蔡正阳较上劲了。

峰儿：

　　你知道吗，国家要恢复高考了！许多人都准备考大学，我们学校甘老师、潘老师这些"老三届"毕业生，也都在认真复习功课，准备参加高考。潘老师已经成家，都当了父亲了，他还要考，要圆一个大学梦。妈妈建议你也考，你抓紧回来一趟，我帮你弄些参考资料，你就在家里认真复习一段时间，争取考上大学。考上大学，你不用再待在农村了，前途会一片光明。这样，也省得让你爸爸去办返城手续，我看他对你的上调一点都不关心，我每次跟他说，他都阴阳怪气的，好像只是我的事，是我在求他一样。孩子的事，不是我一个人的事，孩子的前途，他根本不放在心上，他是一个自私透顶的人，他心里只有工作工作，其实是只有他自己，他什么事都是只为他自己考虑。

　　听妈妈的话，赶快向生产队请假，回来一趟吧！你可以请病假在家复习，我让姚阿姨帮你开肝炎证明。你们这一届，中学四年根本就没好好读书,那时候受读书无用论影响,根本不好好学习。现在,粉碎"四人帮"之后,百废待兴,国家需要大量的人才,决定恢复高考制度。但你们和老三届一起参加高考,功课肯定比不上他们。所以你一定要认真复习才能考,否则一定很难考上。

希望你只争朝夕,立刻回来!

妈妈
一九七七年十一月二日

【荆歌评注】一九七七年国家决定恢复高考,从"老三届"(一九六六、一九六七、一九六八三届)起,所有的高中毕业生都可参加高考。因而一九七七年,在中国,出现了前后共十一届高中毕业生同时考大学的盛况。随后在大学校园,同一个教室里,同学年龄有相差十一岁之多的。"老三届"因为在"文革"开始前还读了一些书,而一九六六年以后,学校基本只学《老三篇》(毛泽东《为人民服务》《纪念白求恩》《愚公移山》三篇文章)了。我是七六届的,求学十年,正好是一九六六年至一九七六年十年"文革"。十年啊,天天和尚念经般读毛主席书。至今,我还能背诵《老三篇》。估计邹家兄弟的情况与我差不多。

鼠药!

哥哥:

今天我又到苏惠家去了,我像以前一样,在她家后院外敲了几下砖头。她听到以后,从门里探出头来,看了我一眼,就把门关上了。她的眼光真冷啊,我第一次从她的眼睛看到这么冷的光。我在外面等了好一会儿,还不见她出来,我就再敲了两下砖头。这下,门开了,从里面出来的不是别人,而是蔡正阳。我呆呆地站在苏惠家后院外,看蔡正阳从我面前走过,然后越走越远,最后拐出了汤家弄。

我心里突然对苏惠产生了仇恨,我变得那么恨她,有了要杀死她的念头,就像老金故事里说的,把她按到河里,让她淹死。或者在她的茶杯里倒点鼠药,她喝了之后,嘴巴里就吐出血来,就被毒死了。我对自己的这种念头感到害怕,我难道真的会成为一个杀人犯吗?我的心紧张得怦怦乱跳起来。但是我无法把这个念头从我的脑子里赶走,它一直在我脑海里盘旋,好像我真的已经决定要杀苏惠。各种方法,一个连着一个在我脑子里像放电影一样。她被杀时惊恐痛苦的表情,也就像真的一样在我脑海里浮现。想着这些,我心里就不那么难过了,今天一整天,我脑子里都是这些,赶也赶不走。

哥哥,现在我要坦白地告诉你,其实我的内心深处,一直是爱着苏惠的,只不过我一直没有表达,只是藏在自己的心里。那时候你在信里告诉我你爱她的感受,我一直都是很能够理解的,因为我也像你一样,那么深地爱着她。不,也许我比你更爱她,我的脑子里,一天到晚都是她的影子,每天睡觉的时候,我都是想着她入睡,醒来之后,第一件事就是想起她。我从第一眼看到她起,就无法自已地爱上了她,为此,我陷入了无比的痛苦和自责,虽然说,内心也有着一丝爱的喜悦,但这份爱,是不可告人的,是无望的,是邪恶的,把我带入到绝望和痛苦的深渊之中。我竟然爱上了哥哥的女朋友,我这是犯罪,我的内心是多么丑恶!从此以后,每时每刻,我都是在想她和自责的痛苦中度过的。每次为你去送信给她,对我来说,都是无比兴奋的事。我就要见到她了！我就要见到她了！我的心在欢呼，我的心在跳跃，我的心一阵狂喜，同时，我又感到害怕，为自己的卑鄙无耻而痛苦。每次见她之后，我就开始回忆，一遍遍地回忆见她的情景，她的一个笑容，她说的每一句话，都会被我反复回想。我就在这种回想中，等待下一次再给她送信。我一点都不知道，她是不是看出了我的内心，我只知道我无可救药地爱着她，我无法克制自己，无法扑灭内心对她的爱。我不考虑她一旦知道后，是不是也能爱我，我只是偷偷地爱着她，不敢让她知道，更不敢让任何人知道。因为我晓得，我们是不可能相爱的，不是因为她比我大两岁，而是因为她是我哥哥的女朋友！我怎么可能和哥哥的女朋友相爱呢？那可是比摘下天上的月亮还要难的事！

哥哥，请你原谅我，我竟然是这样的人！我原本以为，它是我内心的秘密，是我一辈子的秘密，这个秘密永远不会有人知道，世界上除了我，就不会有第二个人知道，我会一直把它带进坟墓里去。但是，一直以来，我都有一种冲动，要把它说给你听，不管你是不是能原谅我，或者你会因此而杀了我，我都不在乎。我真的有很多次都已经提笔准备给你写信，把我内心的罪恶的想法向你坦白。它像毒蛇一样盘踞在我的内心，它让我感到万分痛苦。我想，如果我鼓起勇气，把一切都告诉你，也许我才能真正解脱，从自责、负罪的痛苦深渊中解脱出来。但是，一次次我都放弃了，我终于还是感到胆怯，感到害怕极了。我难以想象，当我袒露一切之后，会迎来怎样的风暴。于是就这样，一天天，我继续偷偷地想着苏惠，同时也继续背负着沉重的十字架。我几乎要被压垮了，我变得极度敏感和脆弱，你的每一次来信，从信到我手上起，我就开始紧张、恐惧，以致拆信、读信的时候，我的双手一直在颤抖。我唯恐你看穿了我的内心，在信上指责我，对我卑鄙无耻的内心进行无情的揭露和批判。我一直担心，这一天迟早会来。

我曾经作过许多努力，希望自己从这个邪恶痛苦的泥潭里跋涉出来。我为什么要爱上哥哥的女朋友呢？我年龄还小，真正的人生还刚刚开始，未来将有美丽的姑娘和甜蜜的爱情在等着我，我为什么要一头栽倒在这个一样绝望而痛苦的陷阱里呢？我骂自己，恨自己，瞧不起自己，我想抽自己耳光，恨不得杀了自己。但是没用，不管我怎么努力，都无法扑灭内心对苏惠的爱。只要想到她，只要想到她的名字，我的全身就淌过一股暖流。夜里躺在床上我想，要是我不能再想她，那么我就一天也不能再活下去了。

哥哥，真的对不起，我现在要告诉你，全部向你坦白，你让我送给苏惠的每一封信，我都偷偷拆开来看过的。你信上对她说的话，每一句都像是从我的内心流淌出来的，每一句话，都好像是我要对她说的。我读着你写给她的信，有时候竟然眼泪都流下来了。我多么想知道，苏惠给你写回信，信上会写一些什么样的句子。可惜我无法看到。说实话，读你写给她的信，我的心里，同时也是十分嫉妒的。所以她后来不再给你写信了，我的内心是感到一丝欣慰的。但是你那么爱她，你因此而痛苦不堪，又让我感到更加自责，好像你的一切痛苦，都是由我造成的，我觉得非常对不起你。我一方面嫉妒你，一方面又不希望苏惠不再理你。她和你断绝了关系，我和她的联系也就中断了。虽然那一次你写了一封谩骂她的信给她，我假装对你说没有送给她，其实我读过之后，立刻就给她送去了。我希望她看到信之后，就再也不理你了。但是很快我又后悔了，我觉得我这样做，也是在害我自己。她不再是你的女朋友了，她也不可能成为我的女朋友，反而我再也没机会见她了。所以后来我又非常希望你再写信给她。不管她是不是会给你回信，至少我又可以为你去送信给她了，我又能偷看到你写给她的信。

在你决定不再爱她之后，我内心的自责并没有完全消失。我觉得这一切似乎都是我的责任，是由我造成的。你还记得我告诉过你，有一次中学操场上放电影《红楼梦》，苏惠过来和我挤在一张长凳上吗？那天她很快乐，对我也很好，她不断地过来咬着我的耳朵，温柔地跟我说话。她的身上散发着迷人的香气，她嘴里奶糖的香味也是那么好闻，但我反而一点都不感到幸福，我每时每刻都觉得自己是一个罪人。在她面前，我始终都觉得自己是卑鄙下流的。

哥哥，我一直都想能有这么一天，把我的内心毫无隐瞒地向你袒露。不管你多么恨我，多么瞧不起我，我都要让你知道。现在好了，这一天终于来了，我终于向你说出了一切。我突然感到轻松，我心上压着的那块千斤巨石，终于被我推开了。但愿我不要后悔，不要明天又改变主意而不将这封信寄出。

你有罪的弟弟　阿善
一九七七年十一月八日

【荆歌评注】这封信是多么的重要，因而我在录入后将它全部点黑。

妈妈：

代课两月，我对学生已产生无比深厚的感情。想到一旦离开，心中难受。故对考大学事，思想斗争颇为激烈。当一名正式老师，是我夙愿，如今机会降临，弃之可惜！内心两个声音在争论，在交锋，令我无法作出抉择。

最终，我还是决定参加高考。不管结果如何，都要一拼。从今日起，当增强信心，认真复习，争取考上师范大学，实现人生理想。

我暂不能回家，学生需要我，我亦一日不能离开他们。日后若考上大学，毕业后我也争取回来，继续为这里的贫下中农孩子教书。烦请您将复习资料寄来，以复习教学两不误。请相信我定会刻苦努力。世上无难事，只要肯登攀！

阿峰

一九七七年十一月八日

邹善：

你竟偷看了我写给苏惠的所有信件，真是人格低下，道德沦丧！你完全辜负了我对你的信任！有你这样一个弟弟，真是我人生莫大的悲哀！

同时，你的内心还那么阴暗肮脏。虽然主动坦白，却依然不能得到原谅。

刘根山因私拆信件，被处极刑。你的性质和他如出一辙，完全够得上犯罪，即便不获死刑，判个十年有期并不过分！

我严正谴责你此种无耻行为！你必须为你的卑鄙作出深刻反省，扫清内心阴霾，到阳光下堂堂正正做人。

你的行为，不仅将我伤害，同时亦侵犯了苏惠的权利。竟然还说爱她，真是恬不知耻！她若知晓，必然无地自容，因你的无耻而义愤填膺。我决定在适当的时候，将你的卑鄙行径告诉苏惠。她有权知道一切。

你好自为之!

> 周峰
> 一九七七年十一月十五日

哥哥:

提起笔,千斤重,万语千言,不知道如何下笔。

我知道你非常恨我,无法原谅我,这是我罪有应得。不过,尽管如此,我还是要求你放我一马,给我一次机会,千万不要告诉苏惠。我求求你了,真的,求求你了,答应我,好吗?

求你不要告诉任何人,要是被公安局知道了,把我抓起来判刑,我可怎么办?哥哥,你救救我,不要让我去吃官司,我还小,我做了错事,只要给我改正的机会,我一定会改的。要是我被抓起来,妈妈会悲痛欲绝的,你不可怜我,也要可怜可怜她。哥哥,你也不会愿意成为 个刑事犯家属吧?

求求你,哥哥!我只求你这一次,放过我吧。我以后再也不会犯这样的错误了!我对不起你,对不起苏惠,我会每天都在内心对自己进行无情的谴责,悔过自新,请你一定相信我,我确实是认识到自己错了。要是我至今还不认识自己的错误,我也不会主动向你坦白。虽然说我坦白了你也不能原谅我,但我毕竟是主动坦白的,我要是不说,你也就不会知道,坦白总比不坦白好吧?

我的内心悔恨无比!哥哥,请无论如何原谅我一次,不要告发我,也不要对苏惠说,不要对任何人说!谢谢你!求求你!请你一定答应我!

> 你可怜的弟弟
> 一九七七年十一月十九日

【荆歌评注】因为有"刘根山事件",所以邹善才相信哥哥"即便不获死刑,判个十年有期并不过分"的话。

鼠药!鼠药!

弟弟:

你既已不爱苏惠,非但不爱,而且恨之欲其死,又为何怕我将一切告诉于她?

你私拆信件,暗恋胞兄女友,道德沦丧,无论对你对我,皆为奇耻大辱。然鉴于你认错较为深刻,且确属主动坦白,理当得到宽大。再说,你我毕竟一母所生,你再不仁,我亦不能置你于死地。

不过你须答应一事:去将苏惠杀了!你不是恨她吗?她背信弃义,你恨她是对的。我也恨她,对她已无丝毫留恋。让其在我生活中消失,在世上彻底消失,是我目下最强烈的愿望。你若真想得到宽宥,就要将功赎罪,把她杀掉。

苏惠一死,她与你我之间的恩怨也就终了。只要你做到,我一定原谅你,绝不告发你。一言既出,驷马难追!

此事只能成功,不能失败。事情一旦败露,你我将死无葬身之地。你只需不动声色,伺机将**鼠药**倒入她茶杯,亲眼看她喝下。谁也不会想到是你将她毒死,她继父则将成为怀疑对象。

鼠药切勿在商店购买,最好是去人民桥地摊,趁其不备偷上一包。

你做事一向谨慎仔细，你办事，我放心！

收读此信，切勿烧掉，原信寄还，由我处理。

祝你成功！

阿峰
一九七七年十一月二十四日

【荆歌评注】"你办事，我放心！"是毛泽东去世前对接班人华国锋所说的一句话。此语随后成为流行语。普通百姓，人无老少，事无大小，在表达信任时，通常会说："你办事，我放心！"

【荆歌按】顺时间排序，此处有两封邹善写给哥哥的信，分别写于一九七七年十二月七日和十二月九日。内容涉及邹善伺机下毒害死苏惠的一些具体细节。但在整包信件中，这两封信，是与苏惠一九八八年五月十日写给邹善的一封绝交信装订在一起的。显然苏惠是将它们作为罪证和自己的信一起寄给邹善的。我决定保持原样，让这两封信作为附录跟在苏惠一九八八年五月十日信后，不作调整。

哥哥：

我闯大祸了！

昨天晚上，我加班回家，看到苏惠坐在蔡正阳自行车后面，他们一直向镇南边骑过去。我情不自禁地跟着他们，一直跟到汤家弄。由于路灯很暗，而且我一直是远远地跟着，他们始终没有发现我。到了苏惠家附近，我就在一个蔷薇丛后面躲了起来，暗中观察他们。蔡正阳抱住苏惠，把她推到墙上。他对苏惠耍流氓，我很气愤！后来，苏惠把他推开了。但我看得出来，她并不生气，她进屋之前，还向他挥了挥手，跟他说再见。

蔡正阳推着自行车离开苏惠家，我就跟在他后面。走了没多远，我随手从路边捡起一块砖来，想也没多想，就对着他的后脑勺狠狠地砸了下去。

我到现在还不知道，蔡正阳是不是被我砸死了。如果他死了，我就是杀人凶手。我现在感到非常害怕，一点都不希望他已经被我砸死，我希望他还活着。我很想打听到他是不是死了，但我不敢出门。昨天晚上加了班，今天不用上班，我就一直躲在家里，不敢出去。我几次想硬着头皮出去，到街上转一圈，也许就会听到一点消息。但我终于还是没敢出去，我怕别人看出来，我很紧张，无法掩饰自己脸上的恐惧。我只有躲在家里不出去。可是，尽管躲在家里，我还是每分每秒都感到不安，我不知道蔡正阳是死是活，不知道外面正在发生什么。如果他死了，那公安局一定在查，他们会给现场拍照，在现场找一些蛛丝马迹。他们会发现我的脚印吗？他们找到那块砖头，会在砖头上查出我的指纹吗？我害怕极了，他们正在查，一步步地查，很快就要查到我头上来了！

我深刻地体会到，一个人是不能做坏事的，尤其不能做犯法的事。犯了法，紧张、害怕、惶惶不可终日的滋味，真是比死还要难受。今天一天我待在家里，想了很多，我想，我幸亏没有毒死苏惠，要是她喝**鼠药**死了，我不知道会怕成什么样。

闯了这么大的祸，我害怕得不得了，哥哥，我该怎么办呢？

你的弟弟　阿善

一九七七年十二月十九日

蔡正阳死了！

哥哥：

今天上班，一进照相馆，就听小汪说，蔡正阳被人用砖头砸死了。我立刻脑袋嗡了一下，完全被恐惧淹没。我听到小赵问我："邹善你的面孔怎么这么白？"我知道我的面孔一定是吓白的，我无比担心的事，终于成了事实。我一直怕蔡正阳死，他果然就死了。他怎么那么不经砸呢？那块砖头也不厚，只是普通的砖头，而且我的力气也不算大，怎么砸一下就把他砸死了呢？

今天一天，我不知道是怎么过来的，我对小赵说，我身体不舒服，头晕得很厉害，吃不下东西，而且想呕吐。小赵一开始还跟我开玩笑，说："你这样子倒蛮像有喜了。"后来她见我的确很反常，这才关心地让我到医院去检查。在暗房干活的时候，她从口袋里掏出一颗话梅给我吃，还用手摸了我的额头，看看我是不是发烧了。她对我这么关心，我心想，要是我没有砸死蔡正阳该多好啊！

回到家里，听到爸爸妈妈也在议论。妈妈说："小镇上真是很不太平，以后晚上要当心，尽量不要出去。"爸爸说："不知道是谁胆大包天，竟敢在街上杀人，凶手要是查出来，一定会枪毙。"听他这么讲，我的心狂跳起来，好像马上要从胸腔里跳出来了。他们不知道，凶手就是我呀！他们要是知道了，会不会大义灭亲去告发我？我想爸爸是完全会这么做的，他至少会认为如果不检举我，就会连累了他。

我想，全镇的人一定都在议论这件事，每家每户都在猜测凶手到底是谁。他们能猜到是我吗？苏惠呢，她会不会想到是我？我感到害怕极了，我仿佛掉进了一个无底的深渊，没有一个人能帮我，也没有一个人会帮我。哥哥，我害怕得要死了！要是那包**鼠药**还在，没有被我扔进公共厕所的话，我现在要把它倒进茶杯里，喝下去。喝下去之后我就死了，死了就好了，就不会感到害怕了。我觉得这种恐惧，比死要可怕多了。哥哥，我该怎么办呢？谁能救救我？

你的弟弟
一九七七年十二月二十日

鼠药

哥哥：

　　每天早上醒来，我都怀疑自己不是躺在家里的床上，而是在监狱里。想到他们要给我判刑，最后枪毙，我害怕极了。这两天，我每一顿饭都吃不下，只要一想到可能来抓我，我就紧张不安。吃进肚子里去的是什么，常常也不知道。妈妈以为我病了，我其实没病，我是害怕。我从来都没有这么害怕过，我害怕极了。每天晚上只要一睡着，就是做噩梦。有时候梦见他们给我上老虎凳，把我绑在凳子上，不断地在我脚后跟下面垫砖头，一块一块添进去，把我的骨头折得嘎嘎响。还有的时候，他们在大碗里冲泡了**鼠药**，硬往我嘴里灌。人们常说，梦都是反的，因此每次从噩梦中醒来，我都安慰自己，没事的，一定没事的。可是，有时候，我也做一些好的梦，比如，我梦见蔡正阳活过来了，他变成了一个漂亮的女人，胸前戴着大红花，要和我结婚。如果梦都是反的，那么这个梦又是什么意思呢？我不知道，我一点都不知道结果会怎样。现在有一点是肯定的，不是做梦：蔡正阳死了，他是被我砸死的，公安局正在日夜排查凶手。天网恢恢，疏而不漏，这句话经常在我脑海里浮现，它每次跳出来，都让我吃了一惊。

　　我曾经想逃走，悄悄地离开这个地方，逃到一个谁都不认识的地方，永远都不要回来。但是，我逃到哪里去好呢？逃到一个陌生的地方，靠什么生活呢？人家会问我，你有工作吗？有户口吗？你到这里来干什么？他们会怀疑我是逃犯，然后报告居委会。除非我装成一个疯子，他们才不会怀疑我。但是，像我这样的长相，要装成神经病是很难的。再说了，要是我逃跑了，这里的人发现我失踪，自然就会怀疑到我是凶手，杀了蔡正阳之后畏罪潜逃，这不是不打自招吗？公安局就会发通缉令，然后把我抓回来。

　　考试结束了，你考得怎么样？要不是出了这件事，我也会参加高考的。但现在什么都完了，他们随时都有可能来抓我，开公审大会审判我，然后拉到刑场上枪毙。我的日子不多了，我也许再也见不到你了。哥哥，要是我被抓起来，你会回来看我吗？来见我最后一面吧，在死之前，我想见见你。

你的弟弟　阿善
一九七七年十二月二十三日

鼠药！

哥哥：

　　快要过元旦了，过了元旦就是一九七八年了，新年的钟声就要敲响，但我不知道自己是不是还能活到这一天。昨天晚上爸爸用气枪打了妈妈一枪，打在她的大腿上，铅弹都嵌进肉里去了。他是个凶手！要不是我出了事，我会报告派出所，检举他开枪伤人，让他们把他抓起来，给他判刑，让他吃官司。但现在我不能，我自身难保，要是去派出所，等于是自投罗网。我也想到要和他拼命，把他杀死，和他同归于尽，反正我的这条命已经不是我的了，我随时都有可能被抓去枪毙，倒不如在死之前把他杀死，为民除害，为妈妈报仇。但是哥哥，说出来不怕你笑话，一想到要和他拼命，我就两腿发软，一点力气都没有。我觉得我根本杀不了他，我不是他的对手。我也不是没想到去弄一点**鼠药**来毒死他，但我不敢上街，更不敢跑到卖**鼠药**的地摊边去。我怕他们已经悄悄地布下了天罗地网，早已经在所有的地方埋伏好，一旦我活动，就将我抓获。我已经彻底丧失了勇气，除了上班，就只有躲在家里，就像老鼠躲在阴暗的角落里，不敢出来。除了恐惧，还是恐惧，我已经被恐惧彻底包围，彻底击垮。

　　我陪妈妈到医院去，医生替她把铅弹从大腿里挖出来了。妈妈对医生说，是她自己不小心碰了枪，子弹就打出来了。她的谎话编得很低级，谁都不会相信，谁会相信不小心勾到了扳机会打中自己的大腿呢？打到自己的脚还有可能。医生当然不信，他一直用狐疑的眼光打量我。我知道，他一定是在怀疑是我闯的祸。我很担心这个医生会报告派出所，儿子用气枪打了妈妈，虽然妈妈包庇他，但这总归也是犯罪，要是派出所知道了，同样是要把我抓起来的。

医生在给妈妈挖出铅弹的时候，我在一边看，我看到她的大腿上被挖了一个洞，血汩汩地冒出来。妈妈自己一点不害怕，由于打了麻药，她也不痛。而我却感到头晕，胃里很不安分地翻腾起来。最后我忍不住跑到厕所里去吐了起来，我就像晕车了一样，把胃里所有的东西都吐了出来。我一边吐，一边全身冒冷汗。我觉得自己快不行了，快要死了，由于这些日子来沉浸在极度的恐惧中，我变得虚弱不堪，我真的觉得自己快要死了，不行了，实在撑不下去了。

阿善
一九七七年十二月二十七日

【上部附录一】龙卷风

龙卷风通常发生于夏季。此番却于冬天突袭而来，来势凶猛，百年不遇。

生产队百分之八十住房遭损坏，我的屋顶也不幸被风掀去。彼时我正卧床休息，隆隆声突至，宛若直升飞机。顷刻，屋顶便被大风掀去！我仰卧于床，眼看天空突现，屋内物品，悉被卷走，升腾上天。我赶紧起来，紧抱柱子不放，才未被卷走。所幸大风转瞬即逝，前后不过几分钟。

仅短短几分钟，却给我们生产队造成不可估量的损失。全队仅少数几户人家幸免于灾。队长家瓦房坚固，故安然无恙。然木门上嵌入石块，大如拳头。此石为风挟来，仿佛流弹，击中木门。

观者无不唏嘘,若是击于人身,立毙无疑。

  风灾过后,许多人无家可归,晚上露天而宿。我是知青,队长让我暂住他家数日。现在,家家户户房子都已重新盖好,泥屋易建,只需将砻糠稻草等物与泥相和,切成大块,置于树荫下,不出两天,便可用来建房。人多力量大,人们热情高涨,投入轰轰烈烈的抗灾自救运动。人定胜天,现一切皆已恢复,请放心!

  此次风灾虽烈,我损失并不严重。绝大多数日用品都未被吹走,两只热水瓶也都完好无损。可惜中山装被吹卷走,且连衣架一同飞起,将我脸皮剐破。幸好未伤及眼睛,仅右侧脸部划破。伤口极浅,仅留隐约一疤,请勿担心。

  ——摘自一九七五年十二月二十八日邹峰给母亲和弟弟的信

【上部附录二】地震

  唐山地震给唐山人民的生命财产造成了不可估量的损失,听说我们这儿也有地震的可能,当地干部群众正在积极备战备震,迎接可能出现的自然灾害。妈妈非常担心的是,你那里情况怎么样?有没有听到要地震的传言?树欲静而风不止,自然灾害的发生,是不以人的意志为转移的,所以你应该掌握必要的地震知识,如果发现蚂蚁搬家、鸡鸭上树等异常现象,就要提高警惕。一旦发生地震,应该立刻跑到户外,以免房梁掉下来将人砸伤。晚上睡觉尽量开着门,因为地震发生时,门窗都会变形,到时候门就打不开了。如果出不了门,就要迅速躲到床底下,或者桌子底下,床和桌子将有效地保护你不被重物砸伤。

  我们这儿干部群众已经全部动员起来了,学校的广场上搭满了抗震棚,大家晚上都住在抗震棚里。你爸爸却坚持睡在家里,他不相信我们这里也会发生地震，他不相信科学。他还说，要是真的地震了，在屋子里被房梁压死了，那也是命。他不相信科学，却相信命，亏他还是个共产党员，我真为他感到难为情。他自己不怕死，还不让我们晚上去地震棚睡。我和弟弟不听他的，我们一到晚上，就洗脸刷牙洗屁股洗脚，搞完个人卫生就去学校广场了。他气得大骂我们，但我们不理他。

峰儿，你很久没给妈妈写信了，你在那里还好吗？我知道你不喜欢这个家，恨这个家，所以你永远都不想回到这个家了，是吗？你连妈妈也不要了，永远都不再理睬我了吗？你真的让妈妈很伤心，伤透了心。等你以后成了家，自己为人父了，你就会明白我今天的感受。辛辛苦苦抚养大的子女，到头来却不要你了，见都不想见你了，连信都不愿意给你写一封了，你的心里会是什么样的感受？用刀子戳心来形容，是一点都不过分的。

但作为妈妈，不管子女对她怎么样，她还是时时刻刻将子女挂在心上。最近我经常做噩梦，梦见地震了，房顶上的梁啊、椽子啊，还有砖头瓦片一齐掉下来，把你压住了。家里一共四个人，都在家，却偏偏压住了你一个人。你的骨头都露出来了，你一连声地叫痛，你连哭带喊地说，妈妈，我痛，我痛啊，我痛啊！我就吓醒了，醒来后好一阵心还嘭嘭嘭地狂跳。即使不是做梦，即使是在白天，我也会突然感到心里一阵紧。看到有人过来叫我，我会突然紧张起来，担心他们是给我带来什么关于你的坏消息。

——摘自一九七六年八月八日"妈妈"给邹峰的信

唐山发生了举世震惊的大地震后，我们这儿也在备战备震，准备迎接可能发生的地震灾害。我们学校的大操场，现在搭满了

鼠 药

抗震棚。抗震棚各式各样的，有的是用油毛毡搭的，有的是用尼龙布搭的。我和明辉抢到了两张乒乓桌，我们家和他家一家一张乒乓桌，就放在广场上，四周用尼龙布围起来，又稳又安全。不足的是，乒乓桌有点矮，躺在底下睡觉很好，但要坐起来的话，身体就坐不直，很不舒服。妈妈准备了两茶壶凉开水，还炒了米，一旦发生地震，就会断电断水断粮，有了凉开水和炒米，就可以对付一阵子了。镇上一大半的人家，都在我们学校大操场上搭了抗震棚。爸爸不相信会地震，他说就是震了，也不愿意狗一样钻在棚子里睡觉。他自己不怕死，还骂我们，不让我们住到抗震棚里。我们不听他的，我们还想活命，不愿做他的陪葬品。好在他只是骂我们，没有动手打人。他要是打我，我也不会听他的，我不愿睡在家里等死。要死让他一个人去死好了，死了也是活该，轻于鸿毛的。

我们学校成立了地震测报小组，我也被选上了。每天夜里我都要值班，有时是上半夜，有时是下半夜。虽然已经毕业了，但学校还是把我们当成自己的学生，地震测报组有一大半都是我们高二的同学，高一学生是少数。我们有几台测量仪，哪个方向有地震了，哪怕是轻微的震动，仪器都会有显示。我们除了观察仪器，还要经常到外面去看看，是不是出现什么异常的情况，比方说看看天空上有没有地震光啊。我们值班的时候，有人提出来打扑克玩，但我坚决反对，我们地震测报组肩负着重任，绝对不能有丝毫的松懈和麻痹。

你们乡下是不是也在开展防震抗震活动呢？农村比镇上要好，镇上比大城市要好。农村大部分都是平房，房顶就是砸下来，危害也不大。而且农村空地多，一旦发生地震，也便于疏散。大城市的形势是最严峻的,那么多高楼大厦,人员即使疏散到空地上,也是不安全的,大楼倒下来,危害仍然很大。但是尽管在农村,我们也不能放松脑子里的那根弦,面对自然灾害,我们是不能抱丝毫的侥幸心理的。望你保重!

——一九七六年八月八日邹善给邹峰的信

【上部附录三】毛泽东逝世

主席去世那日,我们正于三白荡边收割芦苇,队长过来通知大家,停止一切生产劳动,立刻回队收听重要广播。当晚,队长组织人员紧急磨制豆腐。翌日,家家户户皆分配到很多豆腐。我已连吃五顿豆腐,再无食欲。主席逝世,全体社员沉浸于巨大悲痛之中。收听广播时,队长的奶奶却说:"这下毛主席的老婆要哭死了!"引得哄堂大笑。有人便问:"你知道毛主席的老婆是谁吗?"老奶奶说:"是正宫娘娘。"真是荒唐!"正宫娘娘"即从前皇帝正室,亦即大老婆。皇帝有三宫六院七十二嫔妃,"正宫娘娘"是皇后。老奶奶年老昏头,胡言乱语。须知旧社会才有皇帝,毛主席怎是皇帝?他是人民大救星!若是旁人,如此出语反动,必将其斗倒斗垮。但老奶奶风烛残年,无人与她计较。

——摘自一九七六年九月十五日邹峰给邹善的信

【上部附录四】看电影

昨天晚上中学操场上放电影,王文娟和徐玉兰主演的越剧《红楼梦》。这个电影我们这里放映之前,上海、苏州那些大城市都已经放过了,县城里也放过了。不少人已经去苏州和县城看过了。我听说,有的人看过好几遍,这次到我们这里来放,他们还是要看，由此可见这个电影真的是非常好。所以昨天晚上中学操场上挤得满满的，树上、围墙上也爬了许多人，甚至屋顶上都有人爬上去看。等散场的时候，地上有许多拖鞋，都是挤丢在那里的。我因为去得早，在比较好的位置上放了一条长凳和一把椅子。因为昨天是星期天，不用上班，所以我吃过中饭就去抢位置了。我在操场上坐了一个下午，坐在那里背出了七首唐诗。抢位置的人很多，我还看到志学的妈妈也去的，她是下午三点多的时候去的，她端了一把小竹椅，坐在那里结绒线。吃过夜饭再到操场上去的人，是根本没地方放凳子的，就是站也没地方站了。

我觉得这个电影一点也不好看，我不喜欢看唱戏，话不好好说，就是唱，一句话能唱半天，越剧的唱腔我也觉得不好听，不如京剧好听。而且演员的表演很虚假，不像生活中真有的事。虚假的事物，不能让人相信，也就不能打动人。徐玉兰是一个女的，她演贾宝玉，总让我感到不对头，怎么都不能相信她就是宝玉，怎么看她还是一个女的。一个女的和一个女的谈恋爱，很滑稽的。那个王文娟，他们说她是孙道临的妻子，她一点也不漂亮，和我心目中的林黛玉相差得太多了。我看《红楼梦》书的时候，觉得林黛玉不是这样的，她应该漂亮得不像是凡间的女子，至少在我们镇上是不会见到这样的女子的。但是王文娟很普通，她都没有苏惠漂亮。我听说这个电影有人看了六七遍，而且每看一遍都要流眼泪的，我却一点儿没有这种感觉。我看过一遍，就不想再看了，要是再放的话，我是不会去看的。

——摘自一九七七年八月四日邹善给哥哥的信

我们公社，听说也将放映《红楼梦》。无论好坏，届时都将一观。此地贫下中农有"看饿死电影"一说,因为全年仅有一两次电影,故有"饿死"一说。因为难得,所以不管何片,皆人潮如海。因拥挤而丢鞋并不稀奇。我们公社上次放朝鲜片《卖花姑娘》,不幸踩死数十人。许多人以为电影是演"花姑娘"的,鬼子进村,不是常叫嚷要找"花姑娘"吗?何其可笑!《卖花姑娘》,卖花的姑娘而已。苦大仇深,催人泪下。里面的插曲很好听,你是否有同感?

——摘自一九七七年八月二十二日邹峰给弟弟的信

下部：一九八零年代

【荆歌按】全部一九八零年代的通信，基本上都是发生在邹善和苏惠两人之间。叔嫂间感情的发展与变化，细腻微妙，跌宕起伏，非常引人入胜。下部大部分信件未加评注，仅作提要，并将某些重要的语句点黑，以方便缺乏耐心的读者快速浏览。

- 我是一个劳改释放分子，我给他们脸上抹了黑，他们早就不要我这个儿子了。
- 这七年多里，我几乎天天都在想，释放以后，第一件要做的事，就是立刻见到你。

嫂嫂：

今天，我被提前释放了。我终于获得了自由！在西山采石场劳改了七年多，我才真正体会到了什么是自由。自由是世界上最宝贝的东西，人们一旦失去它，才会深刻体会到它的宝贵。刚到西山的时候，我感到绝望，我想逃跑。但是，所有逃跑的人，没有一个是成功的，不是被抓了回来加刑，就是被当场击毙了。我跌到了绝望的底部，我将在这个地方度过十五年痛苦的生涯，我曾多次想自杀掉算了，可是又始终缺乏死的勇气。我终于熬过来了，吃了八年不到的官司，我就被提前释放了！

我是下午两点多回到镇上的，西山岛每天只有一班船开出来，我是早上坐船到了苏州之后，再转坐汽车回镇上的。我没有直接回家，我现在是在镇上的大众旅馆给你写信。我知道我要是回家，我的父母一定不会接纳我的。他们不会再认我这个儿子了，我是一个劳改释放分子，我给他们脸上抹了黑，他们早就不要我这个儿子了。家乡对我来说，也变得陌生了。镇上的居民，好像一个都没认出我来。而在我眼里，也很少有熟悉的面孔。一时间，我甚至怀疑，这究竟是不是我的故乡？是不是我糊涂了，走错了地方，到了一个我从来也没到过的地方？我的家回不去了，虽然我知道我的父母仍然生活在这个镇子上，但我不想回去，我怕被他们拒绝。这个我曾经那么熟悉的镇子，现在变得如此的陌生！我知道，你早就不在这里生活了。这个镇子，此刻在我的眼里，它是那么陌生，那么空落落的。屋子外面正在下着淅淅沥沥的小雨，我的心感到非常失落。我突然有点怀念西山采石场了！居然怀念劳改的地方，我是不是很贱呢？当然，只是想想罢了。好不容易获得了自由，我会加倍地珍惜它！

嫂嫂，这七年多里，我几乎天天都在想，释放以后，第一件要做的事，就是立刻见到你。但是现在，我却没有了见你的勇气。七年多了，我一直在盼着这一天，天天盼，盼着重新获得自由的这一天。这七年里，我天天这么想，这个想法一天都没有改变过。现在我自由了，我回到了家乡，我却突然感到胆怯了。我既想立刻见到你，又怕见到你。**我越是迫切希望见到你，便越是对见你感到害怕。**因此我决定还是先给你写一封信吧。在西山的那些日子里，我曾几次给你写信，但你一封都没有给我回。我不知道是你没收到我的信呢，还是根本就不愿意给我写回信。当然，也有可能，我的信其实一封也没有寄出去，根本没有寄到你的手上。我下定决心，等我出狱的那一天，我一定要找到你，当面问一问你，为什么不给我回信。现在这一天终于来到了，我却突然丧失了见你的勇气。我只是一个人，无比孤单地坐在大众旅馆散发着霉味的房间里，在淅淅沥沥的雨声中，铺开纸笔，给你写信。

我一直以为，我有万语千言要对你讲，但是此刻，提起笔来，究竟要写些什么，却又感到茫然，那么多的话要讲，竟一时无从说起。今天就算是先告诉你一声吧，我被释放了，我自由了，我再也不用每天扛那些死猪一样重的石头了！

邹善
一九八五年七月七日

- 我认为你不应该住在旅馆里，而应该立刻回到家里去。
- 你信上叫我嫂嫂，我觉得很好笑啊。

邹善：

收到你的信，我真的是感到有些意外。平常，我是很少和别人有信札往来的。今天收到你的信，我一时还不知道是谁写给我的。我想不出会有谁给我写信。直到拆开信封，看到了信纸上你的署名，我才吃惊地知道，原来是你的来信！

你信上说，你在西山采石场时曾给我写过信，但是，我一封也没收到呀。我不骗你，我真的没有收到过你的信。我要是收到你的信，我是一定会给你回信的，请你相信我！

你被提前释放了，我简直不敢相信！我为你感到高兴！祝贺你！祝贺你提前获得了自由！收到你的信，我立刻就把这个好消息对你哥哥说了，他也非常高兴。

不过，我认为你不应该住在旅馆里，而应该立刻回到家里去。不管怎么样你总是他们的儿子，你父母不管对你有什么看法，他们还是会接受你的，他们不可能两个儿子都不要吧！你哥哥是没办法了，早已经完全与他们断绝了。**当初我和你哥结婚，他坚持不让家里知道，他说他们知道了只有坏处没有好处，他们只会成为我们婚姻的绊脚石。**说起来都难以相信，直到今天，我和公公婆婆只见过一面，那一次见到他们，还是因为看电影——你还记得吗，那年在中学操场上放《红楼梦》，我没地方坐，就挤到你家的长凳上坐？那以后，直到今天，我再也没有见过他们。他们早已经没有你哥这个儿子，又哪来我这个儿媳呢！

也许你此刻已经回到了自己的家，因为我想，你父母会很快得到你出来的消息。你住在大众旅馆，就不会有熟人发现你？只要有人认出你，就一定会告诉你父母。我估计此刻你是已经回到了自己的家，所以我这封信，寄到你家，但愿你能及时收到。

你在西山七年多，一定吃了不少苦吧？现在好了，你终于出来了，就让一切都过去吧，把它像噩梦一样忘记掉吧。

你被关进去的时候，我和你哥还刚刚考上大学不久，还在南京读书，你是怎么知道我现在在县城中学工作的？你是今天刚刚知道的吗？我和你哥师范大学毕业后，都回到了家乡，在同一所学校工作。你又是怎么知道我们已经结婚了？你信上叫我嫂嫂，我觉得很好笑啊。

现在好了，一切都可以从头开始了。你先好好休息，等适应一段时间后，找份工作，重新开始生活吧。欢迎到我们家来做客，我们刚放暑假，天天都在家里。你到县城后打听一下，一般人都知道县一中在哪里。

苏惠

七月十一日

- 而在那黑暗的日日夜夜里，只有想起你，我才会感到一丝安慰。
- 我是一个劳改释放分子，人们当然瞧不起我，就是我的父母，也瞧不起我。我知道他们还恨我，恨我给他们丢了脸。

嫂嫂：

我在劳改农场的七年多时间里，写了多少信给你啊，原来你是一封也没有收到。而我一直以为，是你不愿给我写回信。自从被判刑，到西山岛上扛石头，我的精神十分苦闷，情绪低落，经常是处在绝望的状态中。而在那黑暗的日日夜夜里，只有想起你，我才会感到一丝安慰。**每次给你写信时，我都满怀着希望，我想，要是能收到你的回信，我就不再绝望，就能打起精神劳动改造，充满信心地等待刑满释放的那一天。**但是，始终没有你的回信。

确实，正如你所料，我在大众旅馆只住了两天，我妈就来把我领回家里去了。其实我的内心，是十分不愿意回家的，因为我明显从父母的眼中看到了歧视。是啊，我是一个劳改释放分子，人们当然瞧不起我，就是我的父母，也瞧不起我。我知道他们还恨我，恨我给他们丢了脸。**我妈把我从西山带回来的东西，浇上半瓶酒精，点了一把火烧掉了。她生怕把虱子带回家。面对着熊熊火光，我突然产生了幻觉，好像火堆里烧着的，不是我的衣物，而是我。他们为什么不给我浇上酒精，把我也烧死了算了呢？**

我暂时就先在家里住一段时间再说吧，否则我也没地方可去，天天住在旅馆里，我也没钱付给他们。回家后的这几天，我几乎一天到晚都在睡觉，我不知道醒来之后我能做些什么，我似乎对任何事都丧失了兴趣。只有睡，除了睡我真的不知道还能做些什么。

我虽然这些年在西山这个孤岛上劳改，但你们的情况我都知道，你们什么时候毕业，到哪里工作，什么时候结婚了，什么时候我又有了一个小侄子，名叫历历，是吗？这些都是我的同学明辉写信告诉我的。我虽然在西山采石场，与世隔绝，但我时刻关心着你的一切。

邹善
一九八五年七月二十日

- **住在家里，真有一种生不如死的感觉。我的父母总是对我冷言冷语，指桑骂槐。**

嫂嫂：

在劳改农场的时候，天天盼望着能够获得自由，但是真的放出来了，我却感到日子非常难过，似乎比在劳改农场还要难过。住在家里，真有一种生不如死的感觉。我的父母总是对我冷言冷语，指桑骂槐。以前，我被判刑之前，他们两个关系很不好，经常吵架，我爸有时候还会动手打我妈。有一次，我爸举着气枪对准我妈打了一枪，把铅弹打进了她的大腿里。但是我回家后发现，他们好像变了，不像以前那么喜欢吵架了。相反，他们倒变得一搭一档，就像两个人说相声一样，你一句我一句，联合起来说我，讥讽我。虽然他们并不直接说我什么，但是，我听出来了，他们话里有话，每一句话其实都是针对我的。**我是个劳改犯，我坍了他们的台。** 他们总是当着我的面表达他们对外面犯罪分子的不满，虽然不是说我，但我听了觉得十分刺耳。

昨天，他们还说起我妈学校的一个退休教师，这对老夫妻是没有子女的，他们当着我的面，表示了无比的羡慕，他们说，没有孩子是多么轻松幸福啊！

嫂嫂，我实在受不了了！一天到晚这样指桑骂槐，这日子我还怎么过下去？换了以前，在这样的处境中，我第一个想到的一定会是死。既然自己的亲生父母都如此嫌恶，活着还有什么意义呢？但是经历了这么多，可以说经历了生死劫难吧，我已经不想死了。我要活着，那么多的苦日子都过来了，我为什么还要死呢？但是，这样的日子真的是很难熬啊！我不住在家里，又能到哪里去呢？一个劳改释放分子，人家不可能给我安排工作。到外面去当叫花子吗？我真的不知道应该怎么办！我现在的处境，真可以说是走投无路。

嫂嫂，我没想到会落到今天这个地步。当初在劳改农场，我做梦都没有想到有朝一日释放了，会是这样的下场。要是早知今日，我在劳改农场就完全不必要表现太好，这样也就不会提前释放，也就能继续在西山采石场一天天待下去。虽然劳动十分繁重，但是和其他的劳改犯比，我还是比较轻松的，一个礼拜中，有一到两天，我不用去扛石头，我负责出黑板报，布置农场的宣传橱窗，这些活很轻松，我干得很好，得到了劳教干部的一致好评。

想想真是荒唐，现在我居然会经常想，还不如回到西山去呢！老子说，祸兮福所倚，福兮祸所伏，是祸是福，有时候真的是说不清。

邹善
一九八五年七月二十五日

● 他们这样做，不是把你往好人堆里拉，而是把你往坏人堆里推啊！

邹善：

来信接读。

你父母究竟是怎么啦？他们一个是机关干部，一个是人民教师，怎么就连如何教育挽救自己的子女都不懂。他们这样做，不是把你往好人堆里拉，而是把你往坏人堆里推啊！要是你一气之下离开家到外面去，外面也没有好的地方可以接纳你，那不是给社会增添不安定因素吗？他们为什么不想一想，你犯了错误，已经受到了惩罚，已经改造好了，现在回家，需要的是家庭的温暖、亲人的理解，这样才能彻底抛弃过去，重新开始振作起来嘛。唉，看来人都是自私的，太注重自己的感受，很少能体谅别人，很难站到别人的立场上想一想，就是自己的父母也是这样！

我也不知道该怎么帮你。我把你的情况跟你哥说了，他说他要是你，根本就不可能再回家，他说他早就看穿了他们，他们是什么人，他太了解了。**他说你吃了官司出来，竟然还回到家里，当然是自讨苦吃了。**你哥也许说得有点道理吧。我看要不这样吧，你先到我们家来住几天吧，如果你愿意，我就跟你哥商量，我想他一定会同意的，你毕竟是他的弟弟嘛，人家说兄弟情同手足，你们摊上这样的父母，就更应该互相关心爱护了。当然我们家房子不大，你如果来了，晚上可以在客厅里睡地铺。

你觉得怎么样？盼来信。

苏惠
七月二十九日

● 当初是因为我哥告发了我，他们才抓我的。如果他不告发，谁也不会知道蔡正阳是我砸死的。

- 我那么恨蔡正阳，正是因为我心里对你的爱太深了，我不希望任何人得到你的爱，我不能让任何人得到你的爱。
- 我还想，我也曾经出卖过我哥，我也做过一些对不起他的事，现在这样，两下扯平了，谁也不欠谁了。

嫂嫂：

收到你的信我非常感动，你真是我的好嫂嫂，你对我这么好，我就是死了，也没什么遗憾了。谢谢你！真的非常谢谢你！我邹善如果还有一天能发达，能活出个人样子来，我一定会报答你的。我此生报答不了，下辈子就是变成牛马，也要来报答你。

能够住到你们家来，这也许很久以来都是我梦寐以求的。和你们住在一起，天天能够看见嫂嫂，我也就别无所求了！在劳改农场的七年多里，我天天盼着这一天，盼着尽早出来，能够见一见你。我好像就是为了这一目标而活着的。如果当时在劳改农场就知道有朝一日我出来之后，你会要我住到你们家，能天天和你在一起，一起吃，一起住，我就一定会更努力地改造，争取更早减刑，早一天出来好一天，早一秒钟出来也是好的！

但是嫂嫂，**我不能住到你们家来。因为我知道，我哥是绝对不会同意的。即使他假装同意，我也不会住过来的。**虽然说我吃了七年多官司，是我罪有应得，但是，我知道，当初是因为我哥告发了我，他们才抓我的。如果他不告发，谁也不会知道蔡正阳是我砸死的。嫂嫂，在这里我要请你原谅，是我砸死了蔡正阳。我知道当时你的心里一定非常难过，因为他是你的男朋友。我这样做，一定使你伤透了心。七年多来，我的内心对你始终是抱着一份歉意的。但是在这里，我要向你解释两点，第一，我当时并不想把他砸死，我真的没有想要砸死他，我只是恨他，想给他一点教训。第二，我那么恨蔡正阳，正是因为我心里对你的爱太深了，我不希望任何人得到你的爱，我不能让任何人得到你的爱。嫂嫂，请你理解我，我是为了你才失手将他砸死的。我一直非常担心的是，你会为蔡正阳的死而伤心，把我看作你的仇人。我越是担心，就越是想念你，越想念也就越担心，七年多来，一天又一天，我就是在这种担心和对你的极度思念中度过的。直到后来，明辉写信告诉我，你和我哥结婚了，我内心的负罪感和担忧，才稍稍地好一点。我不住地安慰自己，其实你心里并不喜欢蔡正阳，我努力回忆，你好像在我面前也说过类似的话，你曾经说过，是因为蔡正阳对你好，你才觉得他也蛮好，是吗？你说过这样的话，对不对？**蔡正阳并不是你真爱的人，我失手砸死了他，所以你也并没有感到悲痛，因此也不会对我仇恨，是吗**？

让我始终搞不明白的是，为什么我哥要告发我。杀人是要偿命的，这谁都知道，我哥他当然也非常知道。**他告发我，就是要我死，他知道我会被枪毙**。而结果他们认为我并不是故意杀人，认为我年轻幼稚，只是失手砸死了蔡正阳，所以最终宽大处理，判我十五年有期徒刑，这是我自己都没有想到的。我哥也一定没想到。他想致我死地，但他没有成功。我刚被抓进去的时候，心里对我哥恨得要死，他为什么要害我？本是同根生，相煎何太急？他太毒了是不是？我气得晚上都睡不安稳。直到被送到西山采石场，我还立志有朝一日出来，要杀掉我哥报仇。但是慢慢地，我想开了，我想不管怎么样，事实上我并没有被枪毙，我如果释放之后杀了他，我就会真的被枪毙。我还想，我也曾经出卖过我哥，我也做过一些对不起他的事，现在这样，两下扯平了，谁也不欠谁了。这样想就想通了，想通之后，心头堵的东西也融化掉了，饭也吃得香了，觉也睡得好了，劳动起来也不那么苦了。心里轻松了，我也就可以安安静静地想你了，每天睁开眼睛,就想一想你,新的一天便开始了。每天临睡的时候,再想一想你,劳累的一天又过去了。一天一天,感到日子过得还算充实。

得到你嫁给我哥哥的消息时,我心里也好一阵难过。那些天,我的心不时隐隐地痛。有一段日子,我又变得绝望了,表现也不好了,劳教干部都看出了我的情绪变化,几次找我谈心,希望我振作精神,好好改造,争取减刑。他们虽然不知道我内心的真实想法,但他们的教育,确实对我起到了开导的作用。我又反过来想,你是我哥的同学,一开始就是他的女朋友,你和他结婚,本来就是很正常的事。**你们结了婚,你就成了我的嫂嫂,不管怎么样,我们是亲戚了,我和你总算有了一层比较亲密的关系了**。这个结果,比你和蔡正阳好,更能让我接受。不知道为什么,我对蔡正阳一直非常讨厌,虽然砸死了他我觉得对不起他,但我很少后悔。有时候我甚至还想,要是我没砸他,要是他还活着,那么你也许会嫁给他。想到你也许嫁给了蔡正阳,我心里有说不出的难受。如果现在有人告诉我,蔡正阳没有死,他不仅还活着,而且还和你结了婚,我想,我一定会痛苦得要死,说不定我还会起杀心,要去把他杀死。嫂嫂,你一定会觉得我的想法很奇怪,觉得我这个人很可怕,是不是?

知道你成了我的嫂嫂,我便天天在心里喊你嫂嫂。以前是一遍遍地喊你的名字,后来就喊你嫂嫂。在心里默默地喊你嫂嫂,充满了甜蜜幸福的感觉。我想好了,等我出来的那一天,我就要去见你,见了你,就要当面叫你一声嫂嫂!

邹善

一九八五年八月一日

● 七八年过去了,我本以为那一切早已经离我远去,谁想到,心上的伤口,因为你的出现,突然又淌起了血。原来,有些伤竟会留在心上一辈子,永远都不能痊愈!

● 你不愿意到我们家来住,是因为你对你哥有偏见。你怎么那么肯定当年是他告发你的呢?

邹善:

读了你的信,我感到十分难过。你促使我回忆起过去,那时候发生的一系列事,真的是不堪回首。屈指算来,七八年过去了,我本以为那一切早已经离我远去,谁想到,心上的伤口,因为你的出现,突然又淌起了血。原来,有些伤竟会留在心上一辈子,永远都不能痊愈!唉,不去说它了吧,过去的还是让它过去吧!

我现在最关心的,就是你眼下的处境。你应该怎么办?你父母还是天天数落你吗?你又是怎么忍受下来的呢?你一定要忍啊,不忍又能怎么样呢?你不愿意到我们家来住,你又能去哪里呢?你千万要忍,不要意气用事离家出走,你离开了家,能到哪里去呢?哪里有你的容身之处呢?想象你一个人在外面流浪,四处漂泊,我的心都要碎了!

你不愿意到我们家来住,是因为你对你哥有偏见。你怎么那么肯定当年是他告发你的呢?**据我的观察,他好像不是这样的人**。你服刑的这些年,他是经常惦记着你的。每年的五月十二号,他都记得是你的生日,总是要我在这一天下面条吃。有时候说起你,我感觉他的眼睛还有点潮湿。我不相信会是他告发了你,正如你说,当初谁都知道,你是会判死刑的,作为你的哥哥,他怎么可能心狠到要让自己的弟弟去死呢?他不是这样的人!如果他真是这样的人,那实在是太可怕了。

我知道你当初砸死蔡正阳并不是故意的。事实上我不怪你，我早就在心里原谅你了。也谈不上原谅，**或许，我自始至终都没有怪过你。** 我这样子是不是很奇怪啊？一般来说，你把我的男朋友砸死了，你就是我的敌人，我自然会怨你恨你，和你不共戴天，甚至要为死者报仇。但我真的不怪你。你被抓起来的时候，我心里想，哦，原来他是被你砸死的呀！我真是有些对不起蔡正阳，他被你砸死了，我心里非但不难过，连可怜他的心都没有。我当时也觉得自己奇怪，我是怎么啦？我的心肠怎么这么硬呢？俗话说最毒妇人心，我的心真的是一颗有毒的妇人心吗？**想想蔡正阳也是够倒霉的，他被砸死了，我一点都不可怜他，好像死的是一个跟我完全没关系的人。甚至，当时，我还突然有了一种轻松的感觉。** 他被砸死之后，我也流过眼泪，那几天坐在家里时不时会长叹一口气。但是，我并不是悲痛，也不是心疼他，我只是感到轻松，觉得好像突然得到了解脱，流一些泪，叹几口气，心里觉得特别舒服。后来你被抓起来了，你自己也承认人确实是你砸死的，听到这个消息，我反倒着急起来。我是为你着急啊，我想这下坏了，你杀了人，恐怕是难逃一死了。怎么办呢？怎么办呢？我一直在心里问自己。那些日子，我经常时不时就会想象你被枪毙的那一幕，砰的一声响，总是将我从白日梦中惊醒。我几次想去替你求情，告诉他们，你并不是故意要杀人，你只是淘气，砸人一砖，没想把人砸死了。但是，我能去求情吗？我能代表死者为你求情吗？我是他的什么人？我要是去为你求情，镇上的人一定会以为我疯了，不知道会怎么说我。直到最后，你判的是有期徒刑，我才算稍稍松了一口气。

邹善，如果你在家里实在忍不下去了，还是来我们家暂住几天吧。你不要再那么理解你哥，他不可能害你的。你认定是他告发了你，为什么？你凭什么这么想？你有证据吗？如果你只是主观的想法，那么我劝你放弃这个想法，它不可能是真实的，它只是你脑子里的幻想。他为什么要告发你？你是他的亲弟弟，他没有理由害你啊。

苏惠

八月八日

● 我砸死蔡正阳这件事，除了他，再没有第三个人知道。

嫂嫂：

我绝对不是冤枉我哥，当初肯定是他告发了我。因为我砸死蔡正阳这件事，除了他，再没有第三个人知道。如果当初我不告诉他，那么世界上除了我，谁都不会知道这个秘密。你说他不是这样的人，不会害自己的亲弟弟，我不相信。我敢肯定，当初就是他告发了我。我有更充足的理由，但我目前还不能告诉你。我在采石场期间，他曾给我写来几封信，他的信我都收到的，但我一封都没有回。我觉得他信上的话，每一句都是假惺惺的，是黄鼠狼给鸡拜年没安好心。我说过，我很快就不恨他了，也先生没有出狱后要报仇的想法，因为我觉得我和他，已经两清了，我也曾出卖过他，出卖过他的朋友志学，现在他出卖了我，我们两清了，谁也不欠谁了。只不过，我们也不再是兄弟了，我已经没他这个哥哥了，他也从此没我这个弟弟了。我在采石场的时候，就早已经这么想妥了，已经自动跟他断绝了关系。

我没有他这个哥哥了，但我有你这个嫂嫂。按理说没有哥哥了，哪里还有嫂嫂？但我要嫂嫂，没有嫂嫂我就活不下去了。

邹善

一九八五年八月十日

- 你能借我两百元钱吗？

嫂嫂：

你能借我两百元钱吗？要向你借钱，实在难以启齿。如果不是迫于无奈，我绝对不会向你开这个口。此刻，我在给你写信的时候，感到脸上一阵阵发烫，我实在是感到太难为情了。

本来，我是向我妈妈借的，我问她能不能借给我两百元，她好像听不懂我的话似的，瞪大眼睛，惊愕得半天没说话。当她明白我确实是要向她借钱时，她居然哭了起来。她唠唠叨叨地对我说，他们工资都不高，生活负担却很重，这里要用钱，那里要用钱，家里哪来多余的钱。等她说够了，哭够了，最后才想到问我，要钱干什么。我知道向她借钱已经是不可能的事，即使她愿意借给我，我也不想借了，所以没再跟她啰唆。

嫂嫂，我想好了，**我要买一只照相机，到分湖边上去给人拍照。**我已经观察了好几天了，每天都有一些人到分湖滩玩，尤其是星期天，那儿玩的人更多。虽说很少有人拿照相机拍照的，但我想，他们不拍照，并不是不想拍，而是没有照相机。如果替他们拍，适当收一点费，一定会有很多人愿意拍的。我只要把照片拍好，他们就一定很满意，慢慢地，要我拍照的人也就会越来越多。我再也不能在这个家里这样不死不活地待下去了，他们的冷言冷语，他们的白眼，我再也无法忍受。我知道他们恨不得指着我的鼻子骂我是寄生虫、害人精。我要自食其力，我要靠自己的双手养活自己！可是我没钱，我需要两百元钱买一架照相机和其他必要的洗印材料。嫂嫂，我找不到其他能够帮助我的人，你能帮我吗？等赚到了钱，我一定会立刻还给你的，请放心。

邹善
一九八五年八月十三日

● 你以前在照相馆工作，熟悉这方面的业务，你是适合干照相个体户的。

邹善：

你要买照相机，我认为这个想法很好！**现在改革开放了，国家提倡搞个体经营，个体户只要奉公守法，不再是资本主义尾巴。**像你这样的情况，在家里一天天待下去，确实也不是个事儿。你决定走出这一步，真的非常好。你以前在照相馆工作，熟悉这方面的业务，你是适合干照相个体户的。我相信你一定能干好，一定能成功的，所以我肯定会支持你。

我和你哥哥商量了一下，决定给你一百元。不是我们小气，不肯足额给你，而是因为我们实在也没有太多的钱。这一百元你就拿去，也不要说还不还的话，就算是我们支持你的。我们作为哥嫂，支持你做正当的工作，完全是应该的，你就不要客气了，只要你不嫌少就好。

等你买了照相机，哪天过来帮我们拍一卷吧，我们还没有一张全家照呢。县城有一个宝塔公园，里面风景很好，我们就去那儿拍，凭你的技术，一定会拍得很好。好吗？

钱我这几天会到银行去取出来，你收信后就到我们家来一趟吧。你出来已经一个多月了，还没到我家来过。**你应该来一趟，大家见见面，你还没见过历历呢！**他也很想见一见亲叔叔。你来了，我给你做馄饨吃，好吗？

县中离汽车站不远，你下车后问一下，到了县中，你到教师宿舍区打听，就能找到我们家。我们都在家，我们等着你来！

苏惠

八月十八日

嫂嫂：

　　你为什么要把我借钱的事说给我哥听呢？我不想让他知道的，这只是你我之间的事，**我是向你借，不是向他借，我的事不要他管！**

　　既然已经这样，我就不麻烦你们了，我再另想办法吧。天无绝人之路，总会有办法的。

邹善
一九八五年八月二十一日

● 你不该生气的，我是真心帮助你的，我能帮你十分，是绝对不会只帮八分的。

邹善：

　　你是怎么啦？是真的不想让你哥知道，还是怪我没有足额借给你？你生气了，不要了，让我很难过。你不该生气的，我是真心帮助你的，我能帮你十分，是绝对不会只帮八分的。只是因为家里也没什么钱，一下子拿出两百元，实在是有困难的。如果你实在借不到，那么我再去想办法借一百元，凑齐两百元一起给你，好吗？

　　我觉得你对你哥确实是有偏见，你们是亲兄弟，他支持帮助你，是天经地义的。而且我认为他表现不错，听说你要买照相机干个体，他也很赞成的。为什么不要他帮呢？你原来也这么偏呀！都是自己人，为什么还那么讲面子，你的我的分得那么清呢？你不要我们资助，那就算是借我们的，到时候挣了钱再还好了。

　　不要再发臭脾气了，好邹善，快来把钱拿去吧！我明天就去向同事再借一百元，你收信后赶紧来，就能拿到两百元钱了。你要抓紧，有了好的想法，就要尽快去实施。如果拖下去的话，会影响到你的信心。

或者这样，既然你不要你哥帮助，那么这钱就算是我一个人给你的，跟他没关系，好吗？我给你的钱，你总会接受吧？

快来，我等着你！

苏惠

八月二十四日

- 没有征得你的同意，就偷印你的照片，我知道这是不对的。
- 昨天和你在一起的短短的半个多小时，我曾经想，你的眼里，是不是还有一丝戒备呢？

嫂嫂：

这次去县城见到你，我感到非常高兴。**和八年前比起来，你一点都没老，反而更漂亮了。**这八年来，我几乎天天都想你，有时候我会想，你还是原来的样子吗？一年一年过去了，我想你和以前一定是不太一样了，随着岁月的流逝，人不管是内心还是外貌，都会起变化的。说起来很奇怪啊，许多时候，我突然脑子里一片空白，怎么也想不起你是什么模样了。我越是要想起来，就越是想不起来。想不起你的容貌时，我会感到心慌，心里十分着急，好像我想不起来，你就真的不见了，我永远也就无法再见到你了。八年了，时间太长了，许多时候，我想起你的容貌，也只是某些个局部，比方说一双眼睛，或者一只鼻子，有时候是你抿着嘴唇的样子。当我脑海里浮现你的眼睛或者鼻子的时候，我再去想，它却消失了。我想得越努力，它就消失得越彻底。我常常安慰自己，不要紧，总有一天我会出去的，等我出去了，我就要去见你。只要见到你，你的形象就会重新在我脑子被记得清清楚楚。在采石场的时候，我经常懊恼，恨自己没有带上一张你的照片。如果我身边有一张你的照片，那么我就不怕你模糊掉了。想你的时候，想不清你容貌的时候，只要把照片拿出来看一眼，就好了。嫂嫂，在这里，我要向你坦白交代，我曾经偷印过你的照片。没有征得你的同意，就偷印你的照片，我知道这是不对的。当年，是我哥让我帮他偷印你的照片。一开始我并没有答应他，我觉得作为一名照相馆的工作人员，偷印顾客的照片，是很不道德的。但他一定要我印，我觉得他很可怜，就帮他偷印了一张。**偷印的时候，我还顺便多印了一张给我自己。**嫂嫂，你那张照片拍得真好啊，我一直认为老金师傅的拍照技术不行，但他给你拍的那张照片，却是非常非常的精彩。嫂嫂，你要原谅我那时候偷印你的照片。虽然说最初偷印的想法是哥哥提出来的，但是，我比他更想私藏你的照片。你的照片，我一直贴身藏着，藏在我挂历纸折成的钱包里。那时候，我经常会悄悄地掏出钱包来，看你一眼。后来，我被拘留的时候，身上所有的东西都被他们没收了，钥匙、钱包，还有你的照片，都被他们搜走了。

　　嫂嫂，昨天见到你，我发现你和八年前还是有了一点变化，你剪成了短发，你的眼睛显得比以前更大了。你的神情，看上去和从前也不一样了，你的表情，有时候让我感到陌生。我看着你的脸，不由得想：这是你吗？这是苏惠吗？但我知道你是苏惠，因为你脸上，更多的是我熟悉的东西。我从你的表情里能看出来，你觉得我很陌生，是吗？我的变化很大，是吗？我比以前胖了，黑了，脸上已经有了皱纹。嫂嫂，我从你的眼睛里，真的看到许多陌生的东西，这些，在我八年来的记忆和想象中，是没有的，它因此让我感到陌生。昨天和你在一起的短短的半个多小时，我曾经想，你的眼里，是不是还有一丝戒备呢？请原谅我的多疑，我昨天真的曾这么想，你的眼里闪过一丝不信任的光，被我看到了，我确定我是看到了。你是怀疑我会借钱不还，觉得我其实是来骗钱的吗？或者是你心想，这个刚刚刑满释放的劳改犯，会不会影响我们的生活呀？嫂嫂，不管你有没有这样想，我都不会怪你。这样的目光，我这一个多月来见得多了。出来后，回到镇上，凡是认识我的人，见了我，眼睛里都有这样的光。我不怪他们，他们有这种心理，是完全正常的。即使是我的父母亲，他们看我的时候，脸上也时常流露出怀疑和戒备的神情。

嫂嫂，非常感谢你能下楼来见我。请再次原谅我没有走进你的家！昨天去县城找你，我思想斗争非常激烈，是去你家，还是不去，我始终都没有拿定主意。直到汽车到了县城，直到我从汽车站出来，我还没有最终决定应该怎么办。我想见你，也很想拿到你借我的两百元钱，但是我非常不想见到我哥，想到马上就要见到他，我的心里有说不出的紧张和恐惧。当然，迫切地想要见到你，也令我紧张激动。这种紧张和激动，让我喘不过气来，甚至让我几次想要放弃见你。当我决定掉头回家时，我的心才平静下来。我就在这种矛盾中折磨着自己。直到走到县中，直到走到县中教师宿舍的围墙外面，我还是没有做出决定。我的心怦怦乱跳，没了主张。我真的几次都想掉头走了，回家算了，我实在没有勇气再往前走一步。

我也不知道最后这个主意是怎么想出来的，我看到有一个小姑娘向我走过来，我就问她是不是认识你。她给我指出了你们家的位置，她还告诉我说，你正在家中，因为她刚看到你出来倒垃圾的。我于是突然决定请她去把你叫出来，让你到外面来和我见上一面。

嫂嫂，小姑娘一蹦一跳地去你家叫你出来时，我的心再一次狂跳起来。我马上就要见到你了，你很快就会出现在我面前了！这是真的吗？这样的情景，在我的脑子里被渴望了许多年，被想象了无数次，这一次，终于要成为现实了！你穿的什么衣服？梳着什么样的头发？

你会是大踏步地走过来，还是迟迟疑疑地来？见到我的时候，你会是什么表情？是惊愕呢，还是非常亲热的样子？我的心跳得脑袋都在震动，眼前的景色在我面前模糊了。我紧张得吃不消了，心跳得气都喘不过来了。你会来吗？你马上就会在我面前出现了吗？

请原谅我躲了起来。我太紧张了，我紧张得感到了恐惧，我躲到了围墙边的一个变电房后面。我这样躲起来，心里感到好受了许多，我不再那么慌张了，不再呼吸急促以致要窒息了。

我躲在那里，你看不到我，但是，你从家里一出来，我就看到你了。嫂嫂，躲在变电房后面看到你从家里出来，我突然有了一种想要痛哭的冲动，我的眼泪真的差一点儿就要流下来了。这是你吗？穿了一身睡衣裤，白色的底子上淡粉红的花，拖着一双红色的拖鞋，这正是你啊！如果你正在人海中，我也会一眼把你认出来的！你终于出现在我面前了，不是梦，也不是我的想象，而是真真切切的！嫂嫂！嫂嫂！我在心里大声地喊你，但嘴上却发不出一点儿声音。

嫂嫂，请原谅我的沉默寡言。原以为见了你，我是有说也说不完的话。谁想到，和你见面的那半个多小时，我几乎没说话。我突然变得不会说话似的，就像一个哑巴。除了你问我话我点点头或者摇摇头，我就不会再做其他。我多想开口叫你一声嫂嫂啊！但我只是在心里一遍遍地喊，并没有喊出来。也许我在采石场待得太久了，我是一个罪犯，一个劳改犯，我除了低头认罪接受改造，就不知道再说什么了。记得你问了我很多话，我一句都没有回答，我只是点点头，或者摇摇头。嫂嫂，请你原谅，我应该不是这样的人，我也不知道我怎么会变成那样，在你面前，竟然一句话也说不出来了。最后，我从你手里接过装钱的信封，连一声谢谢都忘了说。**嫂嫂，你会不会认为，我只是为钱而来？**其实不是这样的，和借钱比起来，见到你是更重要的。八年来，我每天都在盼着这一天。当这一天终于来到的时候，我却像个木头人，连抬起头来看你一眼都不敢，我这是怎么啦？

嫂嫂，我真的要谢谢你出来见我，你没有坚持要我去你家，谢谢你这么理解我。见到我之后，你说要回家去取钱给我，我还非常担心你会告诉我哥，然后和他一起来把我拉到你们家里去。我真的非常担心你会这么做。我当时想好了，要是你和他一起过来，我就逃走。真的要感谢你这么理解我、体谅我。你拿了钱，还是一个人过来，把钱交到我手上的时候，我的眼泪在眼眶里打转。我不敢抬起头来，我怕你看到我眼睛里的泪水。

嫂嫂，默默等待了八年，一朝与你见面，却是如此短暂而匆忙。拿了钱之后，我就匆匆走了，连告别的话也没说一句，嫂嫂，你真的不会以为我就是来向你拿钱的吗？

这次还让我感到非常遗憾的是，没能见上小历历一面。他长得什么样？一定非常可爱吧？请寄一张他的照片给我吧，最好是你和他的合影。

邹善

一九八五年八月三十日

- 我还是比较喜欢你从前的样子，脸上总是荡漾着笑，那么天真纯洁，让人感到安全和温暖。
- 你不要太敏感，不要太多心，这样对你不好。

邹善：

见到你我也很高兴。你和八年前确实不一样了，很不一样，你变结实了，魁梧了，更像个男子汉了。在我的记忆中，你是很喜欢笑的，笑的时候就露出两只虎牙，十分可爱。但是这次，我没看到你笑。你的表情始终是很严肃的。你严肃的样子，让我觉得很陌生，也有点害怕。对不起，我这样说你不会生气吧？我还是比较喜欢你从前的样子，脸上总是荡漾着笑，那么天真纯洁，让人感到安全和温暖。我想，也许是这段劳动改造的生活，改变了你的性格。你不光不像从前那样爱笑了，而且正像你自己说的，也变得沉默寡言了。我跟你说话的时候，你总是低着头，我问你话你也不回答，只是点头或者摇头，你这样子确实让我感到有点不太习惯。**我好几次都怀疑，眼前的这个人，到底是不是邹善啊？**会不会是冒充邹善的一个其他人啊？对不起，只是开个玩笑，别介意。你信上说，从我眼里看出了戒备，那是不对的，是你多心了，我没有把你当外人，我只是偶尔怀疑你到底是不是邹善，你真的很像是变了一个人似的。

　　而且我觉得你好固执啊，你来我们家，居然不肯进家门，竟然躲在变电房后面和我偷偷见面。本来我还打算包馄饨给你吃呢，我包的芹菜馄饨水平是一流的，你相信吗？**既然你执意不肯去家里，我也不能太勉强你。**从某种意义上讲，我也是能够理解你的。但是希望下次你再来，千万不要这样了，好吗？你哥这个人并不坏，你对他的误解也许有点太深了。兄弟之间有误解，最好是能坐下来，面对面聊一聊，把疙瘩解开了就好了。即使一时消除不了误会，也不至于永远不见面吧。你说是不是，邹善？

　　但是不管怎么样，我还是感到很高兴。八年没见，你出来之后，我们通了好几封信，这次终于又见面了。你不要太敏感，不要太多心，这样对你不好。两百块钱虽然不多，但是我真心给你的，让你买了照相机好快点儿去做生意。我怎么可能那样想你呢，你也不是那样的人，我知道，你是一个重感情讲义气有情有义的男子汉。你就好好去干你的工作吧，振作起来，一切从头开始，你的日子会越来越好的。

你信上提到的偷印照片之类的事，都是过去的事了。过去的事就让它们过去吧，我不想再提它们了。

学校开学了，这学期我当班主任，工作比较忙，就不多写了。

苏惠

九月七日

- 以后，我每个礼拜都要上一趟县城。
- 他们都是极端自私的人，只考虑他们自己的感受，一点都不会站在子女的立场上想一想。

嫂嫂：

我在分湖滩拍照，已经一个多礼拜了。虽然每天都有人拍，但生意总不是太好，原因是，大部分人都想要拍彩色照片，而对黑白的没兴趣。所以我准备不拍黑白胶卷了，改拍彩色。但是这样的话，会比较麻烦，**因为镇上没有彩扩店，只有送到县城去洗印**。不过这也是没办法的事情，现在彩色照片已经相当普及了，谁还愿意拍黑白。也是形势所迫。以后，我每个礼拜都要上一趟县城。嫂嫂，这样也好，我想，以后我就可以经常见到你了，是吗？

我的父母看见我买了照相机，一定要我说出来是哪来的钱买的。他们的样子，分明是在说，你哪来的钱？是不是偷来的？我感觉受到了侮辱，偏不告诉他们。不管他们怎么问，我都不回答。我爸气得拍桌子，我想他愿意拍就让他拍好了，桌子拍坏，或者他自己的手拍断，都不关我的屁事。要是在从前，我会很害怕，怕他打我，怕他把我赶出家门。现在我不怕他了，我已经不再是从前那个胆小懦弱的我了，他要是还敢打我，我一定会还手打他，我要让他看一看谁的力气大。我妈别的不会，只会哭，她一把眼泪一把鼻涕地抱怨自己命苦，意思是生了两个儿子，没有一个是好的，大的早就与家庭断绝了关系，小的又是一个劳改释放分子，现在又成了一个贼，败坏了门风，丢尽了他们的脸面。以前，凡是看到她哭，我都会觉得她好可怜，立刻就心软了，本来不是自己的错，也心甘情愿地认错，只要她不再生气。但现在不同了，在我眼里，她和我爸同样可恶。看她哭哭啼啼的，其实内心很恶，他们都是极端自私的人，只考虑他们自己的感受，一点都不会站在子女的立场上想一想。她要哭就哭吧，我不理他们，我只管钻进自己的房间睡觉了。

我准备等赚到了一点钱，就到外面租一个房子。我不能再在这个家里住下去了，再住下去，我会疯掉的。

嫂嫂，下次来信请记得把你和历历的照片寄一张给我。

邹善

一九八五年九月十一日

● 只是你说要经常和我见面，我认为这是不现实的。

邹善：

你的想法是对的，不要拍黑白了，要拍彩色，现在都流行彩色了，要我拍，我也不愿意拍黑白。每周到县城来印一次照片也没什么，坐车一个多小时也到了，当天来回很方便的。只是你说要经常和我见面，我认为这是不现实的。平时我工作很忙的，这学期又担任班主任，事情非常多。星期天则要处理家务，有空还要准备下星期的课。**当然你千万不要误会，别以为我不想见到你。家里的门永远为你敞开着，你愿意来，我们随时都是欢迎的。**

你父母在教育女子的问题上，我认为真是欠缺，两个儿子跟他们感情都不好，他们真的应该找一找自身原因。不过你也不要太在乎，既然你已经打算等有条件的时候搬出去住，就更不必要把他们的态度放在心上了。

历历的照片我找了一通，也没有特别好的，因此就不寄了，请原谅！哪天你来，帮我们去宝塔公园拍一点吧，到时候挑最好的你留一张，好吗？

我非常忙，当班主任，还上两个班的语文课。本周布置了作文，要批改的作业本堆得像小山似的，我觉得好辛苦啊。不多写了，祝你一切顺利！

苏惠
九月二十一日

- 谁不理我我都不会这样伤心，只要你不是这样就行了。
- 嫂嫂，八年过去了，汤家弄还是这样子，你家的小院子也一点儿都没有变。但是，却没有人来回应我敲砖头的声音了。

嫂嫂：

本来我决定，再也不给你写信了，你九月二十一日的来信，太让我伤心了！我每星期都要到县城洗照片，原以为这是多好的机会啊，可以常常去见你，但你却说你很忙，即使是星期天也没空，**你不要见我，你怕见到我，是吗**？收到你的信，我的内心是多么痛苦！我劳改七年多出来，谁不理我我都不会这样伤心，只要你不是这样就行了。可以说，在西山劳改的那些日子，我就是抱着要见你的信念，才一天天坚持下来的。要是我早知道你其实并不愿意见我，那我还不如不出来，就在里面扛一辈子石头扛到死好了。我感到失望，觉得什么都失去了意义，就是活着，又有什么意义呢？没有了方向，没有了目标，所有的人都嫌弃我、讨厌我，避之唯恐不及。嫂嫂，我决定不再给你写信，不再打扰你，我知道你讨厌我，你和其他人一样看不起我，那么就让我离你远远的，永远都不要让你看到，甚至永远都不要再想起我，不要想起地球上还有我这样一个蝼蚁般的生命！

但是我做不到啊，嫂嫂，作出上面的决定之后，我突然感到心就像是被完全掏空了，空得整个身体都失去了重量，不要说站都站不稳，就是躺着，也感觉到自己像被风吹着，飘浮着，完全没有一个着落。我看着窗外的梧桐树，那发黄、枯萎、在秋风中凋零的树叶，就像是我啊。这种飘零、虚空，抓不到任何东西的感觉，真的是十分难受。时间仅仅才过去一个多月，我坚持了这么久，便再也坚持不下去了。我推翻了我的决定，我不能让你在我的生命中消失，我也绝对做不到永远在你的生活中消失。我要给你写信，我要告诉你，嫂嫂，我不能没有你这个嫂嫂！我请求你不要嫌弃我，不要不理我。我知道，一个劳改犯亲戚，只会让你感到脸上无光，但是嫂嫂，你就可怜可怜我吧，我再也不能这样下去了，我一天也坚持不下去了，请你接信后抽空给我写封回信吧，就是再忙，也要抽一点时间给我写，好吗？

嫂嫂，**我已于上月六号搬出去住了。**明辉的舅舅在房管所工作，是他帮我借了一个地方。这个地方在老街上，离汤家弄不远，还是临街的一间房子。晚上我睡在床上，不时能听到外面有脚步声经过。有时候，当一双高跟鞋的笃的笃敲击在石板路上时，我会以为，那是你从我的屋子前走过。我就会爬起来，到窗口偷偷地张望。走过的当然不是你，而是一个瘦得像竹竿的背影。我趴在窗口，看到天上挂着一轮月亮，它多亮啊！嫂嫂，你也能看到这个月亮吗？有几次，晚上实在睡不着，我就一个人在街上走走。走不多远，就到了汤家弄了。那是一条多么熟悉的弄堂啊！弄堂口那个小小的搪瓷牌上写着"汤家弄"三个字，隶书体的，蓝色的底子，白色的字，还是跟八年前一样，丝毫都没有变化。走进弄堂里，就能看到你家的后院了，乱砖头堆起来的，上面布满了爬山虎的藤，也还是跟从前一样。我捡起两块碎砖头，轻轻敲击了一下，它在安静的夜里发出像鸟叫一样的声音。时光仿佛倒退到了八年前，那时候，我去那里给你送信，也是这样敲一下砖头，你就听到了，就轻轻地打开后院的门。你总是先露出一张脸，看见我，就对我很好看地微笑。嫂嫂，你的笑容是世界上最好看的，我第一次看见你的笑容，一颗心就突然不再是我自己的了。**那时候我还小，不懂得什么，我只是看着你发呆**。我完全傻掉了，回家的路上，一心想着的就是你的笑容。回到家里，干什么事都是糊里糊涂的，满脑子都是你的笑容。嫂嫂，八年过去了，汤家弄还是这样子，你家的小院子也一点儿都没有变。但是，却没有人来回应我敲砖头的声音了。我又敲了一下，还是没有动静。夜真静啊，所有的人都睡着了，只有我像一个孤零零的鬼魂，在汤家弄附近游荡。

　　嫂嫂，我到底是要对你说些什么，自己也说不清。但是，写了这些，心里就觉得舒服多了，不那么闷得难受了。明天一早把信寄出之后，我就分分秒秒等着你的回信。你一定要给我写信啊，谢谢你了，好嫂嫂！

邹善
一九八五年十一月二日

● 如果我嫌弃你，想躲着你，我为什么还要给你写信？

邹善：

　　收到你的信，我才发觉，不知不觉，真的已经过去一个多月了。日子过得真快啊！我们当老师的真的很忙，每天都埋头在工作中，时间是怎样在身边飞快溜走的，一点都不知觉。要不是你写信来提醒，我哪里会想到已经过去了一个多月了，上一次给你写信，仿佛还在昨天呢。会不会我埋头工作呀工作呀，你不来提醒的话，我一抬起头来，从镜子里看到的自己，已经是一个满脸皱纹白发如雪的老太婆了呢？

邹善你真是一个奇怪的人，你的自尊心也太强了，**你这么敏感，这么多心，我是害怕的，跟你打交道，看来必须要小心谨慎，一不小心说了什么不恰当的话，就让你受伤了，就把你得罪了**。是不是呀？请你以后不要这样，好不好？我哪里会歧视你、讨厌你？你不要这样想我，我不是这样的。如果我嫌弃你，想躲着你，我为什么还要给你写信？我其实是一个很怕写信的人，我很少写信的，给我妈也懒得写信。我哪里是不想见到你？我从来没说过这样的话。我不是对你说了吗，我们的家门是随时为你敞开的，你愿意什么时候来就什么时候来，我们十分欢迎。你怎么就理解成我看不起你，避之唯恐不及呢？做人要有良心啊，你不能用这种话来冤枉我，我也是有自尊心的人，你无端地冤枉我，我也是要生气的。以后不许这样了，好吗？

你真的晚上到汤家弄去了？我继父早已住到新公房去了，老房子里没有人了，你敲砖头，当然不会有人听到，更不会有人走出来。要是有人走出来，那一定不是人，而是鬼！

你有了自己的住处了，不用再受你父母的气了，这样很好啊！我不太记得那个房子了，是在酱油店隔壁吗？我那时候经常去打酱油，记得隔壁是一个五金店，再隔壁是一个修鞋子的小店。你住的那间房子，是不是原来修鞋子的小店？我知道修鞋子的跛脚前两年生肺病死掉了。我想应该就是那间房子了吧，他没有老婆的，一个人过，死了之后，房子就一直空着。我这么说，你害怕了吧？你怕不怕鬼？你相信有鬼吗？对不起，我让你害怕了。但是你不要怕，那个跛脚人很善良的，要是你住的正是那间房子，他就是变成鬼，也不会难为你，他活着的时候是个很好的人，而你也是好人，好人是不会害好人的。

我突然想，**你住的这间房子既然是临街的，你就干脆开一个个体照相馆吧**。省得天天到分湖滩去给人家拍照。再说不是星期天的话，分湖滩也不会有多少人的。开了店，生意一定会比现在好得多。

下星期四、五、六我们学校开运动会，不上课，你如果这几天到县城来，我们见个面吧，顺便帮历历到宝塔公园拍点照片，好吗？省得你总以为我歧视你，不愿意见你。你哪天来，写信告诉我。

苏惠

十一月六日

● 坐在从县城回小镇的汽车上，嫂嫂，我的内心充满了幸福的感觉。

嫂嫂：

宝塔公园一见，非常高兴。历历是那么活泼可爱，讨人喜欢。我真的十分喜欢他，他不仅长得可爱，而且极其聪明。他显然比同龄的孩子要聪明很多！以前我做梦都没有想到，我会有一个这么好的侄子。我为自己有这么一个侄子而感到无比骄傲！**他与我这个叔叔似乎特别亲，第一次见面，就一点都不陌生**。他奶声奶气地叫我叔叔，声音特别好听。一天很快就过去了，不知不觉天就暗了下来，我是多么舍不得离开你们，舍不得离开你，也舍不得离开小历历！如果能够天天和你们生活在一起，那该多好啊！但我知道我只是在做梦，这显然是不可能的。和你们分手的时候，历历抱着我的腿不松手，他哭着喊"叔叔不要走"，当时，我的眼泪都差一点流下来了。在回家的车上，我的耳畔，一直回响着历历的声音。他不让我走，但我却还是走了，掰开他的小手，就逃走了。我对不起他，我不是他的好叔叔。

鼠 药

　　嫂嫂，胶卷我放在县府路"江城彩扩社"洗印了，明天你就可以去取，你只要报我的名字，他们会把照片给你的。你不用付钱，我到时候跟他们结账好了。历历很会拍照，他在镜头面前一点都不胆怯，反而很会做姿势，表情也非常自然。但是我还是一直担心，生怕照片拍得不好。主要原因是拍照的时候，我的内心始终很激动，我沉浸在无比的快乐和幸福之中，都不知道眼前的一切，到底是真实的呢，还是在做梦。虽然我的照相技术算是不错的，但是，我对这次拍照一点把握都没有，我在拍你和历历的时候，手一直在发抖，我无法控制自己，不知道自己为什么那么激动。有时候就是这样的，越想做好的事情，就会越是做不好。我仔细回忆在宝塔公园为你们拍的每一张照片，想回忆出当时光圈定了多少，快门速度是多少，是不是忘记调焦距了，回忆起来，却是一片空白。刚刚才做的事情，就已经一片糊涂了，再怎么努力，也回忆不起来了。我担心，肯定有好几张照片，我是忘了把焦距调准的，我实在是太不冷静了。要是照片印出来不理想的话，我会感到十分内疚的。我为什么不拿出最好的水平，帮你们把照片拍得完美呢？我怎么那么无能愚蠢呢？唉，我真想明天再请你们到宝塔公园去一次，帮你们重新拍一卷。如果再给我一次机会，我一定不会出差错，我一定要在拍每一张照片前细细地检查各个数据，为你们把每一张照片都拍好。

　　坐在从县城回小镇的汽车上，嫂嫂，我的内心充满了幸福的感觉。能够见到你，见到小历历，能够一整天和你们在一起，我是世界上最幸福的人！小历历对我多好啊，他经常是拉着我的手，有时候还要我抱。当我把他放在我肩膀上的时候，他那个神气高兴的样子，真让我这个当叔叔的感到开心。还有你，你的笑容，你说话的声音，让我真的就像是在一个美好的梦中。我多么愿意这个梦永远都不要醒来啊！

反复回忆着幸福的点点滴滴，后来，回到我的住处之后，我渐渐被无边的孤独所包围。这种孤独的感觉，比夜还要黑，比夜空还要深，比夜里的大地还要厚。我感到浑身无力，四肢冰凉，好像是生病了一样。白天的幸福时光，突然离我远了，像大海的潮水一样退去，退得远远的。历历的小脸蛋，他乌溜溜的大眼珠，也变得模糊了。还有你，嫂嫂，你脸上无限美丽的笑容，你温柔动听的声音，还有你头发上飘出来的好闻的香气，这些，也都远离了我。我多么不忍它们远去啊，但我抓不住它们，它们就像汽车后面的景色，飞快地退去退去，不管我内心如何呼喊它们，如何想抓住它们，它们都不理会我，反而更快更无情地远去。

嫂嫂，我不想再写下去了，我要睡了。我要躺在床上，细细回忆白天和你们相处的每一秒钟。我要在这样的回忆里睡去。**我希望睡着之后，就能在梦里与你们再相见。**此刻，你和历历正在干什么呢？我可爱的历历也许已经熟睡了吧？他玩了一天，确实很累了，是应该休息了。那么嫂嫂你呢？你还在灯下备课吗？

阿善
一九八五年十一月十五日

● 你已经到了该恋爱的年龄了，多注意看看，镇上有什么好的女孩子。

阿善：

照片我前天就已经拿到了，都拍得很好，你就不用担心了。即使是有几张不是太好，也不是你的问题，你的技术一点问题都没有，绝对一流的，主要是历历太调皮了，你给他拍照的时候，他不是手动脚动，就是做鬼脸，所以有几张照片上他的表情怪得不得了，有点吓人的。我的照片大部分很好,有几张我显得黑了,我在照片上怎么会那么黑呀?还有一张,你拍得很近,我眼角的皱纹都能清楚地看到。唉,不知不觉我也已经老了,这么多鱼尾纹了,真是惨不忍睹啊!

总之你不用再担心啦,照片都很好,你是高水平的摄影师!我和历历都非常感谢你!你哥看了这些照片,也夸你摄影水平高呢。你就不要再担心了。你是那么容易多心,那么喜欢胡思乱想,动不动就生气了,或者内疚了,我跟你说话,有点害怕的,生怕一不小心又让你有什么想法。照片真的很好,我没必要骗你。反正你下次可以自己来看,没有一张是模糊的,你没有忘记对焦距。

历历确实比较聪明可爱,但也没你说的那么好,那是你这个叔叔对他偏心,才把他说得那么好。其实他是很皮的,男孩子,话也太多了点。这两天他晚上总是不肯睡觉,一直要拖到我们大人都困得吃不消了,他还精神百倍地在那儿老太婆似的唠叨,好像吃了人参一样。唉,我带他感到很累的。**你是因为自己还是个孩子,没有成家,没有孩子,所以特别喜欢小孩。**我结婚以前也是这样的,看到人家的孩子可爱,恨不得抱回家来养几天。现在自己有了孩子,大部分时间都嫌烦的,工作上很累,还要带孩子,如果他再不听话,心里就会很烦。

不过历历确实跟你很亲的,他真的很喜欢你这个叔叔。平时他跟他爸爸都没这么亲。他是比较黏我,不管是吃饭,还是睡觉,都要缠着我。幼儿园接送,也一定要我,不要他爸爸。我真是被他缠得累死了。他跟你那么亲,我倒是没想到,看来你很有孩子缘啊,你是个讨女人和孩子喜欢的人。

你觉得星期五那天很开心,我也是这样。平时除了上课就是备课,没完没了地批改作业,这次难得学校开运动会,停了三天课,总算稍微轻松了一下。星期五你来帮我们到宝塔公园拍照,我真的感到很开心，秋天的公园里色彩真丰富，空气凉爽干燥，天高云淡，真是舒服极了。

至于你回去之后感到孤独，我想这是正常的。你已经到了该恋爱的年龄了，多注意看看，镇上有什么好的女孩子。找到自己满意的女人结婚成家后，你就不会感到寂寞了。

苏惠

十一月十八日

- 别人都瞧不起我，但是我的眼界，却一点都不比别人低。
- 我给照相馆起了个名字，叫"真善美照相馆"。

嫂嫂：

你要我尽快找一个女人谈恋爱，然后结婚成家，这是不可能的。我是一个劳改释放分子，谁愿意嫁给我这样的人？话又说回来，我虽然吃了七年官司，别人都瞧不起我，但是我的眼界，却一点都不比别人低。一般的女人，根本就不在我的眼里。这个镇子上的人，绝大多数我都是瞧不起的，尽管他们也瞧不起我。在我眼里，他们就跟鲁迅先生笔下的鲁镇人差不多，麻木、庸俗，是一批吃饱了饭没事干，喜欢交头接耳、无事生非，议论起家长里短来津津乐道的人，在他们身上，民族劣根性得到了集中的体现。有时候想想，生活在这样一个镇子上，和这么一群人生活在一起，真是悲哀。而我自己又是什么东西呢？是一个劳改释放分子，社会地位比这些我瞧不上的人还要低下。想到这一点，我的内心就更悲哀了。看看在我周围，蝼蚁一样的芸芸众生，都是一些什么人啊！《红楼梦》里贾宝玉说过一句话，男人都是泥做的，又脏又污浊，而女人是水做的骨肉，让人感到清澈美好。但是在我们小镇上，女人看上去也都不像是水做的，而是泥做的，她们哪有一点清澈的样子啊。要在这些人中间挑出一个来做自己的妻子，真是比登天还要难的。嫂嫂，**读到这里你一定在笑话我吧？我自己也觉得自己很可笑，一个劳改释放人员，有什么资格说这样的话？**谁会愿意嫁给我？如果有人愿意嫁给我，已经是我天大的幸事了，而我居然还说这种话，好像自己是一个大学教授似的。但是嫂嫂，我说的是我内心真实的想法，尽管我知道这个镇上没有一个女人愿意嫁给我，但是，我确确实实也瞧不上她们。我哪怕打一辈子光棍，一个人孤零零地度过一生，也不会要她们中的任何一个！嫂嫂，真的，她们在我眼里，都那么不值得一提。她们和你相比，比不上你的一根小手指头。**只有你才是我心目中完美的女人，全世界的女人加起来，也比不上你。**如果现在你还生活在我们的小镇上，我会为你感到悲哀，你不应该是属于这个地方的，这个庸俗肮脏无聊的地方，和你是那么格格不入。如果你还生活在这里，那么全镇的女人都将黯然失色。虽然现在她们也还是暗淡无光的，但要是你在镇上出现，她们就会显得更加俗不可耐，令人生厌。

　　这几天，我的照相馆开出来了，都是明辉他们几个朋友来帮我弄的，虽然地方不大，但弄得很像回事了，还有一个小小的橱窗，里面陈列一些我拍得比较好的照片，这样起到一个广告宣传的作用。我给照相馆起了个名字，叫"真善美照相馆"。喜欢拍照的人，都是追求真善美的，同时把我的名字也嵌在里面了，你觉得好吗？店开出来没几天，就生意很好，前天灯泡厂一下子来了二十几个女工，屋子里都挤不下了，她们只能在外面排队等候。我没想到生意会这么好，这给了我极大的鼓舞，我白天拍照，晚上做暗房，一直忙到后半夜才能睡觉。虽然有点辛苦，但是感到内心很充实，很有干劲。让我有点不愉快的是，今天小赵到我这儿来，你不知道小赵是谁吧？她是我以前在国营照相馆时的同事，也可以算是我的师傅吧，她到我店里来对我说，我开个体照相馆的事，**国营照相馆徐经理很生气，在店里骂我是搞资本主义，是挖社会主义墙角**。小赵说徐经理还准备向上面告状，她让我小心一点。我以前在国营照相馆工作的时候，小赵对我就一直很好，没想到这么多年过去，世事沧桑，我劳改出来，她还这么讲义气，我非常感激她。但是我一点不怕，那个老家伙要告状就让他去告好了，我不会怕他。改革开放了，国家鼓励搞个体经营，邓小平不是说的吗，不管白猫黑猫，只要会抓老鼠就是好猫，我是合法经营，各种手续都齐全的，怕他做什么！他是妒忌我，看到我生意比他们好，想要恶人告状把我搞垮，他做梦吧！我偏要搞得更好，气死那只老狐狸！

　　顺便问一句，嫂嫂，你从此不再回小镇上来了吗？如果你哪天回来，就到我的小店来看看，让我给你拍几张照，挑好的放大了摆在橱窗里，好吗？

阿善
一九八五年十一月二十五日

- 他是个衣冠禽兽，他哪里有半点长辈的样子？他甚至连人都不能算。
- 你的情况毕竟比较特殊，不是说所有的人都会歧视你，但毕竟你有这么一段，许多人是有偏见的。

阿善：

　　首先祝贺你的"真善美照相馆"开张，热烈祝贺！这个名字很好，非常好，符合行业特点，而且好记，同时里面又嵌了你的名字，非常有意义。开张以后生意那么好，我都感到振奋。你说得对，你不用去理会别人怎么说，他们嫉妒你，就说明你干得好，他们不如你，从侧面肯定了你的能力和成绩，应该感到高兴才是。他们整不垮你的，现在国家的形势很好，县城个体户是越来越多了，好像还有了个体户协会，个体经营将成为国家经济的一个重要力量。你就好好干吧，争取不久的将来，成为成绩斐然的企业家！

没有非常特殊的情况，我是不会再回小镇了。自从我妈去世后，我就没有亲人了。你是知道的，我的继父是个什么样的人。虽然说，他不是我的亲爸，我也应该把他看成亲生父亲一样，但是，你是知道的，他是个衣冠禽兽，他哪里有半点长辈的样子？他甚至连人都不能算。像他这样的人，是不值得尊敬他的，根本不必把他当人看待，就更不用说还要把他当作父亲了。我妈活着的时候，我还无法彻底和我的家庭割断联系，不管她有什么毛病，她都是我的妈，我是她的亲生女儿，她的内心，对我还是很爱的，并且也是有愧疚的。**现在她已经不在了，我跟那个人，也就没有一点儿关系了。**我再也不想见到他，永远都不要见到他。我刚工作的时候，他还多次来找我，后来见我铁了心不理他，也就不再来啰唆了。反正家里的所有东西都归他，我什么也没要，他得了便宜，后来也就没再来纠缠。

你的小店一定布置得很有特色，我不能来亲眼看一看，你就拍一张照片给我看看吧。好吗？

你把我说得太好了，让我难为情的。事实上我没那么好的，肯定没你想的那么好。阿善你要听话，人长大了，总是要结婚的，男大当婚女大当嫁，即使没有爱情，也不能没有婚姻。我们不是外国，我们是一个重视婚姻家庭的国家，**没有婚姻的人在中国，肯定是绝对少数，生活会很寂寞。**尤其是逢年过节，家家团聚的时候，一个人到哪里去呢？会更加孤苦伶仃的。成了家，谈不上幸福不幸福，至少就不孤单了，忙忙碌碌一天天过起来就很快了。结婚好像也是人生的一大任务，

不能不完成的。 你不要傻,我知道你眼界很高,一般的姑娘你都看不上,但是,总会有看得顺眼的人的,只是缘份未到。而且你说得对,你的情况毕竟比较特殊,不是说所有的人都会歧视你,但毕竟你有这么一段,许多人是有偏见的。不会抛开偏见真正地认识人,所以说在这方面,你是很吃亏的,条件上等于是打了个折扣。所以你也不要太傲了,要尊重现实。你不要多心,不要以为我又是在歧视你,你应该了解我,我从来都没有这种想法的,我只是为你好,提醒你人活在世上是不能完全凭主观想法生活的,要多考虑现实。我相信像你这样长相不错,而且能力很强的人,现在又有了很好的事业,一定会被有眼光的姑娘赏识的。听我的话,不要固执,好吗?

我等着你的好消息。

苏惠

十二月二日

● 原来你是有了女朋友了,怪不得这么久也没给我写信。

邹善:

你没想到吧,元旦我回了一趟老家。其实说回家也不确切,小镇上哪里还有我的家。自从我妈去世后,我就没有老家了。这次回去,是去吃我一个高中同学汪雨玲的喜酒的。她是我们班上最后一个结婚的女同学,我们大家都说她是坐了末班车。

请原谅我没有告诉你。主要的原因是,我这次回去,听说你有女朋友了,所以我决定不见你,不让你知道我回来了。你终于有了女朋友了,很好啊,她一定很漂亮吧?能被你看上的女人,一定是很漂亮的。我在此衷心地祝贺你!你不要怪我回去也不告诉你,我是为你好,为了不让你感到为难。你有了女朋友,为什么还要见到我呢?如果你知道我回去了，也许会感到很烦恼，不见我吧，不好，而心里边呢，实在又是不想见我。免得使你为难，我很善解人意吧？

原来你是有了女朋友了，怪不得这么久也不给我写信。这样好，我为你感到高兴。我不生气，**我为什么要生气呢？我生气算怎么回事呢？我没资格生气的。**

苏惠

元月四日

● 现在店里就我一个人，实在忙不过来，我打算过几天请一个人来帮忙。

嫂嫂：

收到你的信，我很生气。是谁告诉你我有女朋友的？镇上的人就是喜欢瞎说，谣言家太多了！他们好像一天不嚼舌头，太阳就不能下山了。这些无聊的庸人喜欢无中生有就不去说他了，嫂嫂为什么你会相信他们的话呢？我没有什么女朋友，根本没有，他们完全是造谣污蔑。我向你对天发誓，如果我有女朋友的话，我今天晚上就得心肌梗塞突然死掉！你是相信我呢，还是相信他们？

你好不容易回来一趟，却不让我知道，白白错过了一次见面的机会，真让我感到懊恼！每次我去县城洗彩照，都想能够见到你，但你总是以这样那样的借口拒绝我。我知道你忙，我更知道你其实就是不想见到我。这次你回来，竟然不让我知道，就充分证明了这一点。你为什么要这样？我就那么讨厌吗？那么可怕吗？见我一下，会影响你的心情吗？会影响你吃喜酒吗？会让你变得食欲不好是不是？你太让我伤心了！

你的同学汪雨玲我是知道的，她的结婚照就是到我店里来拍的。

你在她的新房里看到他们的结婚照了吗？拍得很好是不是？她自己也非常满意，我提出要放大一张摆在我的橱窗里，她也答应了。元旦那天晚上，他们在供销社食堂举办婚宴，她还特地邀请我去吃喜酒的。如果我去了，就会遇见你。我真懊悔啊，我为什么不答应去呢？我要是去了，就能见到你了。嫂嫂，你不知道吗，我是多么想见你啊，我天天都想见到你！有时候梦见你，醒了之后，我总是不想起来，闭起眼睛想让梦继续做下去。可是你回来了，竟然不告诉我，你为什么要这样做呢？

我最近确实给你写信少了，但那只是因为我忙，店里的活来不及做，我几乎天天晚上开夜工。但这一点也不表明我不想你，我在干活的时候，也经常想起你。我经常幻想，你就坐在我的一边，和我一起沐浴在温暖的红光之下。那时候，你让我到你家里去教你印照片，我们就是这样坐着，挨得很近，你还记得吗？时光流逝，那一幕永远深刻在我的心上。干活的时候，只要想起你，我就觉得不困了，有干劲了。嫂嫂，你相信我说的话吗？

现在店里就我一个人，实在忙不过来，我打算过几天请一个人来帮忙。到时候，我就会适当空闲一些，就可以经常给你写信了。

阿善
一九八六年一月七日

- 你会请谁呢？是要请一个年轻的姑娘吗？

阿善：

看把你气成这样，不至于吧？见不到嫂嫂，身上又不会少一块肉，哪有那么严重呢？你不要对天发誓，找到女朋友应该是可喜可贺的事，又不是做了什么见不得人的事，要发这样的毒誓，实在没有必要的呀！

我相信你就是了,我知道了,他们是瞎说,我也不该听信谣言。不过话又说回来,我真的更愿意相信他们说的是真的,因为你也老大不小了,到了该谈婚论嫁的年龄了,找不到女朋友,可不是什么好消息,只有有了女朋友,我这个做嫂嫂的,才会为你感到高兴啊!

好了,算我错,我不该听信别人,任何消息,应该以从你嘴里说出来为准,是吗?以后我知道了,你有了女朋友还是没有女朋友,都得听你说。但是,就怕你到时候不肯告诉我。

别再生气了,我向你道歉,好吗?我不该回到镇上也不让你知道。我错了!不过你也要相信我,我不是不想见你,也不是讨厌你,更不是怕你,而是因为那天时间实在太紧了,赶到之后就是吃饭,接着闹洞房,一直闹到后半夜,然后县城来的客人一起坐一辆包车走的,哪有时间见你呀!**其实我心里一直是惦记着你的,在街上走的时候,甚至在吃喜酒的时候,脑子里都想,会不会遇见你呢?**也许你正从那一头走过来,向我越走越近呢!或者说不定呀,你会在喜宴上出现,你为什么就不能去吃喜酒呢?我几次都想到你的"真善美照相馆"看一看的,但实在是抽不出空来。对不起,真是对不起啦,以后我再也不这样了,你能原谅我这一次吗?等下次见面的时候,你打我一下,好吗?答应我,不要再生气了。你还要答应我,以后再也不说什么死不死的胡话了,好吗?

汪雨玲的结婚照我看到的,我一进他们的新房,就看到了,虽然是黑白的,但拍得特别好,光线柔和,两个人的表情都那么幸福。我当时还心想,她是到哪里拍了这么好的照片的?因为人多,吵得厉害,也没机会问。要是早知道是你拍的,我会骄傲死的!阿善你真行啊,水平那么高,我认为你的摄影水平在全县也是第一的。继续努力,你一定会变得很出名,生意也一定会更好。你的"真善美照相馆"现在生意就已经好得很了，真为你感到高兴啊！

你说这几天就要请一个人来帮忙，你会请谁呢？是要请一个年轻的姑娘吗？不知道为什么我脑子里一直在胡思乱想：会不会你请来的这个人，最终将成为你的女朋友呢？那么让我预先祝福你们吧！

苏惠
元月十二日

● 还是觉得我们不要过分亲密才好。关系疏远一点，不管是对你还是对我，都是有好处的。

阿善：

这次和你见面，我的心里很不是滋味。当着你的面，我说我心里感到烦恼，其实用烦恼来描述我的心情是不恰当的。我也说不清我到底是什么样的心情。反正我感到心里很乱，这种感觉，从收到你的第一封信那天起，就好像有了。说实话，你被判刑到西山去劳改后，一年一年很快过去，我差不多是把你给忘记了。**如果你不出来，如果你不是被提前释放了，如果你是一直在采石场待下去，那么你差不多就是在我的生活里消失了。**我真的很少想起你，偶然想起，也只是脑子里闪过一个念头，闪过就闪过了，再也不留下痕迹。我这样说，你也许会生气，会觉得我是一个不懂感情的人。可是我说的是实话，八年，真的是弹指一挥间。读完大学，毕业后和你哥结了婚，然后怀孕生子，忙忙碌碌，日子飞快地过去了，好像也没有时间来想一些别的事。所有现实生活圈子之外的人与事，都被忽略了，淡忘了。有时候想想真是挺滑稽的，人活着，活一辈子，真的很渺小，就那么狭小的生活范围，接触那么有限的一些人，一天天重复着那么几件事。世界很大啊，在这个狭小的生活之外，有那么大的地方，有那么多的人，那些完全不同的地方，那些过着完全不同的生活的人们，因为在我们的小圈子之外，所以它对我们来说，就好像是不存在的。因此我想，世界上绝大多数的人，都是生活在一个井里，与外界隔绝，人人都是一只井底之蛙，非常渺小，非常可怜。

　　本来以为，自己的一生，也就这么平平淡淡地过了。就像是一种惯性，早上睁开眼睛起来，急急忙忙地准备早饭，送历历去幼儿园，然后赶回学校，上课、改作业、备课，然后又是忙家务，弄吃的，最后睡觉。一天一天，周而复始，不知老之将至。我甚至觉得自己是一个特别简单的人，没有任何爱好，既不向往未来，也不怀恋过去。简简单单地活着，一生也将在这种机械的摆动中很快过去的。**但是你出来了，你给我写信，你的信写得那么缠绵，你忽然把我平静的内心打乱了。我觉得不好，这样一点都不好，这根本不是我想要的，也绝不是我应该得到的**。我是一个教师，已经结婚成家，有了孩子，我的本分就是做好工作，做一个称职的老师，管好这个家，管好孩子，做一个贤妻良母。我不应该允许任何人来打破我平静有序的生活，不能允许任何人来打破我平静安宁的内心。

　　所以阿善我要对你说，以后我们别再见面了。虽然说我们之间没有发生任何事，我们的交往，始终没有超越叔嫂的范畴，但是，我还是觉得我们不要过分亲密才好。关系疏远一点，不管是对你还是对我，都是有好处的。你的事业搞得不错，照相馆越来越红火，你应该专心一意做工作，同时考虑物色合适的对象，过上安稳幸福的生活。以后我们真的不要再单独见面了，好吗？你是那么缠绵，总是用含情脉脉的眼光看着我，我觉得挺别扭的。**昨天你还过来拉住我的手，真的让我感到好尴尬**。阿善你不能这样做，这样对你不好，对我也是一种伤害，你知道吗？你如果敬重嫂嫂，真心为我好的话，就不应该这样做。

听我的话，以后没什么事我们就别再见面了，好吗？也不要这么频繁地书信往来了，这样很没意思。有什么意思呢？完全是在做无用功。不，比做无用功还不好，是和自己过不去，给自己平添烦恼，有点无事生非的样子，你说是不是啊？

我想你读了我的信，一定会很生气。我知道你是很会生气的，动不动就生气了。不要这样，好吗？阿善，你是个男人，男人就应该胸怀宽广，应该粗犷一点，粗线条一点，不要心眼太细了，应该做大事，要包容一切，不要动不动就生气，尤其不要为一些不必要的事而烦恼。如果你生气了，我也会感到不开心。我不希望你不开心，我希望你永远都是心情愉快，事业和爱情也都一帆风顺。真的，我是真心希望你好，你相信吗？

另外，以后你也不要再买东西给我们了。我当老师的，戴一个金戒指是不像话的。香水我也不用的，我从来都不用香水，怕人家闻到我身上香喷喷的，会想，她是怎么啦？再说，你给我东西，我也只能藏起来，被你哥看到了不好。你买了这么多玩具和吃的东西给历历也不好，小孩子吃饱三顿饭就是了，零食还是少吃为好。再说了，你破费这么多，我心里感到非常不安。你的事业还在起步阶段，不能乱花钱，等你以后成了大老板，再给我们买东西的话，我就会心安理得一些。

我发现你的头发长了，头发太长，就显得更消瘦了，脸色有些苍白，甚至有了过早的沧桑。抽空去理个发吧，剪短了会精神些。另外要注意多多保重身体，你一切都好，是我最大的心愿！

苏惠
元月二十七日

- 既然你觉得我的存在给你增添了烦恼，打破了你生活的平静，那我就愿意听你的话，把一切都藏在心里，以后尽量不要打扰你，尽量离你远一点，让你安安心心地生活和工作。
- 虽然我目前还不是大老板，但我有钱买这些东西，请不用担心。

嫂嫂：

读了你的信我确实应该生气，但是你不希望我生气，我就决定不生气。

你所说的道理，我认真想了想，觉得都是对的。虽然说这么多年来，我的心里一刻都没有放弃过对你的思念，可以说，你是我生活下去的信念和希望，我已经不止一次说过，如果心里边没有你的话，我也许早就不在这个人世了。在西山的那些日日夜夜里，我就是靠着想你，才挺过来的。出来之后，与你联系上了，和你通信，我感到生活是那么的美好，内心经常是充满了喜悦。但是既然你觉得我的存在给你增添了烦恼，打破了你生活的平静，那我就愿意听你的话，把一切都藏在心里，以后尽量不要打扰你，尽量离你远一点，让你安安心心地生活和工作。

不过我也要反过来恳求你，不要对我太冷酷了。你是我的嫂嫂，我是你的小叔子，我们既然是叔嫂，是亲戚关系，为什么不能有正常的交往呢？从此不再见面，也不再通信，一定要这样吗？为什么呢？请不要这样，好吗？如果你这么绝情，从此要将我从你的生活中彻底抹去，我会感到绝望的。求求你了，嫂嫂，不要这样对我！我已经众叛亲离，没有一个亲人，有家不能回，是一个遭到众人唾弃的劳改释放分子，我感到孤独，我的心常常在夜深人静的时候呻吟流泪。**嫂嫂，我一直觉得和你谈得来，可以算是知己，你又为什么要绝我而去？难**

道说，此生不能爱你，连和你偶尔见个面，说几句话，工作之余写一封信，这都不可以吗？嫂嫂，你就做个好人，挽救一下我，别让我跌入孤苦无援的万丈深渊！在这个冷漠的世界上，即使所有的人都不理我，我也不会感到伤心。但是要是你也不理我了，那么我就陷入了彻底的绝望。你要是坚决不理我，我相信自己是活不下去的。

给你和历历的礼物请不要介意，这是应该的。虽然我目前还不是大老板，但我有钱买这些东西，请不用担心。以前你借我两百元钱开店，怎么也不肯要我还钱，就算是我一点小小的回报吧。人心皆同，希望你理解我的心情。戒指和香水你不能用，就收藏起来吧，你说不想让我哥知道，那就藏起来。只要你收下它们，就是对我的一种恩赐，我就感到无比幸福。历历还这么小，你不要对他太苛刻，小孩子总是喜欢玩具，总是贪嘴的。我们小时候贫困，什么都没有，现在经济条件好了，不能亏待了小孩子。快要过年了，买些玩具和零食给他，完全是应该的，是一点都不过分的。

最后请你帮我出出主意，我听说我妈病了，我想去看看她，但又不太敢去，我怕被他们骂出来。如果我去看他们，他们见了我就骂的话，我会受不了的。你说我应该怎么办呢？

阿善
一九八六年二月一日

- 我想做小辈的，总是应该让步一点，以往的恩恩怨怨，暂且搁在一边。

阿善：

你读了我的信，没有生我的气，我感到很高兴。信寄出之后，我一直非常担心，怕你生很大的气，并且从此真的再也不理我了。我甚至有些后悔，后悔对你说了那些话，但后悔已经来不及了，信已经寄出去了。好在你并没有生气，我感到很是安慰。你变得比以前开通了，心胸像个真正的男子汉那样广阔了，这样很好。

你妈病了，我认为你还是应该去看看她。其实我上两天就知道她身体不好，是教研室的人对你哥说的，还让他回去探望一下。你哥这个人你是知道的，他发起牛脾气来是九头牛都拉不回的。他说他早已经跟家庭断绝了关系，他早就认为自己是没有父母了，所以说他们是死是活他是不管的。唉，我真不知道怎么劝他才好。其实我做儿媳的，婆婆生病了，也理当要去看望一下。但是，我算什么儿媳妇啊！我连婆家的门都没有登过。我一方面觉得你哥这样做不太好，但另一方面我又是比较能够理解他的。虽说作为儿子，他不该那么倔，父母总是父母，不应该到这一步。但是，弄到这般田地，你父母确实也有问题。他们的心肠看上去真挺硬的。我生了历历之后，他们也从来不过来看一下。历历是他们的孙子呀，他们不要儿子了，两个儿子一个都不要了，这不去说它，怎么连孙子也不要了呢？

不管怎么样，你还是去看看她吧，马上过年了，买点东西上门去看一看，我想做小辈的，总是应该让步一点，以往的恩恩怨怨，暂且搁在一边。我听说你妈的情况好像很不好，她常常晕倒，我估计是低血糖吧。不管怎么样，你都应该去看看她。顺便，你委婉地代我向她表示一下问候，我做她儿媳妇已经好几年了，面都没有见过一次，虽然说从道理上讲非常欠缺，但我有我的苦衷，希望她能够谅解。如果你觉得没必要说，那就不要说吧。反正你看着办。

既然你不希望我们从此不再来往，也不愿意中断通信，那我就听你的吧。但是我希望你不要在信中那么缠绵，见了面呢，也不要总是含情脉脉，我们要像好朋友那样交往，好吗？否则的话，我会感到不自然的，会觉得非常别扭。你能理解我吗？你要听话，好阿善！

苏惠
二月四日

- 我突然内心感到无比的悲哀，这个人，真是我爸吗？
- 她定睛看了我好一阵，好像是不认识我这个人，也许是不太相信我会提了东西到医院来看她。

嫂嫂：

今天，我买了两盒人参蜂皇浆口服液，去看我妈。一步步走进老屋，我的心跳也一下下加快了。离开老屋已经八年多了，可以称得上是阔别了。那条通往老屋的小路，还像八年前一样，什么都没变。向老屋子走去，一路上鼻子里闻到的气味，还仍然是那样的熟悉。变的是我，我已经由一个少年变成了今天的男人，一个吃了七年多官司回来的劳改释放分子。那时候，我经常黄昏从家里溜出来，做贼一样向你住的汤家弄走去。看到路灯下我的影子一会儿长一会儿短，觉得自己就像一个小鬼，在夜晚冷落的街道上游荡。那时候，我的怀里总是揣着一封信，一封我哥写给你的信，贼一样向你家潜去。现在我回到这条小街上，不知道为什么越看着它熟悉，心里越是感到慌乱。我提了东西是要去看我生病的妈妈，又不是去做什么坏事，为什么心里会那么紧张呢？

我妈竟然不在家里，只有我爸在家。我敲开门之后，他看见我，脸上一点表情都没有。他什么也没说，没有骂我，也没有让我进屋，就是看见一个完全不认识的人，也不会是这种表情啊！我突然内心感到无比的悲哀，这个人，真是我爸吗？他变了，他变得不像我爸了！我记忆中的父亲，是凶恶的，对子女非常冷酷无情，简直可以说青面獠牙，他对我非打即骂，从来都没有好脸色。但现在我看到的父亲，却像一个木头人。我很难形容他的表情，不是冷漠，而是麻木，我想不管是什么人，只要看见这样一张脸，都会想到，这个人一定是受到了很大的生活的磨难，心灵受了很大的创伤。八年，他就老成了这样，他老得让我惊讶。他不应该这么老的，他五十岁还没到，怎么变得这么苍老的呢？头发少了，稀稀拉拉的还都花白了，胡子也乱糟糟的，也是花白的，脸上一点肉都没有，眼睛凹陷得就像两个黑洞。我站在门外头，看着屋子里的他，心里突然感到悲哀极了，以前对他的怨恨，仿佛一下子都消失了。当然这一刻我对他的感觉，并非父子之情，也完全没有对父亲的敬重，**我只有同情，同情这个人，觉得这是个多么不幸的人啊，非常可怜。**

现在想起来，我应该叫他一声爸爸，然后进去和他聊几句。但是，我竟然只问了他一句"妈妈呢？"就没再说别的话。好像眼前这个人，是与我完全无关的一个人，我到这里来，只是来看我的妈妈。而他，也没有说多余的话，只是对我说了"在医院里"四个字，好像我对他而言，也是一个彻头彻尾的陌生人。

我就这样连家门都没有跨进去，就转身向医院走去。我转身而去的时候，感觉到后背上冷飕飕的，我可以想象我爸像一具僵尸那样站在黑咕隆咚的老屋里，深陷的眼窝里，两道阴冷的目光射向我的背影。巷子里弥漫着煤炉散发出的气味，父亲的目光仿佛箭一样要将我的后背刺穿。我急匆匆地逃离了我阔别八年多的家，心里真是有说不出的滋味。

我在医院见到了我妈。与父亲相比，她显得有些过于年轻了，她一点也不老，和八年前相比，变化不大。我走进病房的时候，看到一个男人正在用毛巾为她擦脚。她也许是怕痒痒吧，一边让男人为她擦脚，一边咯咯咯地笑着。**她像少女一样笑着，显出与她年龄非常不相称的轻佻。**我突然觉得很不舒服，一时间怀疑自己是不是走错了病房，她是我妈吗？此前我不止一次地想象，我妈现在一定已经是个老太婆了，尤其是在见到了父亲之后，我想象中的母亲，一定也是皱纹爬满了面孔，头发花白，绝对不可能像一个小姑娘那样轻佻而快乐地笑着。但她确实是我妈，在我叫了她一声妈妈后，她停止了笑，她定睛看了我好一阵，好像是不认识我这个人，也许是不太相信我会提了东西到医院来看她。当她确信站在她病床边的人确实是我的时候，她哭了起来。

给母亲擦脚的男人直起腰来，我看清了他的面目，**他原来是阿萍的父亲庄书记**！我有点意外，怎么会是他？我妈病了，我爸不来照顾，而为母亲擦脚的竟然是他！岁月在这个男人的身上，似乎并没有留下侵蚀的痕迹。八年多不见他了，他非但没有变老，反而比以前看上去更年轻更精神了。嫂嫂，你要知道我对这个人是没有好感的，那时候阿萍和志学谈对象，他们一家，居然诬陷志学强奸，结果害了他的性命。我知道鬼点子都是庄书记想出来的，他是害死志学的元凶。我对阿萍一家，永远都充满了鄙视。我觉得我妈竟然和这个人如此亲昵，我感到恶心。所以我没给他好脸色，我站在他面前，就像不认识他一样。

嫂嫂，可气的是，他竟然像我爸一样教训起我来，他指责我作为儿子，不该到现在才来看望母亲，他顺便还批评了我哥，意思是我妈实在太可怜，生了两个儿子，个个都是不孝。**他是谁？有什么资格这么对我说话？**但他还是以父亲自居，对我喋喋不休地说话。最后，他竟然还命令我去把母亲擦身子的水倒掉。其实作为儿子，倒一下水也是应该的，但这一刻，我觉得他是在污辱我。他说得够多了，说了足足有一刻多钟。而我妈，则从头到尾在一旁哭。她一直在哭，既不问一下我的生活情况，也不主动介绍一下她的病情，她只是哭个不停，哭得病房外面聚集了许多看热闹的人。嫂嫂，你一定会怪我，事实上我现在也感到后悔，我不该那样做，我已经年纪不小了，不该那么冲动。嫂嫂，但是在当时，我实在无法克制自己，当那个可恶的庄书记命令我把母亲擦身子的水倒掉时，我端起了塑料盆，把水向他泼了过去。

嫂嫂，我对这个家，现在才算是彻底绝望了。在西山的时候，我还没有这样的感觉，我总觉得我还是有一个家的，只不过这个家缺少温暖，缺少亲情，没让我有太多的挂念。但它毕竟还是存在的，父亲、母亲，有时候我闭上眼睛，脑子里还是会浮现他们的面容。但是现在，我对我的家，简直可以称得上是厌恶的。这种厌恶，将决定我从此再也不可能走近它了。嫂嫂，此刻，我的内心有无限的悲凉！我莫名其妙地来到这个世界上，所有的亲情都割断了，所有的亲人都没有了。**嫂嫂，我只有你，在这个孤独荒凉的世界上，我只有你一个亲人了！**如果没有你，如果你我之间的感情也割断了，那我真不知道自己还能凭什么力量活下去。

嫂嫂，今天已经是小年夜了，镇上过年的气氛已经很浓了。你们在县城过年，一定更热闹吧？外面已经零星地响着爆竹的声音了，空气里到处都是烧菜的气味。你现在正在做什么呢？是系着围裙在厨房里忙吗？而我却只有一个人！好在今天到店里来照相的顾客还是很多，有很多活要干，我也就不觉得孤单了。但是到了明天，大年三十的晚上，家家户户都团聚在一起吃喝的时候，我怎么办呢？我打算明天去买几只猪脚爪，放点黄豆煮一大锅，再买一瓶酒，一边看电视一边吃。你不用担心我，我会尽量让自己过一个快乐的新年的。

我在这里给你拜个早年了，祝嫂嫂新年快乐、万事如意！

阿善

一九八六年二月七日

- 但愿有电视陪伴你，你不至于太孤单。
- 反正我看他这些日子是把魂都丢了，看样子他是不喜欢这个家了，对我这个老婆也很是讨厌了。
- 你以前失去了父爱，如果又能找回来，不是一件好事吗？

阿善：

知道你一个人过年很孤单的样子，我心里很不好受。这些天，我一直在惦记着你，吃年夜饭的时候也想，你是不是也正在吃饭，一个人一边吃猪脚炖黄豆，一边看春节晚会吗？但愿有电视陪伴你，你不至于太孤单。我知道你脾气倔，否则的话，是可以到我们家来过年的，你要是愿意来，我想你哥一定不会反对。我又要烧菜又要洗衣裳，忙得恨不能变成千手观音，你要是来的话，正好帮我管历历，省得他还在一边烦我。

其实不瞒你说，这个春节，我也过得很不好，很不开心。主要是因为你哥，他除了大年三十那晚在家，其他时间，几乎白天夜里都在外面打麻将。**天知道他是从什么时候迷上麻将的**。我在家里忙得脚都抬起来了，他却什么都不管，只是把家里当作旅馆和饭店。后半夜回家，睡到中午起来，吃了饭又出去了。我说他几句，他还对我吹胡子瞪眼凶得不得了。他哪里有一点当父亲的样子，根本就不像一个人民教师。这几天我真的是心烦得不得了，据我了解，他们打麻将还是来钱的，那是赌博呀！那是他应该做的事吗？我说他几句，他倒理由十足，说什么节假日娱乐娱乐，来一点小"浇头"算不得赌。他还猪八戒倒打一把，反过来怪我，说我侧面了解他的情况是不信任他，让他很丢面子。唉，不去说他了吧，反正我看他这些日子是把魂都丢了，看样子他是不喜欢这个家了，对我这个老婆也很是讨厌了。

　　你信上说到你父母的变化，让我感到很吃惊。说起来也真是世上少有，**我成为他们的儿媳后，竟然连公公婆婆的面都没见过**。我现在闭起眼睛来，已经很难想起他们的样子了。在我心目中，你爸一向是凶神恶煞的，以前听你哥说起他，完全是一脸凶相。你也是这么描述他的。他现在怎么变成这样了呢？唉，真是让人感叹人生的变化无常啊！不过反过来想想也好，你今后再也不用怕他了，他变成了一个弱者，你还会怕他吗？你开始同情他了，父子的亲情也许慢慢就会重新培养起来。你以前失去了父爱，如果又能找回来，不是一件好事吗？我过早失去了父亲，我是深有体会的，缺少了父爱，是人生的一大不幸。如果你和你爸能够重归于好，是不失为一件美事的。你信上说到你妈，我差点儿笑出来。她真的那么嗲吗？你为什么感到肉麻呢？庄书记对她好，你为什么要反感呢？你妈和庄书记关系好，我以前就听说了，小镇上的人，对这种事情是最关心的。但我一向不喜欢听风言风语，别人的事情，关我什么事啊，所以一直也没介意，我跟你哥都从未讨论过这些。既然你信上提到了，我就跟你说一说。不过我认为你真的不必太介意，那是长辈们的事，不用你来管，你犯不着为此操心。**你难道说道德观那么严肃，眼睛里甚至容不得自己的长辈有什么越轨的事吗？**

　　我感冒了，清水鼻涕淌个不停，这几天天太冷了，加上累了，心情也不够好，所以病了。不多写了。祝你新年一切都好！

苏惠
二月十三日

- 我真的好惦记着我，在那样的日子里，你还会惦记着我，想着一个孤零零躺在欢乐世界之外的人。
- 这几天试下来，发现她人还算聪明，让她坐柜台开票算账，她还蛮拎得清的。

嫂嫂：

你生病了，让我深感不安！我真想立刻赶到县城来看你，却又怕你反而会不高兴。现在好点了吗？不要紧吧？你身体不好，我哥却不管你，只顾在外面打麻将，他真不是个东西！**娶了你这样的妻子竟还不懂得珍惜，他简直不是人**！嫂嫂，你要多多保重啊！

谢谢你一直惦记着我，就连吃年夜饭的时候还想着我，让我感动！嫂嫂，我也一直想念着你啊！大年三十晚上，我没有看电视，一个人喝了点酒，结果喝醉了。我酒量不好，吐得一塌糊涂。一个人躺在床上，脑子里除了想你还是想你。昏昏沉沉地睡了醒，醒了又睡，半夜的时候，外面爆竹声响成一片，我就想，嫂嫂，那一刻你也在放鞭炮吧？你带着历历，在全世界响成一片的欢乐海洋中，欢笑着迎接新年的到来。嫂嫂，我真的好感动，在那样的日子里，你还会惦记着我，想着一个孤零零躺在欢乐世界之外的人。谢谢你，我的好嫂嫂！

嫂嫂，我忘了告诉你，年前，我雇了一个人来我店里帮忙，她是我同学明辉的乡下表妹，名叫白永芳，她的脚有点毛病，两条腿有长短，所以走起路来有点瘸。不过，粗看是看不出来的。**她是农村户口，想到镇上来工作，所以明辉把她介绍到我店里来帮忙**。她来了前后不过十来天吧，正式只上了五天班，从年三十到年初四，我给她放假。这几天试下来，发现她人还算聪明，让她坐柜台开票算账，她还蛮拎得清的。有空的时候我让她烘照片、上光、切照片，她也做得不错。有了这个帮手，我轻松多了，不用再像以前，业务多的时候，一个人在暗房里要忙到后半夜。她来了之后，我出去的话也不用关店门了，有人看店。以后我再到县城来洗彩照，也不用急匆匆赶回去了。

嫂嫂，我准备下半年自己买一套彩印彩扩的设备，我打听过了，买人家淘汰下来的这样一套设备，经济上我是能够承受得起的。有了自己的设备，钱就赚得多了。等我有了很多钱，我想到县城买一套商品房，我不想在小镇待一辈子。**等条件许可了，我要把照相馆搬到县城。**嫂嫂你赞同我的想法吗？

阿善
一九八六年二月十七日

嫂嫂：

转眼又是三月份了，今年江南的春天似乎来得很早，农历正月还未过去，滑雪衫在身上已经穿不住了。太阳那么好，下午的时候，我的店门口不得不把雨篷支起来，否则照相材料都要被晒坏了。

嫂嫂，我的上一封信你收到了吧？为什么不给我写回信呢？你的身体一定早就好了吧？新学期开始后，我哥还出去打麻将吗？我一直不太理解为什么有那么多人喜欢打麻将，我曾经坐在明辉他们边上看他们打，他们也想把我教会，但我始终是一点兴趣都没有，也不可能教得会。**我真的不明白打麻将有什么乐趣。**过年的时候，镇上有一个七十几岁的老太婆，打了一个通宵麻将，结果死在了麻将台上。为了打麻将，连命都不要了，真是不可思议。

开学后你一定非常忙吧？你要注意休息，不要太累了。等稍微有空的时候，就给我写信。不用写得太长，写几句也行。只要收到你的信,我就会感到快乐。而这么久没有你的信来,我的心里不知道有多么的忐忑不安!

阿善
一九八六年三月三日

● 你的一番衷情,应该向白永芳倾诉才对啊!

阿善:

开学之后,确实很忙,所以没有给你写信。当然你收不到我的信也没关系啊,你有了帮手了,有聪明能干的年轻姑娘终日陪伴着,就不会感到孤独了,是吗?我要衷心地祝贺你!白永芳虽然脚有点小毛病,但是粗看看不出来,她的其他方面应该都很不错吧?你信上说她很聪明,我想象,她的长相也一定很漂亮吧?你的同学明辉真是够朋友,介绍了这么好一位表妹给你。**希望你们合作愉快,最终由工作关系发展成为恋爱关系,这样,我这个当嫂嫂的,也就可以放心了。**

你上次信上说忘了将白永芳到你店里工作的事告诉我,你以为我会相信你吗?你怎么会忘了说呢?你在信中把自己说得那么孤独,那么凄凉,让我同情得差一点儿为你掉下眼泪来。原来你是那么虚伪,白永芳已经到你店里工作了,**你有一个年轻漂亮的姑娘在身边,怎么还会感到孤独呢?**你要是真的感到孤独,也是因为舍不得把她放回去过年吧?你为什么要在我面前装得那么可怜呢?让嫂嫂同情你有什么意思呢?你的一番衷情,应该向白永芳倾诉才对啊!

衷心祝愿你事业爱情双丰收!

苏惠
三月十一日

- 嫂嫂，我爱你！在这个世界上，我只爱你一个！除了你，我不会爱任何人！

嫂嫂：

你为什么要这么对我说话呢？你这样讽刺我，我感到伤心极了。不错，白永芳除了脚不好，其他各方面都还不错，但是，我是绝对不可能和她谈恋爱的。在我心目中，除了嫂嫂你，所有的女人都不能让我心动。今生，我是不可能和别人去谈恋爱的，更不可能跟别人结婚。嫂嫂，我知道你生气了，怪我招了一个年轻女人来做帮手，怪我没有及时把这件事告诉你。请原谅我，**我不是故意要瞒你，我只是怕你不开心，所以年前没有告诉你**。这是我的不对，我确实是不够诚实，假装说是忘记告诉你。我向你道歉，我错了，请嫂嫂原谅，好吗？但是请你放心，我是不可能和白永芳谈恋爱的，我对她一点感觉都没有，她只是我的一个帮手，我培养她学技术，只是为了帮我，减轻我的工作量。其实我找谁来做帮手都一样，男的女的都一样，只要人不笨，只要勤快一点就行了。

嫂嫂，我爱你！在这个世界上，我只爱你一个！除了你，我不会爱任何人！我的心里，装的全是你，只有你，你满满地占据了我的内心，全部的心！嫂嫂，我爱你爱得那么深，那么真，是用任何语言都无法形容的。但是，我却不能得到你的爱。正因为如此，我的心才那么苦，那么涩，它常常因为无望而痛，而滴血。我到底应该怎么办呢？嫂嫂，我不是没想过，我经常努力地要忘记你，不要想你，**因为你是我的嫂嫂，我对你的爱情是荒唐的，是没有希望的，是为世俗所不容的，我何必又要执迷不悟不到黄河心不死呢？**现在我有钱了，社会上的人看我的目光也跟以前不一样了，他们不再认为我是一个卑贱的劳改犯了，我不再受到歧视了，我如果把你忘了，要去找一个好姑娘，找一个比白永芳好几倍的女人，应该是没有问题的。但是我做不到啊！一想到要把你从我的心里拿走，我的心就痛得不行。我一步都不能去尝试，我左右不了自己。我只有深陷在这份无望的爱中，陷得那么深，永远都没有出头之日！嫂嫂，不知道你是不是明白我的心？我不敢奢求得到你的爱，唯愿你能理解，不要说我虚伪，这样的话，我也就能得到些许的安慰。我就为这一点点可怜的安慰而活着吧，一天天可以想你，一月之中可以收到你的信，偶然还可以见一见你。嫂嫂，我是多么的悲哀啊，我无法解救自己，并且我知道，在这个世界上，没人能够解救我，就是嫂嫂你也不能！我只有一个人去承担，去嚼这个苦果，在苦中嚼出一点点可怜的甜来，嚼出更多更多的苦来。

　　　　　　　　　　　　　　　　　　　　阿善

　　　　　　　　　　　　　　　　　一九八六年三月十四日

- 我是一个结了婚的人，有自己的丈夫和孩子，关键问题是，我的丈夫还是你的亲哥哥。
- 你和你哥很有必要面对面谈一谈，抛弃前嫌，重新和好。

阿善：

　　你对我说了这么多感人的话，我不知道自己是不是应该被你打动。我真的不知道，不知道是应该感到高兴呢，还是悲哀。你让我相信你的真诚，让我理解你的内心，这些都是可以的，我可以明确告诉你，我相信你，也理解你。为此，我对我上一封信给你造成的不愉快表示歉意，我只是说着逗你玩的，请勿介意。但是我又要很认真地对你说，你实在不应该对我说这些话，这火辣辣的表白，不应该由你对我说出来。而我，也不配得到这些。我是一个结了婚的人，有自己的丈夫和孩子，关键问题是，我的丈夫还是你的亲哥哥。即使我相信你的爱，相信你的爱是纯洁的、深沉的，但是，我又怎么能够接受它呢？阿善，谢谢你，谢谢你这么痴心地爱着我，我很珍惜，也为此感到幸福，但是，**你要原谅我，要理解我，我真的不能接受，也绝对不配接受这份爱**。它不应该属于我，它只是你梦幻般的热情，是水中月镜中花，虽然它目前看起来是那么的凄美艳丽，那么感人至深，但它不是真的，不是现实中的爱，不是真正能够像花儿一样开放出来的爱，更不可能有任何结果，它是有毒的，它会给我们带来伤害，并且最终它又会无情地离我们而去。它是脆弱的、不真实的，所以显得尤为美丽。你的执着，更多的是因为你性格中的倔强，**你是在和自己较劲，在和命运较劲**。阿善，不要这样，放弃吧，你斗不过命的，命中注定了我们是不可能相爱的，我们是叔嫂，我是你哥哥的妻子，希望你不要再胡思乱想了，从空中下来吧，把你的双脚踏到地上吧，稳稳当当地生活吧，不要知其不可为而为之，不要为了不切实际的梦幻而耽误了自己，害了自己。真的，我对你说这番话是完全出于真心，我是为了你好，也为了我自己好，你不能那样，你会彻底害了自己的。

我非常感谢你对我说那番话，我很为你的真情感动，我要再一次对你说声谢谢！但是阿善，我希望你以后再也不要对我说这些了，明确自己的角色，你是我的小叔子，我是你的嫂嫂，我们再投机，有再多的共同语言，也只能是这一层关系。最多在这层关系上再多一层好朋友的关系，不能再超过一点点了，真的不能了！你那些滚烫的话，是多么地让我感到不安，我有一种不好的预感，我觉得你要是再这样继续下去的话，会给我带来意想不到的灾难。我感到害怕。不要再这样了，好吗？听话，我的好阿善！

你下次来县城，抽空到我们家来一趟吧。我认为，你和你哥很有必要面对面谈一谈，抛弃前嫌，重新和好。兄弟之间，应该情同手足，更何况你们和父母的关系又早已断绝了，两兄弟之间，如果再老死不相往来的话，这世间真是一点点亲情都没有了，那不是很悲哀的事吗？我总觉得你对你哥有成见，据我的观察，他对你还是存有兄弟之情的，每当在家里说起你，他都显得很温和，并且对你们目前的隔阂表示出遗憾和无奈。如果你能来，能够主动走近一步，我相信你们一定会和解。那样的话，你我之间的关系，也可以显得更正常一些。**你现在心目中完全没有了哥哥，所以才会对嫂嫂有非分之想。**来吧，我们都真诚地欢迎你，你来尝尝我做的馄饨吧，保管你吃了还想再吃。

等着你！

苏惠

三月二十日

- 不仅不想见到我，而且连信都永远不给我写了，是吗？我真的得罪你这么深吗？
- 现在你哥而且学会了说谎，他怕我说他，经常用谎话来搪塞我。

阿善：

怎么不见你来呢？三个星期过去了，估计你这段时间至少来过县城四五次了，但就是没见你登门。而且你信也不给嫂嫂写了，显然是生气了呀！你这次是生很大的气了吧？气得要像气球一样飘起来吗？你决定永远都不理我了吗？不仅不想见到我，而且连信都永远不给我写了，是吗？我真的得罪你这么深吗？你现在一定觉得我是这个世界上最可恶的人，你恨死我了，会不会收到我的信看也不看就扔了呢？唉，这些日子我虽然整天忙得不亦乐乎，但是，我还是一直在等着你上门，等着见到瘦弱、苍白的你，拎着礼物，突然出现在我们家门口。

你那羞涩的笑容，经常在我眼前浮现。我还经常盼望收到你的来信，一天过去了，没有；又一天过去了，还是没有。**你像是忽然从这个世界上消失了，仿佛从来就未曾有过，一切都只是虚幻的梦吗？**你不来见我，也不写信，我感到很不开心。我做错了什么吗？说错了什么呢？你真的永远都不会再理睬我了吗？

日子似乎是越过越糟糕了，**现在，你哥的赌瘾越来越大了。原来他还只是星期天出去打打麻将，现在发展到天天晚上出去了。**我不知道校领导是不是了解这一情况，他们怎么不出面管一管呢？学校的风气很不好，一部分教师无心教育事业，就知道赌博，他们完全迷失了自己，根本忘记了自己的角色，什么人类灵魂工程师，什么太阳底下最光辉的职业，他们全都置之脑后，整天想着赌。白天工作昏昏沉沉，一到晚上就来精神了，人不人鬼不鬼的。现在你哥而且学会了说谎，他怕我说他，经常用谎话来搪塞我。今天说出去干这样，明天说出去干那样，其实我知道，他就是出去赌。他已经鬼迷心窍，已经不可救药了。我对他已经失望了，也懒得去说他了。我只是感到灰心，人活在世界上，没意思真的是远远大于有意思。有什么意思呢？俄国诗人叶赛宁说："死亡不是新鲜事，活着也更艰难。"我现在才体会到他的深刻，活着确实很艰难。要应付的事情太多了，工作上的压力，家务的压力，而家庭、婚姻，这些原本让人无限憧憬的东西，结果带来的又是什么呢？是烦恼，是无聊，是推也推不掉的责任，还有种种种种的不如意！

好了，唉，不说了，说这些真不开心。我希望你能够开心，不要被我的情绪所影响。你怎么样，最近一切都好吗？店里的生意蒸蒸日上吧？真为你感到高兴啊！那个白永芳呢？很能干吧？确确实实是你的好助手吧？她能到你店里工作，又能学到技术，真是她的福气呢。

盼有空来信聊聊。

苏惠

四月十五日

- 你如果真心爱我，就得多为我着想，你不能勉为其难，不能让我飞蛾扑火，如果你真爱我的话，就不会愿意我赴汤蹈火。
- 我有我的事业，我有儿子，我应该做一个好妈妈，一个好老师。

阿善：

我接连写了几封信给你，都收到了吧？为什么对我不理不睬呢？我即使说错了什么话，也不至于要让你生这么大的气吧？我就那么讨厌吗？你真的永远都不再理我了？好吧，要真是这样，我们今后就谁也别理谁了吧。你以为我一定要理你吗？你不理我，我就活不下去了吗！可不要把自己看得那么重要，没什么了不起的，你不愿理我，我还懒得理你呢！**你一定是觉得你对我付出了真心，却得不到回报，所以由爱生恨了。**你也不想想，我对你难道不是真心的？你好好想一想，你曾经做过的对不起我的事，我是怎样大度地原谅了你。在你困难的时候，我从不嫌弃你，处处为你着想，真心地为你担忧，为你着急。你感到孤单、感到痛苦的时候，我也跟着一起为你着急、难过。你还要我怎么样？你不能对我有更多的要求，我是你的嫂嫂，你要多为我想一想，我们之间，确实不可能有什么的，我们之间的鸿沟，是比天上皇母娘娘画出的天河还要宽还要深，想要跨越它，完全是不现实的，是对人对己都不负责任的。你如果真心爱我，就得多为我着想，你不能勉为其难，不能让我飞蛾扑火，如果你真爱我的话，就不会愿意我赴汤蹈火。阿善，**我要说，在感情上你太自私了，你只关心自己，而不愿意替别人着想**。我不要求你站到你哥的立场上想，我真的不要求你，在这一点上，我愿意顺从你，和你一起绕开他考虑问题，但是，你得为我想想，我能做到怎样一步，你应该为我仔细想想。阿善你不能那么任性的，你早已经不是小孩子了，你是一个成熟的大人，一个需要懂得对自己对别人都负起责任来的人，怎么可以随心所欲不考虑事情的后果呢？有时候想想，我是那么的无辜，我做错什么了，要被你如此怨恨？我又是孤立无援的，谁能帮助我？谁能设身处地地想一想我的处境。我已经感到自己迷失了，我不能再进一步迷失自己了，否则我将坠入万劫不复之中，到时候谁又能向我伸出挽救之手？

　　你如果觉得我是一个讨厌的女人，那就再也不要给我写信了。我不怪你。这封信，也将是我给你的最后一封信。让我回到平安踏实的生活中去吧，让我不要再被蛊惑，从而过着混乱的狼狈不堪的生活。我有我的事业，我有儿子，我应该做一个好妈妈，一个好老师。我将在工作中获得人生价值和生命力量，在对历历的爱中获得乐趣和神圣的感觉。再见了，阿善，祝你一切都好！

苏惠
四月二十七日

阿善：

　　下个星期五（六月十三日）你来县城吗？你能来一趟吗？我想见见你，有些话想跟你当面说一说。我知道你现在很讨厌我，不愿意见到我，**尽管这样，我还是请你来一趟，你就算帮我一个忙，好吗？**因为我确实有很重要的事对你说。

星期五下午我没课，我们说好了，中午十一点在宝塔公园门口碰头，好吗？不见不散！

苏惠

六月八日

● 我要就这样紧紧地抱着你，直到地老天荒，直到永远！

嫂嫂：

今天将是我终身难忘的一天！直到现在，我还是恍恍惚惚的，如在梦中。回到小镇上，天已经完全黑了。此刻，我一个人躺在床上，什么都不想干，不想吃饭，也不想睡觉。在电风扇呼呼的风中，我回忆着白天发生的一切。这一切，在我脑子里就像放电影一样，每一个镜头都被翻来覆去地放映。这么多年来梦想的事，终于真实地发生了。嫂嫂，当我紧紧地抱着你，我全身血液沸腾，我的整个身体，仿佛都要融化了。你的身体是那么柔软，充满了诱人的芳香，我抱紧你的时候心想，我再也不会把你松开！我要就这样紧紧地抱着你，直到地老天荒，直到永远！**当时你拼命地要把我推开，但我的双臂，早已经不听我的使唤，它们像铁箍一样把你箍紧，任何力量都不能挣脱**。嫂嫂，请原谅我，我一定把你勒痛了。那一刻，我完全是不由自主，我无法左右自己，虽然在你的指责和哀求下，我好几次意识到我这样做是不对的，我应该把你放开，但是，我的双臂，反倒是将你越箍越紧，完全不可能松开。我记得你很生气，你的脸涨得通红，你一遍遍让我放开，你骂我下流，说我是流氓。你还说要是我再不松开的话，你就要大声喊了。但是那一刻，你不管说什么，我都不可能将你松开。我着了魔似的将你抱紧，你身上那让人要命的香气，让我的双臂几乎要像一个真正的铁箍一样样嵌进你的身体里去。我紧紧地抱着你，我闭上眼睛，感到自己升起来了，我和你两个人，像两块云一样连在一起，快乐地飘浮在空中。我用脸紧贴着你光滑的面孔，我感到自己像一团火那样在熊熊燃烧。我记得，你用手掐我，用脚踢我，好像还咬我了肩膀。回来之后，我查看了自己的身体，发现确实有被你抓破、踢青的痕迹，肩膀上也真的有你的咬痕。这些伤痕，是你在我身上留下的，我希望它们永远都不要褪去，让它们永远留在我的身体上！

嫂嫂，亲爱的嫂嫂，真是对不起，我做了你不愿意做的事。我在你的反抗中强行将你推倒在床上，我把你压在身子底下的时候，听到你不停地骂我。当我把你的衣裳扯掉之后，你哭了起来。嫂嫂，我不是没注意到你哭，我当时清楚地听到了你的哭声，并且，你的眼泪，也沾到了我的脸上。但是我控制不了自己，我根本不可能停下来。我拥抱着你赤裸的身体，你的身体是那么白，那么光滑细腻。无数个夜晚，我只是在孤独中想象你的身体，没想到，那一刻，你美人鱼一样的身体，真的在我怀抱之中。你抓我、咬我，我一点也不觉得痛，反倒有一阵阵快意，电流一样袭击我，弥漫于我的全身。嫂嫂，我长这么大，还是第一次这样抱住一个女人的裸体，而且我抱着的是我亲爱的嫂嫂的身体，我完全失去了理智，我只有一个方向，那就是更紧地抱着你，更近地贴着你，要让自己完全融化在你身上，要钻进你的体内，要融入你的血液，在你的全身循环，要成为你的一部分，与你合为一体。嫂嫂，你掐我、咬我、骂我，你的哭声，全都无法制止我，那一刻我已经疯了，我像被狂风吹拂的纸片，在空中疾驰、打转，如何能够停得下来！不管是升腾还是坠落，我都不属于自己了。

嫂嫂，我知道这一回，你是真的生了气。事后，你始终是一声不吭，就像一尊雕像那样，默默地在房间里坐着。我给你沏了茶，你也不喝。不管我问你什么，你都不说话。嫂嫂，你真的受到了很大的伤害吗？你是无论如何也不会原谅我了吗？我几次三番向你认错，请求你的原谅，你都没有接受。嫂嫂，我曾想跪下来求你，求你不要不理我，打我骂我都行，只要你开口说话，我的心里就会好受一点。但是你始终不说话。

在回小镇的路上，我的内心十分不安。我做了你不愿做的事，给你造成了伤害，你生气了，也许从此再也不会理我了。嫂嫂，想到这一点，我的心里感到害怕。嫂嫂我不能没有你啊，我这一颗心，不会属于别人，只能属于你。嫂嫂，命运把你送到了我的面前，却又要一下子彻底收回，我怎么受得了啊！上帝为什么要这样惩罚我啊？嫂嫂，你真的不再理我了？**在如此短暂的得到之后，将是永远的失去吗？**虽然天气很闷热，但我的心却像掉进了冰窖那么冷。对于我来说，失去你的日子，是多么的恐怖啊！我将凭借什么继续生活下去呢？只有回忆，此刻对于我来说，所拥有的就只有回忆了。点点滴滴的回忆，让我重返今天下午，它将是我一生最难忘的日子。

嫂嫂，我的身体，此刻完全成了一个空壳，只有回忆才能将它填满。此刻，你又在干什么呢？但愿你已经在心里原谅了我，因为我对你的爱，是那么真挚，在这个世界上，除了你，我不会再爱第二个人。尽管你不能接受我的粗鲁和强迫，但你应该能够理解我的心。亲爱的嫂嫂，求求你别再生气了，好吗？现在已经是后半夜了，你一定已经熟睡。但愿你第二天醒来，能够忘记昨日的不快，能够原谅我。

阿善
一九八六年六月十三日子夜

- 我成了一个没有道德心、没有尊严的可耻的女人。如果被你哥知道了，如果被同事知道了，甚至被学生知道了，我该如何做人？我还有脸面站到讲台上去上课吗？
- 我内心秘藏着的一件美好东西，就这样突然失去了。

阿善：

你做出这样的事，确实不应该，确实让我生气。当时你提出天气闷热，要开个阴凉的房间坐下来喝喝茶聊一聊，我没有多想就同意了，因为我觉得和你在公园里逛，要是被熟人看到也不太好。我是那么信任你，对你毫无防备，没想到你心怀鬼胎，竟做出这样的事来。出了这样的事，我真是感到遗憾，就是现在想起来，我也为自己感到脸红！我成了什么人了？我不光背叛了我的婚姻，而且竟然是跟自己的小叔子有了私情，我是在乱伦，我成了一个没有道德心、没有尊严的可耻的女人。如果被你哥知道了，如果被同事知道了，甚至被学生知道了，我该如何做人？我还有脸面站到讲台上去上课吗？

这几天，我心里感到难受极了。我看周围人的眼光，仿佛都在打探我，以鄙夷的神情看着我。我是一个不要脸的女人，我做出的可耻的事，也许会成为全县城人饭后茶余的谈资。想到一旦成为街谈巷议，我感到恐惧。求求上帝，不要有这么一天，不要出现这样的结果，否则，我不知道自己还有没有勇气活下去！

为什么？为什么会发生这样的事？难道说你们男人和女人交往，目的就是为了这个吗？身体对你们来说，真的那么重要吗？**你口口声声说爱我，你爱我什么呢？就是为了要得到我的肉体吗？**而你在我心目中，一向是那么纯情，我本以为，你是真的爱我，在这个世界上，也许你是唯一真心爱我并且懂得爱我的人。我经常为此而感到欣慰，因为在我看来，男人对女人所谓的爱，其实都只是可怕的欲望而已。

我因此从来都比较怀疑人间是不是真有浪漫纯洁的男女之爱，所有卑鄙的欲望，都以爱为幌子，男人假装表达爱，通过虚伪的表白来俘获女人，解除女人的戒备和抵抗，从而得到她们的身体，以满足自己可耻的肉欲。我原以为，你会是一个例外，你的稚嫩和羞涩，让我以为是你的纯情，和你在一起的时候，我总是有一种安全的感觉，我不必担心你的袭击，从不会从你眼里看到淫邪贪欲的光，我一直感到安慰，觉得和你有一种精神上的吸引，是一件十分美好的事。谁料想，你终究也不能例外，你也是一个凡夫俗子，一个贪恋女人身体的臭男人！

你太让我失望了。虽然说，我早已经不是什么处女，残花败柳了，你强迫我干了这种事，也不至于给我造成太大的伤害。但是，你要知道，在我的心里，你一向是与别的男人不一样的，你是那么纯，我们之间是那么谈得来，有说不完的话，写不完的信，从某种意义上讲，你和历历一样，是我的精神寄托。可是，唉！我内心秘藏着的一件美好东西，就这样突然失去了。那份纯真的感情，突然之间被糟蹋了，破坏了，你说我又怎能不感到伤心！

苏惠
六月二十日

嫂嫂：

我知道我错了，辜负了你对我的一片真情厚意，我向你道歉，我承认我那样做是不对的，是可耻的。我对不起你，嫂嫂，你是那么的纯洁美好，神圣不可侵犯，我不应该对你这样，我玷污了你我之间美好的感情。现在我对自己当初的行为感到很后悔，我在这里向你保证，以后再也不会那样了，请你一定相信我，好吗？嫂嫂，请你相信我再也不会犯那样的错误了，好吗？如果我再做出那样的事，你就永远不要再理睬我，好吗？

　　嫂嫂，我要向你说明的是，我只是一时冲动，才做出了这种事，其实我不是那样的人，我虽然不敢说自己是世界上最纯情的男人，但是我可以肯定的是，我对你的爱，绝对是纯真的、真挚的、不带一点儿虚伪和杂质的。**我绝不是假爱之名，要行禽兽之实**。嫂嫂请你相信我，我对你的爱，是绝对全心全意的。从第一次见到你起，我对你的爱，始终都没有变过。你在我心目中，是全世界最美丽的女人，除了你，所有的女人都不可能获得我的爱情。为了你，我愿意丢弃一切，甚至自己的生命。嫂嫂，如果你怀疑我，觉得我也不过是像其他男人一样，只是花言巧语而已，那么只要你发话，你认真地说一句："你去死吧！"我会毫不犹豫去死。我愿意为你而死，就证明我对你的爱，不是像你所说的那样，只是为了得到你的肉体。我人都死了，又怎么能满足肉欲呢？我对你的爱，是付出全部心灵的，我从来没有虚伪，我对你是真心的，我的一颗心，早就完完全全地属于你了，它永远都是属于你的。

　　亲爱的嫂嫂，请你原谅我这一次。只要你原谅我，我保证以后再也不这样了。今后我会听你的话，坚决不做违背你意愿的事。我要以一颗纯真的心，全心全意地爱你，请你不要不理我，好吗？

阿善
一九八六年六月二十五日

- 我原谅你，我相信你，其实我也爱你。我认真地想了一下，在这个世界上，我最爱的男人，应该就是你。
- 我是一个很俗的女人，我在对待爱情上，更多的是看重实际，美好浪漫的爱情，常常只是我内心的梦幻，它跟现实好像是一点儿关系都没有的。

阿善：

自从发生了那件事，我的生活完全被改变了。和你哥在一起的时候，总是不敢正视他的眼睛，仿佛他已经知道了一切。我感到内疚，我谴责自己，我认为我是一个不知羞耻的下贱的女人。在学校里也是，凡看见同事窃窃私语，我都会一阵紧张，怀疑他们是在议论我，我所做的可耻的事，正在被他们私底下传播。我真后悔，我不该和你见面，更不应该和你单独待在旅馆的房间里。**要是什么都没有发生多好啊，我可以轻轻松松地生活，半夜不怕鬼敲门。**内心的自责，让我背上了沉重的包袱，我感到累极了，孤独极了，没有人能帮我，完全没有办法回到从前，我掉进了一个险恶的陷阱，危险潜伏在我的四周，随时都会将我吞噬。

我已经不再怪你。怪你又有什么用呢？一切都已经发生，无法逆转。让我内心略感安慰的是，你依然表示爱我，你还是像从前那么爱我。我的生活变得狼狈不堪，我突然觉得自己是那么孤独渺小，我像一叶小舟，在风波浪里随时都有可能倾覆，我可以抓住的东西，似乎只有你了。阿善，我原谅你，我相信你，其实我也爱你。我认真地想了一下，在这个世界上，我最爱的男人，应该就是你。那时候，我曾经想，某一天，等你成为一个真正的大人，我就要和你轰轰烈烈地恋爱，然后结婚，一辈子生生死死都不分离。直到考上大学，我都是这么想的。但是，这得怪我的性格，我不是一个善于抗争的人，我心软，比较随遇而安，我考上大学，和你哥又一次成为同班同学，**天天在一起，他追着我盯着我，最终我就答应了他。**其实在我心里，最爱的人还是你，但是，我又一直觉得和你相爱是不可能的，那只是一个纯真美好的梦，梦不是现实，现实与梦，有时候是恰恰相反的。我只能把对你的爱深藏在心中，那是我心灵的一个美好的秘密，是一个童话，是一首与现实格格不入的诗。我就是这样的人，我总是向现实妥协，我似乎从来都缺乏勇气和力量来把内心的梦化为现实。你哥到农村插队落户的时候，蔡正阳追我，整天缠着我，而我一点也不喜欢他，对他是完全没有感觉的，他绝对不是我欣赏和喜欢的类型。但是因为他追得紧，而且我想，你哥在农村恐怕也是要待一辈子了，我和你哥是不现实的。我当时觉得蔡正阳对我不错，他家条件又挺好，所以我就和他交往了。阿善，要请你原谅，我不值得你爱，我是一个很俗的女人，我在对待爱情上，更多的是看重实际，美好浪漫的爱情，常常只是我内心的梦幻，它跟现实好像是一点儿关系都没有的。和你哥结婚的时候，我也是这么想的，既然他喜欢我，他人也不错，我也就答应了。**对你的爱，只是我内心的童话，我只是在空闲的时候，一个人对着天空，把它拿出来玩味一下。它离我那么远，它永远都不可能是我的真实的生活。**

　　阿善，就这样吧，人生本来就是充满了遗憾的。美好的事物，正因为它不可能变为现实，所以才那么美好。把它永远珍藏在我们的内心，让它永远在看不见摸不着的地方美好着，不也是很好吗？我们都如此纯真地爱着对方，但我们不可能相爱，更不可能成为夫妻，这没什么不对的，生活就是这样，生活是不讲逻辑的，生活也没有对和错，它就应该是这样子。让我们把这份纯真的感情埋在心底，让它永远像童话一样美好，不管生活怎样粗粝、无趣地持续着，这份美好永远都在我们的心底，这样不是很好吗？

苏惠
七月七日

- 我怕离婚，我不要离婚，如果他和我大闹离婚，我真的就会成为全校乃至全县城人耻笑的对象。
- 我们之间，彼此再怎么相爱，今生也是无缘。认命吧，阿善，为了我们大家能够好好地生活，请接受现实。

阿善：

我所担心的事终于发生了。昨天深夜，你哥回到家，不问青红皂白就一把揪住我的头发。那时候我已经睡着了，我痛得从梦中醒来，不知道发生了什么事。他一只手揪住我的头发，另一只手打我耳光。也要怪我半梦半醒的，他问我是不是背着他和你见面了，我居然糊里糊涂地点了点头。后来我想，他其实也不一定是抓到了什么把柄，他只是怀疑，他一向都是很怀疑的，他只是凭直觉，并没有证据，所以半夜把我打醒来诈我。而我上了他的当，我竟然承认了。他于是更疯狂地打我，他打得我两边的脸都肿起来了，直到现在，我的脸还肿着。而他打我的时候，我一点儿都没有反抗，我觉得这件事是我的错，是我背叛了他，是我做了对不起他的事。他打得那么狠，我想也许我会被他打死，尽管这样，我也没有反抗，我不知道这件事应该如何了结，我想，如果他把我打死了，也许并不是一件坏事吧。

他把我打够了，看样子他也打累了，再也打不动了，他就躺在床上，让我跪在他面前老实交代自己的罪行。起初我不肯讲，我跪着什么也不说，我想最多他继续打我，把我打死算了。可是他说，要是我不说的话，他就要跟我离婚。他说，他要让全校的人，甚至全城的人都知道我是一个下贱无耻的女人，他还说，离婚之后，他要带走历历，并且让我永远都见不着历历。他提出的两点，都让我感到害怕。我怕离婚，我不要离婚，如果他和我大闹离婚，我真的就会成为全校乃至全县城人耻笑的对象。我宁可死了也不能离。而不让历历跟我，要让我永远见不到儿子，这不是要了我的命吗？我是绝对不能接受的！他抓住了我的弱点，以此相要挟，我于是只得将我们之间发生的事都说了出来。请你原谅，阿善，本来我死也不应该讲出来，但是你要知道，我珍惜名誉，我丢不起那个脸，而且我不能没有历历，他是我的命根子，我只是迫不得已，只要他不离婚，不把我和历历分开，我什么都愿意做。我只能这样，别无选择。

今天一天，我称病向学校请了假，没有去上班。我这样子，怎么走得出去啊，我的脸现在还是红肿的，头发也被他扯掉了许多。想到万一要是被学校的师生知道了，我真的是无地自容啊！我还怎么有脸走进教室面对学生啊！事到如今，后悔也没有用了，为了名声，为了历历，我只有屈服，请你能够理解我，可怜我。**阿善，我被你害得好惨啊，你害死我了！** 请你一定放过我，不要再把我往绝境推了。谢谢你，好阿善！

收信后请千万不要情绪激动，我们之间，彼此再怎么相爱，今生也是无缘。认命吧，阿善，为了我们大家能够好好地生活，请接受现实。如果你真的爱我，真的为我好，就一定不要做出不理智的事情来，你不要过来看我，更不要找你哥报仇什么的，请千万要冷静！千万！就算我求你了，求求你千万不要再添乱了！答应我，好吗？

苏惠
九月十六日

- 为什么，为什么真诚的爱情却为世所不容？
- 离了婚，就堂堂正正地嫁给我，我们从此相亲相爱，过一辈子恩爱幸福的生活。

嫂嫂：

　　我真是感到心疼极了，气愤极了，他竟然这样打你，他还有一点人味道吗？他简直就不是人，是畜生！想到亲爱的嫂嫂因为我而被打，我感到心痛极了。我恨不能立刻赶到你家来，和他拼命！要不是你再三叮嘱我，让我不要冲动，我是一定会赶过来找他算账的。我不怕他，我谁也不怕，我是劳改释放分子，我吃过八年官司，我已经杀过一个人，就不怕再杀一个人，我原本就应该被枪毙的，我的命是捡来的，捡来的命，最多重新丢掉，没什么大不了的！

　　嫂嫂，在这里，我要郑重地对你说声对不起，是我把你害了，害得你挨打，害得你担惊受怕。我要怎么做，才能弥补这一切呢？为什么，为什么真诚的爱情却为世所不容？我扪心自问，我对你的爱，有丝毫的杂质吗？我敢说，世界上再也不会有第二个人像我这样有着一腔纯真火热的爱情。我爱你，没有任何其他目的，我的一颗心，我的生命，完全是属于你的，为了你，我愿意放弃一切，我愿意为你去做一切！为什么如此炽烈纯真的爱情，却是不道德的，不能为俗世所容，要被谴责和耻笑？难道说，那些没有爱情的婚姻，才是道德的吗？那些为了金钱和权力而出卖的爱情，才是应该为世人所称道？我不明白，我真的不明白，到底什么样的爱情，才是无愧于自己，才对得起上帝。**嫂嫂，我多想抛弃一切，带着你和历历，远走天涯，到一个谁也不认识我们的地方，去过我们伊甸园一般的生活**。没有欺骗，没有耻笑，只有爱，我们在彼此的相爱中看日出日落，度过春秋寒暑。而在这个萧杀的俗世，过着一种没有爱，只能将炽烈的爱强压在心底的生活，是多么的寂寞和悲哀啊！

　　嫂嫂，你为什么不能跟他离婚呢？他既然要跟你离，那就离吧，离了婚，就堂堂正正地嫁给我，我们从此相亲相爱，过一辈子恩爱幸福的生活。嫂嫂,你爱我吗?你老实说,你是不是像我爱你一样地爱我?如果你也爱我,又为什么不能忍受世俗的压力而和我走到一起呢?长舌妇们爱嚼舌头,就让他们去把自己的舌头嚼烂好了,丝毫都不能影响我们过我们的幸福生活。你最多不当教师了,不要什么为人师表了,和我一起开照相馆,我们买一套自己的彩扩设备,赚很多钱,我会让你过上很好的生活,买好吃的,买很多很多漂亮的衣裳穿。赚够了钱,我们还可以去旅游,游遍祖国的大好河山。为什么不行呢,嫂嫂?你舍不得历历,我也舍不得他,我像你一样爱他,我会对他比亲生的还要亲。我哥不让他跟你,我们可以想办法把他夺过来,我们可以和他谈条件,给他一笔钱,难道不行吗?

亲爱的嫂嫂,虽说眼前发生的事让你感到痛苦,我的心也和你同甘苦,但是,我认为,事到如今,也让我们看到了希望。你考虑一下吧,下定决定走出这一步吧,嫁给我吧,嫂嫂,我亲爱的嫂嫂,让我们永远在一起,相亲相爱,不管天崩地裂还是海枯石烂,我们都不会分开!嫂嫂,请你考虑,我等着你的回音!

另外,我一直没有告诉你,七月初,我哥打电话给我,要借一千元钱,我不想跟他多啰唆,就借给了他。谁知,他接着又来借。昨天,竟然提出要借三千元。他还对我说:"你是改革开放先富起来的一部分人,我们是亲兄弟,理当互相帮助,哥哥有困难,你难道忍心袖手旁观吗?"他没完没了的,简直就是敲诈!

阿善
一九八六年九月十九日

● 我真不明白,他以前拼了命追我,说喜欢我爱我,为什么现在会对我这么狠。

阿善：

　　求求你以后不要再来我家了！每次你来过之后，你哥都要毒打我。他打我那么狠，根本不把我当人，不要说还有什么怜惜了。我真不明白，他以前拼了命追我，说喜欢我爱我，为什么现在会对我这么狠。你不要怪我软弱，我一个女人，又能怎么样？我打不过他，我略有反抗，他就打得更凶，他还去厨房拿来菜刀，扬言要砍了我。看他那副凶狠的样子，我相信他说得出也是做得出的。我不怕死，许多时候，我想死了也许更好。但是，我放不下历历啊，他还那么小，我要是死了，他的命运就会很悲惨。所以我只能忍让，希望他打累了就不再打我。

　　阿善，我不是没有向他提出过离婚。我倒并不是想离了可以和你马上结婚，请原谅，我真的还没有打算和你结婚，我只是太惧怕现在这个家了，我真的受不了他了，他每天晚上都是在外面赌钱，人不人鬼不鬼的，还经常要毒打我，我生活在这个家里，守着这样的丈夫，还有什么意义呢？我希望解脱，尽早从这地狱般的生活中解脱出来，他既然提出要和我离婚，我为什么不离开他？离开他即使是一个人过，至少也不会像现在这样惨。我甚至还硬下心肠，决定即使放弃历历，也要跟他离婚。我是这么想的，只要离了，即使历历归他，他也不可能做到永远不让历历见我。慢慢总会有办法的，儿子总归是我的儿子。但是不行啊，阿善，我一提离婚，他就咆哮起来，他揪住我的头发把我的脑袋往墙上撞，**他说如果我要跟他离婚，他就打死我。他说，他绝对不允许我和他离了之后嫁给他的弟弟。**最后他说，如果我一定要跟他离，他就要杀了我和历历。我看他是完全疯了，我相信他做得出来的，他是一个恶魔，他已经不是正常的人，他什么事都做得出来的。

　　所以离婚这件事，我是绝对不能再提了。一切都暂时忍着再说吧。你至少近期坚决不要再来我家了，否则的话我会被打死的。

你不要再借钱给他，他是个无底洞。你借给他，不光是把钱往水里扔，也是助长他继续赌。

苏惠

十月七日

鼠药！鼠药！

- 与其被他弄死，还不如我先下手，让他先死。
- 对一个女人来说，最为幸福的事，并不是事业的成功，也不是过上富裕奢华的生活，最幸福的事莫过于得到真诚的爱情。
- 为了得到我，为了平息他内心的嫉恨之火，他要置你于死地。
- 如果我还算美丽，我的美丽和我对你的爱只能长留在你的心中了。

亲爱的阿善：

昨天，我买了一包**鼠药**回来，我决定要把你哥毒死！请你不必感到惊愕，也不要怪我是一个内心狠毒的女人。

我实在熬不下去了，如果再这样下去，我一定会被他折磨死的。与其被他弄死，还不如我先下手，让他先死。现在他不光打我，他还打历历，历历什么都没做错，他也无缘无故地打他。他知道母子连心，打在历历身上，痛在我的心里，打历历，比打我还让我感到痛，**所以他为了折磨我，就有事没事打历历**。家里养的一只小猫，他也经常踢它，用开水烫它，因为他知道我和历历都喜欢这只猫。前天，小猫的一条腿都被他踢折了，走起路来一瘸一拐的，让我看了心疼。他是不择手段地折磨我，什么事情能让我伤心，他就做什么，他是用刀子在一刀刀刺我的心啊！我真的不能再忍下去了，我要先手为强，让他不得好死！

阿善，我知道毒死他之后，我也活不成了。你不要伤心，人固有一死，不管长寿短寿，人迟点早点都要离开这个世界的。我不是厌世，我是命不好，嫁给了这么一个人，是命运逼迫我这么做的，天要绝我，我也没有能力赖在这个世界上不走。我这么一走，辜负了你的一片诚挚的爱，真是对不起了。我知道没有了我，你会感到很伤心很痛苦。我但愿你的悲伤很快就会过去，时间会让人忘记一切。我真心地希望你在不远的将来，就找到真正属于你自己的幸福。爱情不可能是唯一的，在这个世界上，只要你积极地寻找，只要你耐心地等待，总有一天会有另一份甜蜜的爱情降临到你头上。我这么说，不是要否定你对我的爱，我知道你很爱我，但是我要说，除了我，你还是能找到另外一份爱的，请相信我的话，并接受我的祝福。

你知道我最放不下的就是历历。**在我走了之后，历历就只能交给你了。**他这么小，就没了爸爸妈妈，他真是一个不幸的人！在这个世界上，除了你，还有谁能接受他、保护他、抚养他呢？想到他即将成为一个孤儿，我感到悲痛欲绝！但愿上帝眷顾可怜渺小的人类，当一个人遭遇厄运的时候，他会给他以另外的补偿。可怜的小历历，有你这么一个叔叔，也许就是上帝慈善的安排。我相信你一定会爱他，给他父爱，把他培养成人，对于这一点，我是非常放心的。让我感到安慰的是，历历也喜欢你，他从第一眼见你时，就和你格外的亲热。还有，阿善你发现了没有，历历长得和你有几分相像呢！你就把他当作自己的亲生儿子吧，不管以后发生了什么，你都要善待他。谢谢你了！

我在九泉之下会保佑你们!

　　阿善,谢谢你对我的爱。我非常珍惜你对我的一往情深,我因此感到幸福,死而无憾了。你要知道,对一个女人来说,最为幸福的事,并不是事业的成功,也不是过上富裕奢华的生活,最幸福的事莫过于得到真诚的爱情。多少个夜晚,我为你的爱而感动,在那甜蜜的感动中直到天亮。虽然你的爱给我带来麻烦,带来很多痛苦,但我还是要说,谢谢你阿善,谢谢你的爱!而在我的内心,对你也有着一份超乎寻常的爱。你的单纯、真诚、执着,真的非常感人,也十分美好,让人喜欢。**当年,你为你哥送信,我第一眼见到你,就非常地喜欢你。**你是那么单薄,那么文弱,清澈得像山涧流出的一股清泉,纯洁无邪,看着都让人心生欢喜。后来,我知道你偷看了你哥写给我的信,我发现你偷看了每一封信,我从你的眼睛里,也读到了这个秘密。我非常清楚地知道,你爱上了我。你那稚嫩而纯洁的心,你眼睛里清澈纯明的爱慕的光,让我多么感动啊。相比之下,其他所有的男人,都显得粗粝而俗不可耐。我暗暗地为你的爱而欣喜,感动不已。考上大学时,你哥天天缠着我,**我曾对他说,我心里真爱的人不是他,而是他的弟弟。**这是我的真心话,那时候的我,其实年龄也不大,内心也有着一腔纯真的浪漫。我真的不止一次幻想,在这个世界上,真正应该属于我的爱,就是从你那里流淌出来的。所有的男人和你相比,都更加衬托出你的纯情美好。山涧的清泉,是多么的令人陶醉!

　　我的罪也因此而生。后来我知道,你的被捕入狱,确实是与我有关的。我说我最爱的是你,我的话引起了你哥强烈的嫉妒。为了得到我,为了平息他内心的嫉恨之火,他要置你于死地。所以他检举了你,虽然他在我面前从未承认过他的卑鄙之举,但我知道,这件事就是他干的,不会是别人。在你面前,所以我一直不愿说出真相,是因为我不愿意你们兄弟成仇。我既然嫁给了你哥，我就应该维护你们的团结。你知道我的性格，我说到底还是一个容易与现实妥协的人，诗意浪漫的想法，我最终都只是把它看作是一种精神的娱乐，最终都不会把它们当真。对你的爱情也是一样，尤其在发生了你哥将你出卖这事之后，我更感到浪漫的念头一旦与现实挂钩，免不了要出麻烦。与你的纯真爱情，只是我脑子里的一首诗，一个童话。直到你出狱后，直到我们开始频繁的书信往来，我还是这么想的。我只是把你我的关系定位于精神的愉悦，我始终不希望它向现实靠拢。但是事情的发展并没有顺着我的愿望，你是那么炽热，那么冲动，你的爱情烈火把我烤焦了，把我的生活燃成了一地灰烬。

　　但是我不怪你，阿善，即使是现在，我也不怪你。这都是命。人是那么渺小，如何能跟命运抗争呢？相反，我倒是一直对你心存愧疚。因为我爱你，在你哥面前说出了我的内心，所以才导致你的牢狱之灾。当然，你砸死了蔡正阳，你也应该承担责任。不过在这一点上，我也始终没有太苛求你。按理说，你砸死了我当时的男朋友，我应该把你看作我的仇人。而事实上，我一点都没有这么想。蔡正阳对我不错，但我从来都没有爱过他，他只是我当时的生活现实，是我向生活妥协的结果。他死了之后，我不仅没有太多的悲伤，反倒内心感到一阵轻松。甚至在你入狱之后，我把更多的同情给了你，同时我对自己，也有太多的自责。我责怪自己不能充分尊重自己的内心，因此才令人走入了感情的歧途。如果真要追究责任，那么我应该承担更多。**如果我从一开始就顺乎自己的内心，尊重自己的感情，那么我就会和你谈恋爱，而不是和蔡正阳，也不是和你哥。**虽然我们未必就能终成眷属，但可以肯定的是，我们将没有遗憾。而悲剧总是青睐于阴差阳错，妥协才会让人抱憾终身。

亲爱的阿善，我已经感到身心疲惫，我的心已经苍老，世界已经不再属于我。如果我还算美丽，我的美丽和我对你的爱只能长留在你的心中了。我将为此而感到安慰。而我，也将带着你清泉般纯真的爱，结束我短暂的人生。永别了，请不要为我悲伤，你的眼泪会让我在九泉之下感到心痛。

随信寄上历历的出生证明，请妥善保存。

爱你的苏惠
十月二十七日

- 用我的生命来换取你的生命，这是我的不二之选。

嫂嫂：

昨天收读你的信，我急得快要疯了，我给你打电话，说我马上赶到县城来见你，请你一定等我。可是，那时是下午四点多，已经没有开往县城的班车了。我几乎是奔跑着上了公路，我在公路上拦车，希望能搭上一辆过路车赶到县城，赶到你的身旁。我在公路上足足拦了半小时，却没有一辆车愿意停下来。所有的车都从我面前疾驰而过，根本不理会我向他们招手。大客车、小轿车，还有运货的卡车，所有的车都冷漠透顶。那一刻我真是心急如焚，生怕你那里出什么事，但我又实在无法立刻飞到你身边，我站在公路中央，绝望得快要哭了。要不是最后一辆好心的拖拉机愿意搭我，我只能步行去县城见你了。

谢天谢地，等我见到你，知道你并没有开始行动，那包**鼠药**还放在你办公桌的抽屉里，我才放下心来。要知道，一路上，坐在拖拉机上，我的心始终像是被一只手紧紧地揪着，向上提着，拖拉机开得很慢，尽管我多次哀求师傅开快点开快点，但它还是开得很慢，它毕竟是拖拉机，师傅已经尽力了，它只能开这么快。恨不能长出翅膀来，瞬间就飞到你身边，这就是我当时的心情。好不容易赶到县城，再给你打电话，你却在电话里什么也不说，只是哭。于是我更加紧张了，我以为，可怕的事情已经发生，我赶到那里为时已晚，一切都已经不可挽回。嫂嫂，那一刻我的心情真是难以形容，我突然感到大脑一片空白，完了，什么都完了，生活破碎了，世界毁灭了！放下电话，走向约定的旅馆时，我想，我会把责任揽下来，我会对任何人说，我哥是我毒死的，跟你没关系。真的，脑子里除了这么想，我没有其他任何的念头。我不再恐惧，也没有悲伤，更没有觉得我这样做有什么悲壮的，做出这个决定十分自然，我应该这么做，只能这么做。用我的生命来换取你的生命，这是我的不二之选。如果你死了，我活着还有什么意义呢？对我来说，你的生命比我更重要。并且我是单身一人，孤魂野鬼一个，如果有你，我尚可活着，你要是没了，我活着干吗？**能够代你去死，我是死得其所，死而无憾。**而你不能死，你有历历，他需要你，他不能没有你，他要是没了你，他的人生将会是何其的悲惨！在前往三元旅馆与你会面的路上，我就是这么想好了，我说给你听，并非是要告诉你我有多么高尚，而是想让你知道我当时真实的想法，让你知道我是多么的爱你。

直到在三元旅馆见到你，才知道一切其实都并没有发生。我是多么的欣喜，仿佛云开日出，获得了重生一般。而当你在我怀里失声痛哭时，我的心都要碎了！嫂嫂，你哭得那么伤心，你给我看你身上东一处西一处的伤痕，让我感到心疼不已，同时也异常悲愤。你怎么会被我哥打成这样啊，他还是人吗？他是一名教师，受过高等教育的人，怎么会如此野蛮，把自己的妻子打成这样！他这是犯罪，是要受到法律制裁的！心痛和悲愤的同时，我也不免自责，**要不是因为我，嫂嫂你又怎么会遭到这样的毒打！**是我害了你，是我的错，理应由我来承担一切，但是，这一切却全落在了你一个人身上，我却没有受到丝毫的惩罚。我心里太难过了，因此禁不住也和你一起抱头痛哭。请原谅，作为一个男人，我在应该表现得异常坚强的时候，却显得那么怯懦。

嫂嫂，现在很好，你终于答应了我，决定放弃毒死他的想法。你愿意听从我的劝说，表示要把**鼠药**扔掉，不再动毒死他的念头，我感到很高兴。但是，我还是有些担心，怕你不能说到做到，不能将脑子里那个危险的念头彻底驱除掉。嫂嫂，不是我不相信你，而是我实在怕失去你。你要是那么做了，我就彻底失去了你，你也彻底失去了我，我们两个，还有历历，都算是彻底完蛋了。所以你绝对不能这么做，你这么做实在是太傻了，太不值得了。他要是再打你，你可以反抗啊，可以逃啊，可以提出跟他离婚啊，他不是皇帝，世界不是他能主宰的，他不让你活，你就真的活不成了吗？不，不是这样的，你是一个独立的人，你不是他的奴隶，你可以离开他，你的天地是非常广阔的。嫂嫂，你真的听从了我的劝告了吗？真的彻底打消了毒死他的念头了吗？为了你自己，为了我，为了历历，你必须这样做！你要回过头来，走宽广的阳关道，而不要钻牛角尖，直往死胡同里钻。嫂嫂，我还是不放心啊！

我是那么地想你，嫂嫂，**回想起你在我怀里伤心哭泣的样子，我的心就止不住流泪。**希望你放宽心，同时也要注意保护自己，一旦他对你不利，就立刻逃跑，并且报警。

阿善

一九八六年十月三十日

● 我感到危险潜伏在我的四周，正在一步步逼近我和历历，正准备扼紧我们的喉咙。

阿善：

你哥离家出走，这已经是第五天了。昨天晚上还有人来找他，说如果再找不到他，就要把家里的东西搬走抵债。那些人好凶啊，他们看我的眼神，就像刀子一样，好像人是被我藏起来的。我真的什么都不知道啊，**他失踪已经四五天了，我根本不知道他去了哪里**。是死是活我也不知道！阿善，我好害怕啊，我担心这些人会对我不利，他们会不会因为找不到你哥，最后报复我和历历呢？他们说，你哥欠了他们很多钱，最后，他还和他们赌一条胳膊。他不光输给人家很多钱，还输掉了一条胳膊。人家上门来要钱，要取他的胳膊，可是他不在家，他早就逃走了。面对我们孤儿寡母，那些人凶神恶煞，我真是感到害怕极了。现在这件事，学校里许多人都已经知道了，今天上午校长也找我谈话了，问我情况，但我真的是什么都不知道啊！有同事建议我报警，说如果不报警的话，那些债主还会上门来骚扰。但是我不敢，我男人欠下一屁股赌债，要是我报了警，不是更惹急了那些人吗？他们也许会把我们母子杀了，把家里洗劫一空的。

他一句话都没有留下，就这么走了，而且一走无消息，世界上怎么会有这种男人啊！他是一名教师，还是丈夫和父亲，他竟然堕落到这步田地！我真不知道日子还将如何过下去，我时刻都在担惊受怕，担心忽然响起敲门声。我感到危险潜伏在我的四周，正在一步步逼近我和历历，正准备扼紧我们的喉咙。要命的是，白天我还要上班。我能不上班吗？我有什么理由不上班呢？理解我的人，知道我不是隐瞒了消息，我确实是不知道他的去向，因而给我以同情，这已经是我的幸运了。而有一些同事，却幸灾乐祸，在背后指指戳戳，甚至还有人趁机散布流言，说你哥已经将我作为赌注，抵押给了别人。**他们就等着那些人来把我抢走，等着看我如何被人糟蹋呢**。这几天，每次走进教室，我都是硬着头皮的，我发现有些学生的表情都很异样，他们一定知道我家里发生的事了，他们在心里暗暗耻笑我呢。我站在讲台前，眼睛都不敢向下面看。我不知道我犯了什么错，但我比犯了错更难受，我感到耻辱，我感到委屈，我是世界上最丢人、最倒霉的女人。

还不如当初一包**鼠药**将他毒死了，他也就不能这样害人害己了。

收信后，你能来一趟吗？来看看你可怜的嫂嫂和侄子，他们正深陷于无比的恐惧和痛苦之中。

苏惠

十二月十二日

● 你不用怕，我不会麻烦你任何事，更不会求你帮助偿还赌债。

阿善：

你早应该收到我的信了，但是，你没有来，你连电话都不打一个过来。早上我打电话给你，接电话的是那个白永芳，她说你不在，问你到哪里去了，她竟然对我说不知道。我真不知道你在搞什么鬼！家里出了这么大的事，我忍受着天大的屈辱和恐惧，你却不晓得来安慰一下我们，真是让人感到心寒。

不过没关系，我想通了，天塌下来，只能由我自己顶着，因为这是我的事，跟别人又有什么关系呢？**这是我活该，谁让我嫁给这样的男人呢！**出了这样的事，真正给予同情的人是少之又少，绝大多数的人，都幸灾乐祸，等着看好戏，我心里清楚得很。我现在决定不再担惊受怕了，也不哭哭啼啼了，我要做一个坚强的女人。那些人要是再来敲门，我就不理他们，不开门。或者我就要义正辞严地对他们说，我没欠你们钱，我也没输胳膊给你们，谁欠了你们，你们找谁去，跟我有什么关系？我会对他们说，要是再来骚扰，我就报警。我豁出去了，我不害怕了，我为什么要怕？我没欠任何人一分钱，我为什么要怕他们？我甚至都不怕死，活成这个样子，还怕什么死？谁要是欺人太甚，我就跟他同归于尽！

你不来看我，很好。**你为什么一定要来看我呢？你确实没有这个责任和义务。**你忙你的好了，我不用你管，我会处理好我的事。我已经变得非常坦然了，我不仅不再害怕，也不会再感到抬不起头来。我泰然自若地走进教室，丈夫因为逃避赌债而失踪，那是他的错，又不是我的错。我知道许多人更愿意看到我的软弱，他们更喜欢看我痛苦，我偏不，我要让他们失望，让他们觉得无趣。你一定是担心我现在的处境会连累到你吧，你不用怕，我不会麻烦你任何事，更不会求你帮助偿还赌债。虽然赌债是你们邹家人欠下的，但它确实跟你也没关系，一人做事一人当，邹峰欠下的赌债，只能由邹峰来还，跟他的妻儿弟弟都没有关系。所以你尽管放心，你不要脆弱，你要向你嫂嫂学习，我虽然一无所有，但我还有坚强。

祝你生意兴隆、财源滚滚！

苏惠
十二月十七日

● 你让我感到，我非但不是世界上最不幸的女人，我反而是世上最幸福的女人。

● 现在我觉得，他躲债逃跑，正是上帝赐予我的最好的礼物。

阿善：

对不起，我错怪你了，其实我也曾想到，你也许是没有及时收到我的信，你可能到外地办事去了，我甚至有第六感觉，猜想到你是去联系购买彩扩设备了。但是你要理解,我是那么需要你,所以我宁愿错怪你。我实在太苦了,我的心里好苦好苦,除了你,我又能向谁去发泄呢?

谢谢你,好阿善,你让我不再害怕,你让我感到,我非但不是世界上最不幸的女人,我反而是世上最幸福的女人。被你压在身子底下,我希望你能把我压碎,碾成粉末,我将是快乐的粉末,被风扬起,成为空中无数烂漫的花朵。阿善,我真的不再感到恐惧,**有了你,我觉得我就有了一切,我不再有任何的忧虑,让流言蜚语和指指戳戳见鬼去吧!** 我不在乎,我什么都不在乎,我躺在我最爱也是最爱我的男人的怀里,我就是古往今来最幸福的女人!不幸和悲伤,都离我远远的,我只有幸福,所有的人都没我幸福,我的心像花儿开放。人们要说闲话,就让他们说去吧,他们要嫉妒,就让他们嫉妒死吧!

现在我觉得,他躲债逃跑,正是上帝赐予我的最好的礼物。希望他永远都不要回来,上帝要他灭亡,必先令其疯狂,那一阵他只是沉迷于赌博,对我非打即骂,他疯狂够了,接下来就是灭亡。他不用我费劲来灭他,他就这样自取灭亡!**感谢上帝,在把一个恶魔赶走的同时,将一位天使送到我的身旁。** 阿善,你就是我的天使,我爱你,我是那么的爱你,就像你爱我一样!你的爱让我忘却所有的不幸和忧伤,让我欲仙欲死。我不再抱怨,我感谢命运,把你送到我的身旁。你的爱是那么灼热,我愿意在你爱的火焰中被烧成灰烬,我死而无憾!

阿善,亲爱的阿善,这个周末你还会来吗?我等着你!我的心灵和身体,**我的一切,都等着你来占有和享受,我是你的,我愿意为你而死。**

爱你的惠
十二月二十二日

- 那温暖的、柔软的芳香，全世界的花园加起来都不会有这么香。

亲爱的惠：

和你在一起的时刻，快乐得简直就不像是真的！是真的吗？这一切果然都是真的吗？我忍不住要经常这么问自己，因为它实在太像是梦了。嫂嫂，每当我抱紧你那洁白柔软的身体，我都有一种死一样的快乐。如果死果真是这样的感受，那么我愿意立刻死去，把自己永远都浸泡在死里。当我把脸埋在你的双乳之间，我闻到的是世间最为醉人的芳香，那温暖的、柔软的芳香，全世界的花园加起来都不会有这么香。在我把你的乳头含在嘴里的时候，我觉得我就是一个婴儿，我是你幸福的儿子，我永远都不要长大，我要永远这么含着你，在你温暖的胸前，让一千年一万年就那么从身边流过。我甚至想从你的双腿间钻进你的身体里，钻进你的子宫，我要永远盘踞在那儿，永远都不出来。**那儿是我的天堂，我的花园，我的极乐世界**！嫂嫂，你的一切都是那么迷人，我特别喜欢听你发出像小猫一样的叫声，那声音真的是销魂蚀骨，世上再没有一种声音能有它的美妙。嫂嫂，我还喜欢被你咬，你咬我的肩膀，虽然很痛，却让我感到一阵阵无言的快乐，仿佛有一种毒素，通过你的牙齿渗入我的身体，流遍我的全身，让我晕眩、麻醉，分不清到底是痛苦还是幸福。我喜欢这种感觉，它比任何快乐都还要快乐一百倍，一千倍！嫂嫂，此刻你是还在灯下备课呢，还是已经睡了？我是多么的想你啊，恨不能和你相拥在床上。要是此刻能抱着你温暖圆润的臀部，我就不会像现在这样感到寂寞和恐慌。嫂嫂，我只有等，等到又一个周末的来临。我要亲你的嘴，让我们的舌头像两条小鱼一样缠绕嬉戏。我要含住你的乳头，它是世界上最甜美的葡萄。我要吻遍你身体的每一个地方，我要把头埋在你的双腿间，亲吻你那朵要命的鲜花，它是那么芬芳、妖媚，我愿意将自己在那儿埋葬！

         爱你想你的善

        一九八六年十二月二十八日

  ● 仿佛所有的时光，都是为了等待，等着这周末下午的到来。

  ● 那是不可能的，你哥又没死，他活不见人死不见尸，我又怎么提出和他离婚？

亲爱的善：

  现在，每个周末的下午，都成为我生命中最快乐幸福的日子。那都是因为有了你，阿善，我的小叔子，我的宝贝，因为有了这半天，整个一周也就变得有意义了，每一天每一分钟，都不再是无谓的劳作和默默的虚度了。仿佛所有的时光，都是为了等待，等着这周末下午的到来。而当它过去之后，分分秒秒，又在甜蜜的回忆中开始了新一轮的等待。真是难以设想，要是没了它，日子将会多么的枯燥难耐，生命将会是多么的苍白和平庸。有时候我不是一个知足的女人，我经常想，**要是天天都是周末的下午，要是天天都能和你在一起，那该多好啊！**每当暮色降临，我们不得不分手的时候，我的心感到无比的哀伤！我将要迎接的是一个漫长的星期，我必须苦苦地等待，等待下一个周末的到来。那将是多么漫长的等待啊！我是不是真的太不知足了？上帝把你赐给了我，每周赐予我如此快乐幸福的半天，我应该感到满足，应该心怀感恩之情。是上苍巧妙地安排了这么一个下午，让我正好没课，历历呢，又在幼儿园，我们可以两相厮守，尽情缠绵，说不完亲密的话。

  读了你的信，我脸上滚烫滚烫的。**你真坏，在信上写这些话，多让人难为情啊！**以后不准在信上说了，不准说，知道了吗？你要是不听话，我就不让你胡来，看你还敢再说！

对不起，阿善，我把你咬得太重了，肩膀上现在还疼吗？阿善请原谅，我不是故意的。不过，你在信上说什么来着？说我牙齿里有毒素？你把我比作什么了，难道我是毒蛇吗？我是一条美女蛇呀，我是白素贞，那么你就是许仙了。你这个许仙，会不会有一天不要我了呢？拿雄黄酒来试探我，最后还躲到金山寺里不出来，永远都不想见我了吗？阿善，会不会有这么一天，你突然怕我了，不爱我了，不要我了，然后就躲得远远的，不管我怎么哀求你都不愿再理我。会不会呢，阿善，会不会有这么一天？要是真有那一天，我会杀了你的！

对了，以后在一起，你不要再提什么结婚不结婚了，好吗？那是不可能的，你哥又没死，他活不见人死不见尸，我又怎么提出和他离婚？不要再说这个了，就这样挺好，像现在这样，每周都能有半天和你在一起，我已经感到非常满足了。两情若是长久时，又岂在朝朝暮暮，看看许多结了婚的人家，都是山盟海誓爱得死去活来才最终走进婚姻殿堂的，但是婚后真正能够幸福的却少之又少。生命的价值，绝对不是以数量来计算的，而是要看质量。像我们现在这样，每次见面，都有无以复加的快乐，真的应该感到满足了，我已经别无所求。我不放眼未来，我不敢奢求更多。未来到底会怎样，我不敢想，也不愿去想，我只要每周迎来一个快乐的周末就足够了。阿善你说是不是？你难道真想和我结婚，相伴相守一辈子吗？你想过没有，我是你的嫂嫂呀，**我们即使跨过了法律这道坎，最终结合在一起，我们能保证一定就能跨越我们内心那道坎吗？**许多时候，无形的东西比有形的更顽强，更可怕，它埋在人们的心里，很难将其剔除，它就像疤痕一样，会跟着你生长，会在阴雨天到来之际发痛发痒，它会随时让你感觉到它的存在，让你回忆，让你陷落在痛苦的记忆中。好阿善，不是我不肯下决心,而是我对自己没信心,对我们的内心缺乏信心。我也不是怀疑你的爱,而是对人心善变的天性没有把握,我们的心是那么脆弱、善变和多疑,我对那些寄生虫一样蛰伏于我们内心的阴影感到恐惧,它们不会轻易放过我们的,我们不要和它们对着干,我们斗不过它们的。

听嫂嫂的话,好阿善,就这样,不要去想什么未来不未来,每天每天,让我们暗暗地等着周末的到来。我会在床上洒上香水,泡好你喜欢喝的龙井茶,等着你的到来。

你的惠

元月七日

- 白永芳是我辞掉她的,我没想到她会偷店里的钱。

嫂嫂:

这个周末,我不能到你那儿去了,因为我店里的白永芳走了,没有人看店,我只能守在店里了。

白永芳是我辞掉她的,我没想到她会偷店里的钱。真是知人知面不知心,我一向以为她为人老实,而且很能干,我一直是对她很放心的,没想到她会贪污。明辉开始还不相信,他说他的表妹一向老实,不可能做这样的事。但是,白永芳自己都承认了,她没有向明辉隐瞒,把事情一五一十都对他说了。明辉说,她痛哭流涕,希望明辉能帮她说说情,求我原谅,她还想回到我的店里来工作。但我没有同意,我认为她犯这种错误即使可以原谅,也绝对不能再留下她了。因为以后我很难做到再信任她,没有办法做到这一点的,这样就很麻烦了,疑人不用,用人不疑,我不再信任她,怎么能把店里的账目再交给她呢?我没有告她,她偷的钱也没有全部还给我,这就算是对她很不错了。

突然没有了帮手,我感到很不习惯,事情太多了,忙得团团转,加上出了这样的事，心里很烦躁，所以这个周末我不到你那儿去了。嫂嫂，你不会怪我吧？

善
一九八七年三月二日

- 天哪！他的妈妈这一刻完全把他忘记了，她只顾了自己，正在寻欢作乐。
- 而这份爱情，却是那么的邪恶、无望、偏离道德，为世所不容。
- 以爱开头，以痛苦和怨恨结束，不是很可悲吗？

阿善：

我真是感到后悔死了，内心的自责，压得我快喘不过气来了。我好后悔啊，那天，我真的不应该到你那儿去，我该死啊，我对不起历历，我是一个自私透顶的母亲！**要是历历有个三长两短的话，我还有勇气活下去吗？**我太对不起他了，当我赶回县城，从幼儿园门卫嘴里得到历历送医院的消息时，我真是要崩溃了！我发疯地向医院奔跑，那一刻我分不清我内心更多的是着急，还是自责。我觉得天塌下来了，全世界的人都在谴责我，历历也在谴责我，他一定恨死我这个妈妈了。好在到了医院，看到历历没什么危险，他是那么乖，一点也不怪我，当我将他紧紧抱住的时候，他亲热地叫我妈妈，他不怪我，也不哭，他真是一个最乖最乖的乖孩子！那一刻，我的眼泪哗哗流出来，怎么也无法控制，我抱着我的好儿子，仿佛他是一件失而复得的宝贝。**我感激他，感激他没有死，感激他没有责怪我，感激他亲热地叫我妈妈。**与此同时，我内心的自责更像潮水一样一浪高过一浪。我是一个称职的母亲吗？我只顾自己，跑到情人那儿去偷欢，却扔下自己的儿子不管，忘记了接他，把他一个人扔在幼儿园里，任凭幼儿园老师怎么找也找不到我。最后他趁老师去上卫生间，一个人从幼儿园跑出来，他还那么小，一个人跑到大街上，为的是要去找妈妈。天哪！他的妈妈这一刻完全把他忘记了，她只顾了自己，正在寻欢作乐。天早已黑了，小朋友们都回家了，他的妈妈还不来接他，他一个人在幼儿园里等得实在心焦了，就趁老师去上卫生间，一个人跑了出来，跑到了大街上。他要找妈妈，可是妈妈没有来，他到哪里去找妈妈呢？他又怎么能找到他的妈妈呢？他开始在大街上乱跑，结果，他被一辆摩托车撞倒了。天哪，我这个妈妈！我还能算是妈妈吗？我是世界上最坏的妈妈！

　　阿善，这几天我一直在想，我再也不能这样下去了。我发现，所有的人的眼光似乎都在谴责我，谁看见了我，心里都在想：这是一个坏女人！此刻，窗外的月亮似乎也在瞪大眼睛谴责我啊。我确实是太过分了，我走入了歧途，彻底迷失了方向。我的一颗心，它变得那么的不安分，我像一个丢了魂的人，不好好工作，无心好好管孩子，我甚至不好好做饭，有时候，就买两包饼干和历历当晚饭吃。我的心，完全迷失在了爱情中，而这份爱情，却是那么的邪恶、无望、偏离道德，为世所不容。而我则像一个瘾君子那样迷上了它，在这种迷恋中越陷越深，不能自拔。阿善，请不要误会，我不是要指责你，你没错，你一点也没错，你有追求幸福的权利，而且我至死都不会怀疑，你的爱是真诚的。错全在我，我是一个有夫之妇，我是你的嫂嫂，我没有权利爱上你。由于我的软弱，也由于我始终无法驱赶自己内心纷乱的非分之想，所以才铸下大错，造成了今天如此不堪的局面。阿善，在此我要很认真地对你说声谢谢，谢谢你的爱！我会把你的爱深埋在心里，把你对我的种种的好永久地保存在记忆里。但是请原谅我，我再也不能和你相爱下去了，更不可能继续做那些荒唐事。我真的不能再继续下去了,我已经走到了危险的崖边,我已经想好了,不能再往前走一步,否则的话,我就会跌落万丈深渊。**我要坚定地退回去,把自己全部的心思,都放在教学事业上,放在历历身上。**我要当一名好老师,一个好妈妈。我再也不会让历历受半点委屈,我要让他从此生活在阳光之下,我已经决定,为了驱赶他头顶的乌云,我不惜粉身碎骨。只有工作和儿子,才是我的全部,才是我应该为之付出全部心血和精力的。你哥这样的爸爸,已经给历历的生活投下了阴影,我绝不能再雪上加霜,为了他,我要付出全部,我要付出普通妈妈的双倍,直到他健康快乐地长大成人。否则的话,我怎么对得起他啊,我会自责一辈子,我会抱憾终身,我会背着良心的包袱直到死,就是死了也不会安心地闭上眼睛的。

阿善,请原谅我,嫂嫂不是不明白你的感情,也不是不爱你,你是知道的,我曾经是那么的爱你,爱你超过爱任何一个人。但是,我已经想好了,彻底想好了,我不配得到这份爱,我不能再这样下去了,我只能将你的爱深藏在心底。好阿善,希望你能够理解我,不要再勉强我,不要逼我,请你可怜可怜我,好吗?谢谢你了!让一切都成为过去吧,让我们重新开始,你是我可爱的小叔子,我是你无能而可怜的嫂嫂。就这样,好吗?

我知道你会很痛苦,我完全想象得到你读了我的信,会是什么样的心情。请你不要怪我,也不要恨我,你要多体谅你可怜的嫂嫂,多用理智来想问题,因为这样才是更好的。天下没有不散的筵席,你我好了一场,现在见好就收,让一切都珍藏于美好的回忆,这样不是更好吗?难道说非要弄得满城风雨,大家都狼狈不堪才好吗?况且,爱是世界上最让人感到没有把握的一种东西,正因为爱常常是来若朝云去似雾,常常是昙花一现,所以古往今来的人们才格外地赞颂永恒的爱情。正因为很少有永恒的，所以永恒才弥足珍贵。也许哪一天，在不远的一天，我们突然不再相爱，或者你不再爱我，或者我不再爱你了，到那个时候，我们必定是要收获痛苦和怨恨了。以爱开头，以痛苦和怨恨结束，不是很可悲吗？还不如趁着现在，难分现实和梦境，就让纯洁美好的爱情，成为永远的梦吧。把它珍藏起来，它就会在记忆中永远美好。**世上没有开不败的鲜花，回忆里的爱却能够永远吐露芬芳！**

你哥至今没有消息，对他我已经彻底失望了，我就譬如我只是一个单身妈妈，就只当历历从来也没过爸爸。不管他是死是活，我都已经把他从我的生命篇章中删去了。如果他哪天突然回来了，那一天，就是我和他离婚的日子。我再也不可能接受他，我没有他这样的丈夫，没有，从来都没有！对于婚姻，我已经再也没有了信心，常言道婚姻是爱情的坟墓，我不知道是不是所有的婚姻都是坟墓，反正我的婚姻，是确实给了我坟墓的感觉、死亡的气息。现在我已经自认为是从这坟墓里爬出了半个身子，我终于看到阳光了，可以在蓝天下透一口气了！我相信，我这一生，再也不会有爱情，也不会有婚姻，我将以历历和学生为我人生的全部，到我退休的时候，老了，就像叶芝的诗写的那样，当你老了，头白了，睡思昏沉，炉火旁打盹，这时候，我的心里就只有回忆和祝福。我将祝福历历，到那时，他有了他的事业和家庭，有了他自己的人生，不再需要我了，我就远远地眺望着他，祝福他。而我打发睡思昏沉的老年时光最好的办法，就是回忆。你将是我回忆的主角，到那时候，我就会一点点一滴滴地回忆我们之间曾经发生过的，我们做过的所有的事，我们说过的每一句话，有了这么丰富的回忆，我相信，将会有幸福的微笑荡漾在我满是皱纹的脸上。

阿善，不要难过，嫂嫂的爱不仅不是你的幸运，多半会是你的灾难，希望你放宽心，开开心心地，嫂嫂祝福你尽快找到真正属于你的爱，你一定能找到一个年轻漂亮懂得你的爱，同时也非常非常爱你的姑娘的，到时候，别忘了告诉我一声，我一定会为你感到高兴的。等你们要结婚的时候，嫂嫂再来帮你操办喜事。

苏惠

三月十四日

● 我有点恨你，夜半三更的，一个醉鬼，在我家里闹。

阿善：

你夜里来敲门，带着一身酒气闯进家来，你把我吓坏了！我不知道邻居是不是看见了你。今天我发现办公室的同事都在交头接耳，我一走进办公室，他们立刻就不作声了。我想他们一定是都知道了，在背后起劲地议论呢：有一个男人，昨夜到苏惠家去了，而且在她家过了一夜！唉，我真不知道应该怎么办，我去向他们解释吗？说昨夜来我家的是我的小叔子，他喝醉了，没有车赶回家了，所以就到我家来住了一宿。我这样说，不是不打自招吗？他们会笑掉大牙的。或者，也许他们谁也并不知道你昨晚来我家，我去主动向他们解释，不是神经病吗？唉，你害苦了我啦，你害得我心里惶恐不安的，好像真的做了什么坏事似的。

你什么时候学会喝酒了？喝成这个样子，真是太不好了。你知道你昨晚醉得有多厉害吗？你吐得客厅里到处都是的，长沙发上也是的，直到今天，屋子里还有一股子难闻的酸味儿。看你吐的样子，真是难受极了，你像个怪兽一样发出又响又难听的声音，我当时的感觉是，你的内脏全都要从喉咙口吐出来了。你是和谁在一起喝酒，竟然喝成这样？我被你搅得几乎一夜未睡。我刚回到房间，就听到外面哇哇的声音，你又吐了起来。唉，你不知道你醉成那样有多可怕，我真担心你会死掉！我有点恨你，夜半三更的，一个醉鬼，在我家里闹。当然我也很可怜你，你呕吐的样子，简直是痛苦极了。你为什么要这样喝啊，把自己喝成这样，难道是一件有趣的事吗？

　　天快亮的时候，我好不容易睡着了。但是等我醒来，跑到客厅里来看你，你却不见了。当时我很紧张，我去厨房和卫生间看了，都没有你，你到哪里去了呢？我赶紧打电话到你店里，打了多少遍，也没人接。那一刻我真担心啊，一个醉成这样的人，不见了，他会不会出事？会不会掉进河里淹死？或者跌跌撞撞去马路上，被车撞了怎么办？好在，后来电话打通了，知道你已经没事了，安全回到了店里，我一颗悬着的心才终于放下来。

　　阿善，听我的话，以后别再喝成这样了，好吗？喝成这样子，你不觉得难受吗？为什么要和自己过不去呢？昨天夜里，你真的把我吓坏了，我没想到你会在这个时候来，更没想到你会是这副样子来。我一时手足无措，不知道该怎么办。尤其是你哇哩哇啦狂吐的时候，我心里好害怕，我可从来没见过你这样子啊！听我的话，**以后再不要这样了，以后来嫂嫂家，要精精神神的，开开心心的，好吗？**好在历历晚上睡得死，要是他被吵醒了，不知道会吓成什么样呢。

　　昨晚上被你搅得几乎没睡觉，现在好困，我要睡了。

苏惠
三月二十日

● 你不能这样对待我，你要懂得尊重我，你不能做我不希望你做的事。

阿善：

　　今天你来，让我感到很生气。你不该这样，要说的话，我早已经对你说过了，我不希望这样，我们之间，再也不可能这样了，你不能这样对待我，你要懂得尊重我，你不能做我不希望你做的事。你这样做，只会让我感到生气。我真的很生气，不想再跟你讲道理，因为要说的我已经都对你说过了，并且相信这些道理你也都懂。你早就不是个小孩子了，你应该懂事，你应该知道，我是认真的，我可不是跟你说着玩儿的，你别不当回事，你要再这样，我以后就不欢迎你来我家了。

　　我这样说，你也许会不高兴，但我必须这样说。我希望以后再也不要发生这种事了，**希望你能够像个真正的男子汉，懂得控制自己的感情**。我们之间，再要回到从前那样，是绝对不可能的，希望你能够相信，我说的是认真的，不再有可能，阿善，真的，别再胡思乱想，那样对谁都不好。

　　你买给历历的玩具他很喜欢，但我觉得太贵了，买这么贵的东西给他，我觉得不好。下次不要再买任何东西。

　　好阿善，听话，记着以后千万不要再做出让嫂嫂难堪的事。我会很生气的，真的。

苏惠
五月二十二日

● 如果那时候他突然死了，我不仅不会感到悲伤，反而会欣喜若狂。现在他死了，直挺挺地像一片木柴一样躺在门板上，我却突然内心感到无限的悲哀，不是为我自己，而是为了他。

● 所以我越发觉得，我妈的所作所为，都是十分的虚假，她完全是在表演，夸张的言行为的是要掩盖她的罪恶。

鼠 药

嫂嫂：

我爸死了。星期一早上乡下郭阿姨来喊我的时候，我有点不太相信我爸已经死了。他在我的心目中，一向是凶神恶煞的，虽说今年我最后一次见他的时候，他的样子变化很大，他变得又老又瘦，好像换了一个人似的，但是，他在我心目中很强悍很凶狠的形象，却还是没有改变。我只要闭上眼睛，想起他，就会禁不住感到畏惧。甚至凡是他出现在我的梦中，也一向都是霸道的、凶恶的。这样的人，怎么会死呢？但是赶回老屋，果然看到他直挺挺地躺在门板上了。母亲正在放声大哭，哭得像唱戏一样，那一刻，不知道为什么，我对她很反感，虽然说哭是她的本分，她不哭才怪呢，但我觉得她哭得很夸张，不真实，反而让本来应该悲伤的气氛变得有点儿滑稽。我仔细观察躺在门板上的我爸，他的身上盖了一条新棉被，奇怪的是，我看上去，棉被底下，好像是什么都没有。但我不用怀疑，他确实是躺在门板上，因为他的头在被子外面，可以清楚地看到。我想，一定是他太瘦了，瘦得身体就像一片薄薄的木柴了，一片木柴放在棉被下，当然看不出来。说实话，我有点不认得他了，他闭着眼睛，他的脸又黑又瘦，和我心目中的爸爸好像根本不是一回事。他是怎么会变成这样的呢？**我突然感到无比的悲哀，为他感到悲哀。**我历来认为，像他这样的人，就是凶恶的代名词，对他，我从来都充满了敌意，我们之间，似乎从来都未曾有过什么父子之爱。从前，我小时候，总希望我妈妈能和他离婚，我一直觉得，要是我父母离婚了，那我就算是获得了自由，从此不必再受他的打骂，并相信家庭的气氛，也从此不会再是那么压抑，那么阴森。我一直以为，我少年时期和青年的初期，所有的不幸、所有的不快乐，都是我爸造成的。正因为有了他，我才那么不快乐。如果那时候他突然死了，我不仅不会感到悲伤，反而会欣喜若狂。现在他死了，直挺挺地像一片木柴一样躺在门板上，我却突然内心感到无限的悲哀，不是为我自己，而是为了他。我突然觉得他好可怜，他才五十多岁，怎么就死了呢？我不知道他临死的时候怎么想，不知道他是不是希望有儿子在他身边，也许他根本不在乎，但我还是为他感到悲哀。他似乎走得有点太匆忙了，远没到应该死的时候吧？回想起最后一次见到他，他那时候已经又老又瘦，头发和胡子都是花白的，根本不像是一个五十多岁的中年人，完全是一个风烛残年的老人了，这是怎么回事？他怎么会变成这样的？

我一直呆呆地看着门板上的他，我的内心感到无限的悲凉。但我始终没有哭，我不光哭不出来，反而对那些哭的人很反感，尤其是我妈妈，我觉得她很做作。乡下郭阿姨多次劝我哭，她说："你爸死了你总是要哭几声的，不哭别人要讲闲话。"

昨天去火葬场烧我爸的时候，我突然觉得，我爸一定是被我妈害死的。所以我越发觉得，我妈的所作所为，都是十分的虚假，她完全是在表演，夸张的言行为的是要掩盖她的罪恶。尤其是看到庄书记在殡仪馆忙前忙后，非常照顾心疼我妈的样子，我越发坚信我的直觉。所以我抱着我爸的骨灰盒走出来的时候，我一直在悄悄对他说，我要为他做主，我不会让他这么不明不白地死去。**我几次三番想把骨灰盒打开一条缝，以便他能清楚地听见我的话。**可是每当我蹲下来，把骨灰盒放在膝盖上，要将包裹它的红布打开时，一帮人就上来制止我这么做，包括庄书记，我因此更加反感他。

嫂嫂，在火葬场，我好像看到了你，我好像看到你牵着历历站在一棵高大的香樟树下。但是当我走近你们的时候，你们却不见了。我原以为，我会在我爸的丧礼上见到你，见到你和历历，因为不管怎么样，你总是我爸的儿媳，历历是他的孙子啊。

嫂嫂，我爸死了，我就觉得他是被我妈害死的。我要是不解开这个谜团，我的心里就永远是乱糟糟的。

阿善
一九八七年六月十一日

● 你怀疑你妈害死了你爸，你怎么会这么想？你总是太敏感，这样想是没道理的，也许是极度悲哀所致吧。

阿善：

你爸去世，我是他火化的那一天才知道的，要是早知道的话，我也许会带历历去。但是现在想想，也幸亏没去。去了又有什么意义呢？虽说我是他的儿媳，但他们哪一天又把我当过儿媳？我们几乎连面都从来没见过！不要说我了，就是历历，生出来长这么大，爷爷奶奶也从没来看过他一次。我去算什么呢？太唐突了吧。再说，**你哥杳无音讯，我和历历去，只会被人们说长道短。**

人生无常，生死由命，你爸没有长寿之福，你也不要太难过了。他若泉下有知，你作为儿子有这份心，他一定会感到安慰的。你怀疑你妈害死了你爸，你怎么会这么想？你总是太敏感，这样想是没道理的，也许是极度悲哀所致吧。我早听说你爸身体不好，他又不是身强力壮突然死的，他病怏怏已经好久了，你上次见他，他不是已经病入膏肓的样子了吗？我觉得并不突然呀，你怎么会那么想？不要瞎想，阿善，你要多保重，振作精神，安排好自己的生活。

不过，关于你妈和庄书记关系比较不一般，我倒是不止一次听说过。在这一点上，我其实是比较能够理解你妈的，因为你父母长期以来感情不好，你爸还经常打骂她，她在婚姻之外有个把关系密切的异性朋友，以此作为感情的寄托，这是完全可以理解的。**你妈是女人，**

我们女人就比较能够理解女人。她和两个儿子都没有了来往，夫妻感情又不好，她的内心一定非常孤独。

苏惠

六月十五日

- 以后不要这样吓我了好吗？你接走历历，带他到儿童乐园玩，说都不对我说一声，不是要把我吓死吗？
- 我现在比任何时候都希望拥有一个完整、平安的家庭，除此之外，什么都是不重要的，什么都可以不要。

阿善：

你真是把我吓了一跳，你以后再去幼儿园接历历，一定要告诉我一下，好吗？你要知道，昨天下午四点半的时候，我去幼儿园接他，老师却说，他被一个男人接走了。我当时脑袋嗡了一下，心慌得狂跳起来。以后不要这样吓我了好吗？你接走历历，带他到儿童乐园玩，说都不对我说一声，不是要把我吓死吗？当时，我真的以为，历历出事了，是被陌生人拐走了。要是历历没有了，我还怎么活啊！其实我也傻，我为什么没想到是你呢？我当时一点都没想到会是你把他接走了。我当时很失态，疯了似的埋怨幼儿园老师，责怪她不该让陌生人把孩子接走。后来她解释说，接走历历的是他的叔叔，历历明显是认识叔叔的，他见了你，马上冲上去扑进你怀里，否则的话，她是不会允许你把历历接走的。幼儿园老师很委屈，说着说着就哭了。我这才发现我对她确实太凶了，她自己看上去都像个孩子，现在想想，我有点对不起她，她一向对历历很好，我却对她那么凶。

你留起了胡子，显得成熟了许多，但让我感到很不习惯。你以前的脸光溜溜的，特别像个孩子。不过你的胡子不难看，显得很男子气，有点像艺术家。

今天，你哥来了一封信，他说他在山东做生意，生意好像做得还很不错，他说他很快就可以回来了，已经有足够的钱还掉赌债了。我真愿意相信这是真的，我多么希望他能够回来了断过去，重新开始生活啊。以前，我完全对他丧失了信心，他在我的心里已经死了，我所要做的，就是尽快把他忘记，不要让他在我的生活中、在我的心里留下一点儿痕迹。但是收到他的来信，我发现其实我的内心，非但没有把他忘掉，反而似乎始终在等着他回来。他毕竟是我的丈夫啊，他毕竟是历历的父亲啊，**即使我不要他这个丈夫了，历历也不能没有父亲啊！**我终于明白了对于一个女人来说，什么才是最重要的。完整的家庭，大家和睦地在一起，平平安安，即使贫困，也是幸福的。真的，阿善，我说的是真话，我现在比任何时候都希望拥有一个完整、平安的家庭，除此之外，什么都是不重要的，什么都可以不要。你也许现在还不能体会到，不能理解我的想法，等你一旦有了家庭，有了自己的爱人和孩子，你就会知道，没有什么比一家人和和融融团圆在一起更幸福了。而世间最不幸的事，莫过于家庭破碎。我真的好希望他说的是真的，希望他能够尽快回来，一家人重新开始好好地过日子。而对于阿善你，我也真诚地祝愿你找到真正属于自己的爱情，拥有一个幸福圆满的婚姻。

苏惠
九月十五日

- 反正我对他的话是早就不相信了，他的嘴巴里，随便吐出来的都是天花乱坠的谎言。
- 你在我的心目中，一会儿是这个样，一会儿又是另一个样子,我不知道哪一个才是真正的你。

嫂嫂:

你怎么那么轻易相信我哥呢?他完全是在骗你!什么在山东做生意不错,什么很快就要回来,完全是一派胡言!前几天他还写信向我借钱呢!他哪里是在什么山东,他是在黑龙江省的伊春市,不信你可以看一看他寄给你的信,仔细看一看信封上的邮戳,信到底是从什么地方寄出的。他对我说,他被困在一个小旅馆里,因为付不出住宿费,所以人家扣住他不让他走,如果继续拖下去,也许就会被人家打断腿。天知道到底是怎么一回事,反正我对他的话是早就不相信了,他的嘴巴里,随便吐出来的都是天花乱坠的谎言。**我不信他的话,但我还是看在兄弟的情分上给他寄了一千块钱过去。**他如果在外面混得好,也不会来向我要钱了,一千元钱能干什么?他要了去也不会发财,他一定是真的混不下去了。

你真的那么盼望他回来吗?你对我说的这一番话,是真心话吗?我表示怀疑。嫂嫂,请原谅我,不是我不相信你,而是你太让我觉得捉摸不定了。你在我的心目中,一会儿是这个样,一会儿又是另一个样子,我不知道哪一个才是真正的你。嫂嫂,你一会儿让我觉得很近,很亲切,一会儿又让我觉得好远,好冷,好陌生。我爱你,我爱你的心始终没变,**但你却让我爱得这么吃力,我真的好累啊,从里到外的累,心力交瘁。**你经常突然对我说出绝情的话,那么严肃认真,好像突然变了一个人,把我推得远远的,让我的心沉下去沉下去。我真不知道你的心里到底是怎么想的,你是那么的善变,忽冷忽热。有时候,我真想把你的心剜出来,看一看它到底是什么颜色,它是一颗什么样的心呢?

你也一定听说了,上个礼拜,我被派出所叫去关了大半夜,因为我妈报了警,说我爬窗进入她家想要偷钱偷东西。我真是感到悲凉!想想自己以前吃官司,是被自己的哥哥告发,现在被关进派出所,又是自己的母亲报了警。这是怎么啦?人家都说世界上最亲亲不过骨肉,但是,我们家呢,唉!有时候想想,这些事,简直就不像是真实发生的,而是一场场噩梦。不错,**我确实翻窗进去了,但我不是要偷钱,也不是要偷东西,我是要找到一些线索**。我有强烈的直觉,我爸的死很蹊跷,他一定不是正常死亡,我怀疑他就是被我妈害死的,我要找到证据,我相信我一定能找到证据。我不能让我爸就这么不明不白地死了,要是不揭开事情的真相,不光我爸九泉之下不能瞑目,就是我,也会寝食难安的。我的胡子,就是为我爸留的,要是不能查明真相,我就永远不会剃掉我的胡子!

阿善
一九八七年九月十八日

- 我想不明白,你和你妈之间到底发生了什么,你为什么要这么做?
- 他曾经对我说,他不可能做这种事,因为当时姚爱菊还只是一个小学三年级的学生。

阿善:

我看过你哥寄给我的信了,确实是从山东寄过来的,邮戳上写的是山东烟台。这到底是怎么回事?他给你的信是从黑龙江寄出的吗?我的脑子有点乱,我想不明白究竟是怎么一回事。**他不是在骗我,就是在骗你**。但是骗你,为了一千块钱,值得吗?如果他有钱的话,肯定没必要骗你一千块钱。看来,他还是在骗我,他没有发财,他只是拿到了你的钱,从小旅馆脱身,然后又去了山东烟台,在那里给我写了信。但他为什么要骗我呢？他告诉我他生意很成功，很快就要回来还清赌债重新做人，他编这样的谎话，又有什么意义呢？

我真是太天真了，太好骗了。收到他的信，我还真以为命运要出现转机，生活欠下我的，终于要对我进行一点偿还了。我甚至为之流下感动的泪水，我决心要等他回来，只要他与从前彻底决裂，我也就既往不咎。我不应该再恨他，不该再记他的仇，因为事实上，我也是有负于他的，我的内心深处，一直压着一块重重的石头，我对不起他。如果他回来了，我就彻底原谅他，和他好好过日子，这样，我心上的重压也可以慢慢减轻。

可是一切却重又变得渺茫，扑朔迷离。我感到困惑、迷茫，我的内心无比的恐慌。

你被派出所叫去，我一点都不知道啊。这是真的吗？真的是你妈报警让他们抓你的吗？我的天哪，真让人不敢相信！阿善，建议你不要再钻牛角尖了，你太神经过敏了，你爸的死，我想不会跟任何人有关，他就是身体不好，他病病歪歪不是已经好几年了吗？我没觉得他的死有什么不正常呀，为什么你那么肯定与你妈有关呢？你那么执着地要查出真相，究竟是为了什么？你是跟你妈有仇吗？**即使你爸真是被她害死的，你也不必非要追根究底，你那样做，最终的目的是什么呢？不就是要致她于死地吗？**怪不得她要反过来整你呢！我想不明白，你和你妈之间到底发生了什么，你为什么要这么做？你是因为爱你爸吗？可是事实上，你们父子根本谈不上有什么感情，你们之间，更多的是仇恨和冷漠。因此我认为，对于你的执着，只有一种解释，那就是你是一个爱钻牛角尖的人，不查明真相，你就心里不舒服，你就会觉得对自己没有一个交代，你内心就会因此潜伏下一个怪兽，它不时地作祟，让你不得安宁。阿善，我分析得有道理吗？

（荆歌注：此处有一段关于真相的话，有很强的哲理，却并不好读。我把它作为下部的附录，仅供参阅。）

还有，你哥那时候在农村插队落户，他有一段代课的经历，不知道他对你说起过没有。那时候，我和蔡正阳交往比较多，你哥虽然一封接一封地给我写信，但我觉得他在遥远的乡下，我和他隔着千山万水，这样的感情很虚无，一点都不现实，所以我不给他回信。他那时候非常痛苦，把对我的感情转移到了学生的身上。如果他当初对你说过的话，你一定还记得，有一个叫姚爱菊的学生，你哥觉得她长得和我非常相像。他于是对她倾注了很深的感情。我听说，他奸污了姚爱菊。但是，他自己却从来都没有承认过。他曾经对我说，他不可能做这种事，因为当时姚爱菊还只是一个小学三年级的学生。他让我相信他，他是绝对不可能做出这种禽兽不如的事情来的。**这件事在我的心里，也曾经毒蛇一样盘踞了好多年，我一直想要知道事情的真相。我还曾经亲自去过一趟三白荡，亲眼见到了姚爱菊。**我见到她的时候，她已经是当地小学里的一名民办教师了。我发现她长得其实和我一点都不像，无论是五官还是身材，没有一点相像的地方。我和她进行了长时间的交谈，我能感觉出来，在她身上，完全没有你哥留下来的阴影。谈到你哥，她一口一个邹老师，脸上荡漾着晴朗快乐的笑容，一派天真无邪的样子。当时我的感觉是，姚爱菊就像一片清澈透明的水，真相就是清澈透明，没有阴影，一眼望去，没有任何可疑的东西。从三白荡回来的路上，我感到前所未有的轻松，我突然明白了一个道理，真相其实是不存在的。所谓的真相，更多的时候还是主观的偏见。人们总是用臆想代替真相。而我多年来对真相的执着，反倒是我内心盘踞着的一条毒蛇，它让我一刻都无法轻松，它毁掉了我的生活。放弃真相，眼前的迷雾反倒立刻散开了，景象纯明，就像太阳升起来，黑暗潮退，世界按照它自己的意愿和规律晴则晴雨则雨，我们所看到的，就是世界的真相，我们愿意接受的事实，就是真相。

我说得太多了，是不是，阿善？你为什么非要跟自己过不去？你要被自己的记忆压垮吗？**你要一层层撩开你面前的屏障，你又想看到些什么？**当你发现，屏障后面的景物，并非如你所想，甚至完全出乎你之所料时，你又会怎么想？你会觉得是得到呢，还是失去？你会觉得心满意足，还是悔恨交加？你会觉得可以告慰平生，还是根本就是无事生非？

（荆歌注：此处也有段落移至下部末尾。）

放弃吧，阿善，我认为你所应该做的，是去看看你妈。她老了，她的生命的大部分已经从她身边水一样流走，她剩下来的东西越来越少，没有真相，真相已经在时光的侵蚀中风化剥落，面目全非。你去看她，她一定会很开心，很感动，并且为你被关进派出所而感到内疚。你会在她的泪光中看到另一种真相的。

苏惠

九月二十三日

- 可是，我越是这样怀疑自己，就越急切地想要获得证据。只有找到有力的证据，才能救我自己。
- 按照你的逻辑，我们之间并没有发生过什么，即使好像发生了什么，也并不见得就是真的。是不是，嫂嫂？

嫂嫂：

你说得有道理，确实，我应该放弃，我不应该继续追查下去，我这样钻牛角尖，对谁都没有好处。事实上，我也经常故意怀疑自己，我问自己，你凭什么认定父亲就是母亲所害？你凭什么来向自己证明你是对的？你更要以什么来向别人证明一切？可是，我越是这样怀疑自己，就越急切地想要获得证据。只有找到有力的证据，才能救我自己。想到也许最终我将一无所获，什么证据都找不到，终于无法向自己和别人证明什么，我感到无比沮丧。这种滋味真不好受啊，就像一只脚被卡在什么东西里头，想尽办法也取不出来。除非，除非把这只脚剁掉！我现在的心情，比剁掉自己一只脚还要尴尬，还要难受。

如果真的能够放弃，当然是一件好事。但是，我心里盘着的一条毒蛇不肯放过我，当我明确希望自己放弃的时候，它就开始作祟，阴冷地蠕动，嘶嘶地吐出粉红的裂舌。为了要驱赶它，我只有向前走，我只能努力地去查寻真相。**我相信，只有到真相大白的那一天，我心里的那条毒蛇才会游走，我的心才能放松下来。**

（荆歌注：此处段落移至下部末尾。）

我感到伤心的是，你要用你虚无的理论来抹杀我们之间的爱情。按照你的逻辑，我们之间并没有发生过什么，即使好像发生了什么，也并不见得就是真的。是不是，嫂嫂？你轻视了我对你的爱，你伤害了我的感情。你真的认为，我对你的爱，是似是而非的吗？你可以否定我的爱，**那么你真实地告诉我，在你的内心，从来没有对我有过真爱吗？**一切都只是假象吗？这沉甸甸的爱，只要你认为它其实并没有存在过，它就真的只是一片海市蜃楼吗？嫂嫂，我从来都没有怀疑过自己，也没有怀疑过你，我们彼此爱着对方，这就是真相，虽然爱是看不见摸不着的，但它比石头更硬，比水更清澈，比太阳更温暖，比棉花更柔软，比花香更浓，你能说它不过是假象，并非是生活中真实的存在，你真的这么想吗？你真的要否定这一切吗？

曾经忘我的接吻，舌头和舌头彼此缠绕，曾经紧贴着对方汗湿的身体，没有餍足的抚摸，一遍又一遍，触及身体的每一个角落，曾经心脏急剧的跳动，血液的奔腾呼啸，那黏滑中的燃烧和融化，这一切在你意识里，都未见得是真实发生过，而只是飘忽无定的想象吗？嫂嫂，那么生命呢？我们曾经活过，在这个星球上出现过，懂得饥饱，懂得冷暖，懂得痛痒，懂得爱恨，这些也全都不能得到肯定吗？

嫂嫂，我想当面和你谈谈。现在，我感到前所未有的孤独，即使是以前在西山劳改，也没有像今天这样的孤独和恐慌。我要见到你，看着你神秘灵动的眼睛，看着你橘瓣一样柔软丰润的嘴唇，你洁白耀眼的皮肤，你温暖的胸，你身上散发出来的芳香的气息，只有面对这些，我才不至于如此的恐慌。嫂嫂，我没有其他要求，我只要看着你，和你面对面坐着，说说话，或者不说话，我就感到满足了。请不要拒绝我，你的心不会是那么坚硬和冷酷的。我不会伤害你的，我会听你的话，我真想变成一个小孩，我好羡慕历历，非常嫉妒他，我要是能够成为他，我就可以被你抱着哄着，把头埋在你的胸前，做你的好儿子。亲爱的嫂嫂，答应我吧，国庆节我到你家来，好吗？**不要再不开门，不要把我关在门外**！让我见见你吧，我有很多很多的话要对你讲。好嫂嫂，答应我，好吗？我不会经常来打扰你的，我已经好几个月，不，好几年，好几辈子没见到你了！

阿善
一九八七年九月二十七日

- 这趟山东之行，虽然没有见到你哥，但是我还是觉得不虚此行。
- 我不是想要逃避什么，而是我厌倦了，我厌倦了这种畸形的爱，我甚至认为，所有的不幸，都是由此造成的，这是惩罚和报应。

鼠 药

阿善：

　　国庆节我带历历去了山东，家里确实没有人。没跟你说一声，是我的不对。你从门缝里塞进来的信，我看到了，我知道你非常生气，两次来，都吃了闭门羹。你怀疑我其实是在家，只是装聋作哑不给你开门，这是不可能的事，你的想象力也太丰富了，怎么可能会有这种事呢？你在外面喊，那么厉害地敲门，我发现，门框都被你摇松了，我猜你一定是疯了一样敲门，也许你狠狠地踢门了吧？**为什么门框会松呢？你想把我家的门踢掉吗？**你不怕被我的邻居听到吗？你想一想，如果我们躲在家里故意装作没听见，不给你开门，你那样踢门，我们还能在屋子里待得下去吗？即使我能忍，历历也不能忍啊，他一定早就过去给你开门了。我一点都不骗你，我真的去了一趟山东。是的不错，你上一次给我的信中说国庆节要到我家来，但我并没有答应你呀，我说在家等你了吗？你贸贸然过来，家里没有人，你差点没把我家的门踢掉，你这样做真是太过分了！

　　我想到烟台去见一见你哥，历历已经快一年没见到他了。我不想像其他家长一样，当孩子问"爸爸到哪里去了"时，总是百般地搪塞，用种种谎言来欺骗孩子。我从来都是如实告诉他，爸爸欠了别人的钱，他还不起，就逃走了。至于逃到了哪里，妈妈也不知道。历历是个非常懂事的孩子，他很为他爸的处境担忧，一会儿说爸爸会不会被他们找到，希望他藏得好一点，别让人家找到。一会儿又让我把家里的钱拿出来还给人家，这样爸爸就不欠人家的钱，就可以回家了。我告诉他，我们家没钱，妈妈的一点点工资，要用来吃饭，要是把这点钱都给了人家，妈妈和历历就都会饿死。况且，爸爸欠了人家很多钱，太多的钱，就是爸爸妈妈两个人一起还，也还不起，所以爸爸只能逃走了，否则人家要打断爸爸的腿，或者把他送到派出所关起来。这些事毫不隐瞒地告诉历历,有时想想确实也是挺残酷的,他还那么小,他能承受这些吗?最初跟他说的时候,他显然很害怕,他非常担心那些人会到我们家来抢走东西,有一次他还问我,那些人会不会把历历抢走,我听他这么问,心都要碎了,非常后悔把真相告诉他。但我又实在不愿意对他撒谎,我认为,家里出了这样的事,历历作为我们的儿子,这就是他的命,是他无法回避的灾难,我用美丽的谎言来掩盖,能掩盖得了吗?**这就是他的命,唉,让他知道,让他直面,除此之外又有什么办法呢?** 那一阵,凡有人敲门,历历都非常害怕,我看他脸色都吓得变了。为了历历,我决定去一趟烟台,因为历历说他最大的心愿就是见一见爸爸。虽然在很长一段时间里,他告诉我他恨爸爸,但是我知道,其实他还是非常想念爸爸,为爸爸而担忧。现在他提出来,要亲眼见到爸爸,要亲口安慰一下爸爸,让爸爸不要害怕,要坚强,要等历历长大了挣钱替爸爸还债。既然历历这么想,我就应当尽量满足他的要求,去一趟烟台找一找,能找到的话最好,我也有许多事情想和他当面谈一谈。

但是你也一定想象得到,烟台又不是一个小镇,我们没有具体的地址,根本不可能找得到他。**跑了几个旅馆打听,人家根本不理睬我们,有人还嘲笑我是秦香莲**。历历很失望,晚上回到旅馆他就哭。但是白天他还是蛮高兴的,我带他去看了大海,他从来没看见过大海,很兴奋的,他赤脚在沙滩上奔来奔去,弄沙子玩,显示了他男孩子活泼的一面。看他在海滩上玩得忘情,不知道为什么,我的心里是那么的酸涩,迎着海风,我甚至流下了眼泪。那一刻,我真的好难过啊,我站在一旁,看着快乐得忘乎所以的历历,我想,这是一个多么不幸的孩子啊,他聪明、懂事,但是,和别的孩子相比,他真的是一个不幸的人。他的快乐,此刻看上去是多么的虚假,多么的夸张,多么的不合时宜。而站在一旁的女人，是我，是他的妈妈，我又是一个怎样的妈妈呢？**我是一个不够格的妈妈，一个阴暗的妈妈，一个或许就是将所有的不幸带给了他的妈妈。**我流着泪，内心感到万分羞愧，雨季奉献给大地，岁月奉献给季节，我拿什么奉献给你，我的小孩？苏芮的歌，这时候在我的耳畔响起，我的眼泪就流得更加没有节制了。这时候，一个海浪扑过来，差点将历历打倒。他高叫着逃跑，他很机灵，他逃得很快，海浪没有将他扑到。看着这一幕，我既感到惊心，又颇为欣慰，我在心底默默祝福我的儿子，我亲爱的儿子，希望生活的大浪，永远都不会将他击倒，让所有的厄运都远离他，不管在任何时候，恶浪都无法将他卷走。

你看，我是不是太伤感了？在海风中流泪，这是一种前所未有的体验，那种酸楚和畅快，是从来都没有过的。这趟山东之行，虽然没有见到你哥，但是我还是觉得不虚此行。虽然想要达到的目标没有达到，但是有了一些意外的收获。**将自己的眼泪，酣畅地汇入大海，我的心获得了意外的平静**。我想，我这一辈子的眼泪，都已经给了大海，和大海融为一体，以后，不管再发生什么，我想我都不会再哭了。我变坚强了，大海让我明白了许多道理，它一刻都不停地动荡着，白浪一个接着一个打向岸边。对于历历来说，对于所有人来说，海浪随时都有可能把我们卷走。但是，历历的身手是那么敏捷，他小小年纪，就那么善于保护自己。我想不光是对历历，对任何人，生活的大浪，一个接一个来吧，并不见得就能那么轻易地将人击垮，将生命夺走。生命没有那么脆弱，生命有时候确实很坚强，足以与大海抗衡。

阿善，我同时也想告诉你的是，让我们结束吧，彻底结束吧，就当什么都没有发生，让一切都重新开始。这样的生活，不管是对你还是对我，都不应该是我们所需要的生活。而你，也应该坚强起来，不可能是那样的，不可能说你离开了我，就真的没办法活下去了。一个人，离开了另一个人就会死，这样的事在世界上是根本不存在的，那是一种极端的、病态的、暂时的想法。谁离开了谁，都不会有事。随着时间的推移，一切都会淡忘，一切都会有新的开始。我不是想要逃避什么，而是我厌倦了，我厌倦了这种畸形的爱，我甚至认为，所有的不幸，都是由此造成的，这是惩罚和报应。我希望你不要任性，你换一个角度来想想，不要钻牛角尖，从牛角尖里掉头出来，你就会突然明白我说的没错。**你现在不是在作出明智的选择，你是在较劲，和我较劲，和你自己较劲。**不要这样，好阿善，听嫂嫂的话，选择明亮的、自然健康的生活，不要再继续下去了，最终会毁了你自己的！

国庆节你去看你妈了吗？你千万不要再胡思乱想，我都觉得你有点神经质了，你的思维是不是有点不正常了？你妈失去了丈夫，她一定很悲痛，孤单的滋味一定很不好受。你去看看她，给她一些安慰，而不是倒过来伤害她，往她伤口上撒盐。我也是当妈妈的，我也有儿子，我能体会当母亲的心。

苏惠
十月五日

● 难道说，没有了那种关系，就形同陌路了，甚至成为仇人了吗？

阿善：

今天在县府路遇见你，你竟然不理我，我感到非常生气。为什么？难道是因爱生恨吗？难道说，没有了那种关系，就形同陌路了，甚至成为仇人了吗？这样未免太狭隘了吧！曾经发生过的美好的一切，虽然已经成为过去，但是，它们将永远留在我的记忆中。我希望你也同样如此，把美好留在记忆中。其实我们应该感到庆幸，一段美好的感情，最终结束的时候，依然是美好的，它没有在黯淡中结束，没有在彼此的厌恶中熄灭，它将带着余温，带着依然艳丽的光辉走进回忆，它会在回忆里永远美好和温暖。这样不是更好吗？所有的热情最终都会冷却，所有的激情最终都会归于平复，许多的感情，以绚丽开始，却以厌倦、乏味甚至仇恨结束，那是多么遗憾的事啊！彼此想起来，不再是一种似远又近的甜蜜，不再是温馨的细节，而是厌恶和怨恨，甚至在任何时候都不愿意再想起。阿善你说说，到底哪一种结果才是好啊？当然要做到这一点是很难的，就像我们面对死亡，谁愿意在年纪轻轻的时候就死呢？非得要熬到人老珠黄，一头白发，满脸皱纹，看上去是那么的不堪，直要到这般光景，才无奈地结束生命，因此留在世人的记忆中的形象，是又老又丑，没有一点儿美感。梁遇春就写过一篇文章，专门说了这个问题，他说，人在很年轻的时候就死掉，其实是最幸运的，年轻美好的形象，就此定格，在人们的记忆中，这个人的形象永远都是年轻美好的。阿善，你也喜欢英国诗人济慈的诗，你也知道，济慈的坟墓上，鲜花是最多的，他的墓上终年鲜花不断。究其原因，也并不见得他的诗是写得最好的，更主要的原因，是他二十几岁就去世了，他和他的诗一样年轻，他的年轻英俊的形象，和他美好的诗歌融为一体，人们手捧鲜花走近他，就是走近诗与美。梁遇春也是很年轻就死了，他实现了他的美学理想和人生理想。说远了，怎么扯到死亡上去了？我只是用它来作比，人的感情，又何尝不是如此，让它在最美丽的时候结束吧，这样它就会永远美丽，成为美丽的标本，何必非要等到它又老又丑的时候才结束呢？**在最年轻的时候选择死亡，这不容易，但是，在感情还没有枯萎腐败的时候就结束，这应该不是太难。**关键是你愿不愿意这么做。

不管怎么样，阿善，我还是你的嫂嫂，还是和你很谈得来的好朋友，不管怎么说，你都不应该不理我。说实话，在县府路遇见你，我很高兴，我连叫了你两声，你也转过脸看见我了，你却不理我。你让我感到意外，心里十分难过。你的表情是那么冷漠，尤其是你的目光，真叫人受不了！在我心目中，你可不是这样的，你的眼睛像女孩子一样清澈，那么天真和热情，你就像你的名字一样，是那么善良美好。可是今天我所看到的你的目光，像冰一样冷，真是让我感到吃惊。**我看着你转身而去的背影，一直看你无情地走远，直到在街角消失，我的心里真的难受极了。**同时，我也感到非常委屈，凭什么？凭什么你要这样对我？我有什么对不起你的地方吗？我曾经那么爱你，对你付出的完全是真心的爱，我不光爱你，还把你看作是我的亲弟弟，甚至是自己的儿子，许多时候，我真的就像一个母亲，要尽自己的全力来爱你，呵护你，不让你再受到风雨的打击。对你的感情，我敢说是无私的，不图任何回报。并且直到今天，这份感情依然没有半点打折。也就是说，**我还是像从前一样爱着你，把你当作是我的一个宝贝，不愿你受到任何的伤害。我所以决定要和你中止那种关系，完全是出于理智。我的理智告诉我，我们的关系是不正当的，它只能处于阴暗的地下，并且最终只会对我们构成伤害。**不光是我们，它也伤害了其他人，你哥，还有历历。当然，我想得更多的还是你，我因为是那么的爱你，所以更多的是为你考虑。这样的不伦之爱，能给你带来什么呢？它只会让你陷入泥淖，让你迷失前途，损害你的身心。而你走到今天这一步，实在很不容易，你不该堕落，你应该过正常人的生活。我早就说过不止一遍了，像你这样的条件，一定能找到一个漂亮贤惠，各方面条件都很好的姑娘。我真的是这样认为的，我完全是为你好才这么希望的。其实许多时候，想到你将来会和一个年轻美丽的姑娘结婚，过上幸福的日子，我的心里别提有多酸楚了。我非常嫉妒！但是，我不是一个狭隘的女人，我不能出于自私，而破坏你的幸福。相反，我会支持你，帮助你，让你过上幸福美满的生活，哪怕你的这种幸福与美满，是要以牺牲我的幸福为代价，我也在所不惜。我说这些，也许你并不相信，觉得我虚伪，认为我是在找托辞，是我懦弱和退缩的美丽借口。事实不是这样的，阿善，你和我交往了这么久，难道还不知道我的脾气吗？我不是一个好女人，我的内心，阴暗的想法不比别人少，但是，我自认为我是一个理性重于感性的人。**理智告诉我应该怎样做，我就要努力克服自己的感情，选择理性的做法。**希望你能够理解我，并且原谅我。

你不理我，见了我那么冷漠地掉头就走，这伤害了我的感情。我当时真的感到很委屈，我想，不理就不理，也没什么了不起的！我当时甚至决定，我再也不会主动理你，我这辈子都不要理你了。你本来就不是我的，不应该属于我，你绝情地走掉，那就走掉好了，我不会感到可惜，也不应该感到可惜。但是，回到家里，左思右想，我认为还是应该给你写封信，**一来让你明白我的心思，二来也劝劝你，作为一个男人，不要这么狭隘。**让我们还像好朋友一样交往，好吗？我仍然是你的嫂嫂，一个永远关心你爱护你的好嫂嫂。

你还没有自己买彩扩设备吗？现在还是每周来"江城彩扩社"吗？下周如果你来，一起吃饭吧，下周六（十月三十一日）是历历的生日，你和我们一起吃饭他一定会非常高兴的。

苏惠
十月二十四日

阿善：

　　我真后悔，不该邀你来吃饭，更不该提前对历历说。本来，他的生日应该很快乐，我给他买了蛋糕，买了他最喜欢的变形金刚。但是，因为我对他说了，你要来吃饭，要来庆祝他的生日，他就坚持要等你来了才肯点蜡烛。我没想到你会不来，你让历历太失望了，你这样做实在有点过分。你不来，至少也应该打个电话过来。我们一直等你，等到快七点了，还不见你来。我知道你肯定不会来了，但历历还是坚持要等你。这个可怜的孩子，最后是流着眼泪吹蜡烛的。我真不明白，他为什么对你那么好。而你辜负了他，**你辜负了一个孩子纯真的爱——那是多么宝贵的感情，可是你看起来丝毫都不珍惜。**

　　我无所谓，你来不来都不要紧。我是想，既然你口口声声说想见我，而历历过生日，就我们母子两个人似乎也太冷清了些，所以才请你过来一起吃个饭，大家热闹一点。但你却没有来。

　　看来你是真的决定不再理我了。那好吧，就当一切都没有发生过，就当我根本不认识你这个人。世界上少了任何谁，地球都会照样转动，也许会转动得更好。

苏惠
十月三十一日

- 我认为人活在世界上，感情是最为珍贵和崇高的，是应该得到肯定和尊重的。
- 我发现我已经不恨她了，面对这样一个可怜地躺在病床上的人，我一点都恨不起来了。相反，对于怀疑她害死了父亲，我感到内疚。

嫂嫂：

　　真是对不起，历历生日，我原本是决定要来的，我还为他买了一个很大的阿童木要送给他。可是，我妈突然病了，住进了医院。二十九号那天，庄书记打电话给我，说我妈突然大量便血，在家里晕倒了，他已经把她送到医院去了。在医院，我看到我妈躺在病床上，脸白得就像一张纸。医生说她是肠出血，正在给她打吊针，里面加了止血药，等血止住了之后，要做一个肠镜检查。

　　我真的不是故意不来过历历的生日，我有多喜欢他，你是知道的。那天在"江城彩扩社"见到你，我确实是故意赌气不理你的，但是，在我内心深处，对你的爱始终是那么灼烈，一颗爱你的心始终不变。能够见到你，和你一起吃饭，正是我梦寐以求的。你对我说的那一番话，其实你已经不止一次说过了，希望我们不再有这种关系，我觉得你尽管说得对，但是我做不到，真的做不到。我也试图照你说的去做，但一想到要彻底放弃对你的爱，我的心就寂寞空洞得可怕。我做不到，嫂嫂，我真的做不到！并且，我也不相信你能做到。你说你是一个理性占上风的人，你能理智地对待自己的感情，对此说法，我还是不信。而且我认为，你的决定并不见得就是正确的，**你认为自己是理智，你又怎么能够肯定它一定是正确的呢？**我不能同意你的看法，我认为人活在世界上，感情是最为珍贵和崇高的，是应该得到肯定和尊重的。无情未必真豪杰，你我既然彼此相爱，又为什么要将这爱火熄灭？这是对自己对人生负责的态度吗？只有虚假的感情才是可耻的，用金钱和权力换取的爱情是不道德的，或者出卖自己的感情，也是犯罪。但是，真正的爱，没有任何其他目的，只是彼此吸引，两情相悦，又有什么错？在我看来，爱并不是一件容易的事，真正的爱情，并不是随便就能够得到的。我长这么大，从未对别的女人产生过爱，从来没有！

我只爱你一个,只有你使我朝思暮想,热血沸腾,为了你,我不惜舍弃自己的生命!而对别人,我不会这样,就是对我的亲生父母,我也没有这种牺牲精神。而我知道,你也是爱我的,爱我胜过爱所有的人。我知道你对我哥并没有爱,你以前对蔡正阳,那也不是真正的爱情,你只是因为太善良,觉得别人对你好,你就也对别人好。那不是爱情,那最多只能算是友谊。你真正爱的是我,我们彼此相爱,那是多么的不容易,我们爱着,享受爱带来的无穷欢乐,也承担它带来的痛苦,我们为什么要放弃?为什么要用所谓的理智来扼杀它?上苍赐予了我们这份爱,我们理当接受它,把自己的生命交给它,让它与我们的生命水乳交融,甚至让它成为我们生命的全部!**你却要用所谓的理智来扼制它,放弃它,那是对上苍的辜负,那是要后悔一辈子的!**你还记得舒婷的那首《望夫石》吗?"与其在悬崖上伫立千年,不如在爱人的肩头痛哭一晚。"那些为了立贞节牌坊而一辈子放弃爱的权利的人,是违背人性的。我宁愿轰轰烈烈地爱一场,然后死去,而不愿放弃真爱而苟延残喘。

那天让历历失望了,我真感到对不起他。等我忙完这一阵,等我妈肠镜检查结果出来后,我过来一趟,把阿童木送上,当面向他道歉。

这几天我大部分时间在医院,店里也只好关门了。看起来我妈情况很不好,她消瘦得让人吃惊。看着躺在病床上的她,不知为什么,我突然感到很害怕,我觉得她很快就要死了,死亡的气息笼罩着她。她很勉强地睁开眼来,看了我一眼,她的眼光复杂得可怕,我真是难以描述她的目光,我说不出她目光里到底有些什么样的内容。当时我的感受是,这眼光,绝对不是一个活人一个正常人的眼光。她很勉强地瞥了我一眼,就闭上了。我不知道她是累得实在睁不开眼,还是不愿意看我。我突然变得很惶恐,既希望她再睁开眼来看我一眼,又怕她睁眼看我，怕她再次向我投来那复杂得可怕的目光。

她躺在病床上，仿佛离我很远。她就像模糊记忆中的一个人影，那么轻，那么远，那么的不真实。我发现我已经不恨她了，面对这样一个可怜地躺在病床上的人，我一点都恨不起来了。相反，对于怀疑她害死了父亲，我感到内疚。我的怀疑确实毫无根据，对她来说，是不公平的。我站在病床边上，心里一直在想，是不是应该向她赔个不是？但我始终没有说出口。

在医院里，阿萍的父亲庄书记让我感到厌恶。我始终不愿理他。他为母亲忙里忙外，有了他我倒是省事不少。但我还是看他不顺眼，特别是他有时候用长辈的口吻对我说话，带着教训的口气，我甚至有抽他两个嘴巴的冲动。

这封信我是在医院的病房里写的。埋头给你写信，我妈吊瓶里的药水都已经挂完了，我还不知道，真是该死。我要去忙了，改日再写。吻你，亲爱的嫂嫂！在医院这样的地方，到处都是冰冷的白色，到处都是愁眉苦脸的病人和家庭，到处弥漫着来苏味和死亡的气息，在这样的环境里真是感到压抑，因此也就特别特别地想你！

善
一九八七年十一月四日

- 病是客观的，即使医生再冷漠，再漫不经心，也不是他把肿瘤放进了母亲的身体里。
- 他忙前忙后的，按理说其实也是在帮我，在减轻我的负担和压力，我应该感到庆幸，应该感激他才是。

嫂嫂：

今天，我妈肠镜检查做下来，她的肠子里，肿瘤遍布直肠和结肠，等于说整副肠子都已经烂掉了。我问医生是良性还是恶性,医生说,不用化验就可以肯定是恶性的,都已经和腹腔粘连在一起,癌细胞肯定已经转移了。这个医生很奇怪,说病人的病情的时候,口气懒洋洋的,好像他的肠子里也长满了恶性肿瘤。这个检查结果,让我有些难以接受。检查前,我也曾怀疑她会不会是得了癌症?没想到,情况已经糟糕到了这个地步。医生对我说,像这样的病人,最多只能再活一个月,如果情况不好的话,一个礼拜就不行了。他以一种漫不经心的口吻宣判了母亲的死刑,我对他十分反感。我几次想揪住他的衣领,质问他为什么要对病人如此残酷。冷静下来之后,我觉得我迁怒于医生实在是很可笑的。病生在母亲身上,不是医生造成的。病是客观的,即使医生再冷漠,再漫不经心,也不是他把肿瘤放进了母亲的身体里。他只是发现了这些情况,他说出了真相。**而在真相面前,我却是一个掩耳盗铃者。**我希望真相被隐瞒,希望医生说出一些与实际情况并不相符的话来。如果他说谎,说母亲的病虽然已经到了这个地步,但还是可以治疗,只要大家有信心,大家一起来努力,就没有克服不了的困难,如果他这样说,我反倒会能够接受,并因此对他产生一些好感。

(荆歌注:此处关于孝道的议论,置于最后,作为附录。)

我对庄书记十分排斥,觉得他根本没有资格来管我妈,这是我们家的事,与他何干?他忙前忙后的,按理说其实也是在帮我,在减轻我的负担和压力,我应该感到庆幸,应该感激他才是。但我不,我不要看见他,不允许他在我妈面前出现。

这个家伙,他居然当着我妈的面,像个女人一样号啕大哭,好像是他死了亲娘一样。他这样做,不是在很明确地告诉我妈,她的病已经严重到了极点吗?他真是太可恶了!我认为,我妈十分固执地坚持要出院回家,不愿接受任何治疗,他是要负全部责任的。是他的失态,让我妈明白了一切。我当时真有杀了他的冲动，我大声地呵斥他，让他别哭，他反而哭得更起劲了。我不知道为什么我竟然没有冲上去，扼住他的喉咙，不让他可恶的哭声发出来，直到把他扼死算了。

嫂嫂，现在我是在母亲的老屋里给你写信。夜已经很深了，世界安静了下来。母亲躺在床上无声无息的，让我不时怀疑她是不是已经死了。老屋里霉味的腐败的气息，此刻是那么浓重，嫂嫂，我是多么想你！要是此刻你和我在一起，我就不会感到如此的孤单和恐慌。我非常害怕，我怕母亲已经死了，我不敢过去看她，我怕看到她死人的脸。**我甚至还担心已经死去的母亲，会突然从床上跳起来，扑上来卡我的脖子**。我安慰自己，不要害怕，不管她是死是活，她都是你的妈妈啊！自己的妈妈，即使已经死了，即使变成了鬼，也不会来害自己的儿子的。嫂嫂，但我还是感到害怕。庄书记不知从哪里弄来了一只纸棺材，还有整套寿衣、寿被，这些东西堆放在一边，没法不让人害怕。嫂嫂，要是此刻你在，你会怕吗？要是你和我在一起，我就不会害怕，有你在我身边，不管发生什么，我都不会感到害怕的。

善
一九八七年十一月八日

● 我不知道她为什么在这个时候流泪，她是有感于我的哭声呢，还是因为你这个儿媳的大驾光临。

嫂嫂：

谢谢你！谢谢你来看我妈。你走进来的那一瞬，我完全以为自己是在做梦。见到你我实在太激动了，我无法控制自己，于是就哭了起来。我哭得那么伤心，让人以为我是在为我妈而流泪。**其实不然，我是喜极而泣**。嫂嫂，你从外面进来，带进来一股芳香，让我陶醉。由于你的出现，阴暗的老屋也顿时变亮了。原先，躺在床上的母亲是模模糊糊的，面目不清。但你进来之后，我发现我能很清楚地看见我妈了。我哭停下来之后，发现母亲的眼泪，正在默默地往下淌。我不知道她为什么在这个时候流泪，她是有感于我的哭声呢，还是因为你这个儿媳的大驾光临。作为儿媳，这么多年了，你一步都没有跨进过这个家门。而你第一次踏足进来，竟然是在母亲的弥留之际。我想她应该会有感慨，她的眼泪，多半是为你而流的。只是我无法知道，她是感到欣慰呢，还是突然悲从中来。

　　嫂嫂，请你原谅我，在庄书记走出去的时候，我忍不住过来拉你的手。要不是你拒绝，我一定会紧紧地将你抱住。这些日子来，我的心就像飘在空中的浮尘，没有着落，**我只有拉住你，抱紧你，才会让一颗悬浮的心放下来，才会不那么恐慌**。嫂嫂，我知道我这样做不对，我不该当着奄奄一息的母亲的面，将自己的嫂嫂一把拉住。你跟我翻脸，我没有意见，因为确实是我错了。但我当时，确实是无法控制自己，要不是庄书记从外面进来，我是不会放开你的。嫂嫂，我发现，我对你的爱高于一切，世界上所有的所有，加起来，也没有你重要。如果不是庄书记进来，如果不是你拒绝，我会把你抱住，我要亲你，吻你，我要把我的身体和你紧紧地贴在一起。那一刻，我完全忘记一边生命垂危的母亲了，我不管她了，她即使是死了，我也不管，让人们说我不孝好了，我无所谓。我的眼里只有你，只有你嫂嫂，我要死死地抱住你，只有把你芳香柔软的身体紧紧地搂在怀里，我才会感到自己还活着。

　　嫂嫂，你只在我们屋子里站了一会儿，你就走了。半小时都不到吧？你坐都没有坐一下，放下你带来的东西，就走了。水果、饼干和肉松，你带这些来干什么？她还能吃吗？她一点都不能吃了啊！她连抬起头来喝口水都做不到了。她要喝水，我只能用一把断了把的老茶壶喂她。你不是都看到了吗，她真的已经奄奄一息了。你什么都没对她说，你好像只是轻轻地叹了一口气，就对我说你要走了。我舍不得你走啊，嫂嫂，我真的不能让你走，你奇迹一般出现，怎么转眼就要走了呢！但是，我知道留不住你，你怎么可能留下来呢！送你到门外，我的心一阵痛，感到自己呼吸都困难了。**仿佛奄奄一息即将死去的不仅是我妈，还有我**。嫂嫂，你能懂我的心吗？你走得那么快，头都没有回一下，我觉得你这是弃我而去，你不管我了，不要我了，把我们这两个快要死的人扔下，你一走，我们就要断气了。

嫂嫂，你还会再来吗？

善

一九八七年十一月十一日

● 也许现在真的是只有死，立即死，才是减轻她痛苦的唯一办法。

嫂嫂：

今天，我妈企图自杀，但她失败了。不知道她是从哪里弄来的安眠药，我怀疑是庄书记给她的。她趁我不在的时候，把一瓶安眠药全部吞进肚子里去了。我去了一趟弄堂口的小店，回家却发现，她哇哇地呕吐。**她刚吞进去的一瓶药，全都吐出来了**。药片吐在脸盆里，叮叮当当地响。我问她怎么啦，怎么会吐出这么多药来？她也不说话。后来我看到了床头柜上的药瓶，才知道她做了些什么。她哭了起来，她说她不想活了，一天都不想再活了，她感到非常痛苦，她说，这种痛苦，是任何人都不能理解的。我看着她哭，吃力地听她说话，真不知道应该怎么办才好。

（荆歌注：此处关于死亡的大段议论，请见附录。）

我看着我妈那可怜的样子，她看上去真的是痛苦万分，我真想听她的话，帮她一把，用枕头将她闷死算了。也许现在真的是只有死，立即死，才是减轻她痛苦的唯一办法。死了，什么都不知道了，什么知觉也没有了，也就解脱了。所以我突然明白了一个道理，为什么人在死之前，大多要受到病痛的折磨。这其实是在帮助人，在调整人的状态，让人痛苦得吃不消，再也没心思去贪生怕死，否则的话，面对死神，人所受到的惊吓，内心那种巨大得无以复加的恐惧，谁受得了啊？

我真的很想帮她一把，让她迅速解脱。但是，不光我的手在发抖，我的腿也在抖，我全身都抖了起来。我的手连枕头都没有碰到，就缩回来了。我不敢这么做。**我的脑子里只要闪过自己拿起枕头将母亲闷死的画面，我都会恐惧得战栗**。嫂嫂，你说我到底应该怎么做？我是勇敢地把她闷死，让她趁早解脱，还是让她继续在地狱之火中煎熬？

我现在多么希望我哥在，有他在的话，我的心理上就不会有如此大的压力。我只要在母亲面前，看她那痛不欲生的样子，我就感到呼吸困难，几乎要窒息。可是，天知道他现在在什么地方。我曾问母亲，要不要想办法把哥找回来，我问了两遍，她两次都摇了摇头。不知道她是不想见他呢，还是为他着想，认为他还是不要回来的好。或者是，她认为事到如今，做任何的事，都是多余的，没有必要的，因为她看上去确实很快就要死了。

善
一九八七年十一月十八日

- 她对我说，庄书记所以天天来，其实并不是真心来看她，他巴不得她早点死，他一趟趟来，是为了来把她的钱和存折都拿走。

嫂嫂：

今天，我妈的病情突然有了好转，她喝了一大碗粥汤，然后让我扶她坐起来。她说她很饿，最好能吃两块红烧肉。我估计她是在乱说，像她这个样子，能喝一碗粥汤，已经是很不错了。我本以为，她喝下粥汤后，很快就会吐出来。吃什么吐什么，这样的状况，已经有一个多星期了。但是没有，她打了两个饱嗝，看我的眼光，也有了点精神。

她向我说起了庄书记，她说他是一个很坏的人。她的话，让我感到非常意外。我真的没有想到，她会这么评价他。我一直以为，他们的关系是非常密切的，好多年了，我也曾不止一次听外面人说他们关系不正常什么的。而且公正一点说，我认为庄书记对她不错，自从她生病，他一直很主动地关心她，看得出来他是很真心地对她好。她病倒之后，他几乎天天过来看她，她痛得受不了的时候，他还帮她按手上的合谷穴止痛。大前天，他还把她的头搬到床边上帮她洗头。虽然我对这个人从来都十分厌恶，我看不惯他的样子，但是我又不得不承认，他对我妈确实是非常好。如果撇开个人的好恶不论，他确实是个好人。我妈有他这样的朋友，确实算得上是福气。我敢肯定，要是我爸活着，绝不会对她这么好。所以说，从她嘴里说出来，说他是个很坏的人，我感到很奇怪。

她对我说，庄书记所以天天来，其实并不是真心来看她，他巴不得她早点死。他一趟趟来，是为了来把她的钱和存折都拿走。我怀疑她是在说胡话，人到了这个份上，也许脑子就出了问题，有了幻觉，胡说八道了。但她说得那么肯定，有条有理的，口齿清楚，不像是在乱说。她对我说，一定不能让他找到钱和存折，否则就会被他全部拿走。她希望我提高警惕，在他来的时候，擦亮眼睛盯住他，别让他得逞。她接着告诉我，钱和存折，她藏得非常好，并没有像他猜测的那样是锁在抽屉里。她说，她没那么笨，她藏得很巧妙，他就是掘地三尺，也不见得能找到。说到这里，她竟然有些得意地笑了起来。

嫂嫂，跟你说这些，是因为我实在感到太奇怪了。生活中发生的许多事，常常是出人意料。我妈她一点都不像是在说胡话，她的思路清晰得很。**她最后还问我，要不要让她立一份遗嘱，在遗嘱上写明，她所有的财产，都让我来继承。**她的意思很明确，就是说要把所有的遗产都给我，因为我在她生命的最后阶段照顾了她，而我哥却没有尽到儿子的责任，所以她决定一分钱都不留给他。

我妈喝了一大碗粥汤，坐起来说了大约半个小时的话。最后她累得实在坐不动了，也说不下去了，这才躺下。躺下之后，我看她张大了嘴呼吸，就像一条垂死的鱼。我突然想，她这样子，是不是"回光返照"？那么她今天夜里会不会死？我该怎么办？我应该守在她边上呢，还是自己去睡觉？如果我守着她，她到天亮都不死怎么办？如果我去睡觉，却又担心她死了我都不知道。我感到害怕极了。

嫂嫂，此刻你在干什么呢？

善

一九八七年十一月二十二日

- 我觉得特别不公平，为什么我妈有两个儿子，却偏要我一个人来承担全部？
- 可是已经过了四个礼拜了，她还活着。我越来越没有信心，越来越没有耐心。

嫂嫂：

　　我找到了我妈的钥匙，今天一天，我几乎没干别的，就是开锁。我把所有的锁都打开了，那只又旧又破的柳条箱，她也上了锁。但是，**里面的东西，却一文不值**。你要相信，我不是要找钱，也不是找存折，我不要她的钱，我知道她没多少钱，我只是好奇，反正闲着无事，我想看一看，她锁起来的这些橱柜里面到底有些什么东西。实在是可怜，里面全都是一些破烂！我非常希望找到一本她的笔记本。我记得，她不止一次说过，她有记日记的爱好。陈旧的东西，在被翻动之后，腾起了带有严重霉味的粉尘，它们刺激了我的鼻子，让我不停地打嚏。我最终还是没能找到。

　　一无所获，人倒搞得很累，而且陈腐的粉尘引发了过敏性鼻炎，我流泪打嚏，头痛得很。但是就在我即将要放弃的时候，发现了一包信札。这些信，都是当年我哥插队农村里写给她的。包在手绢里，每一封信，都放得整整齐齐的，每一封信的开口，都是用剪刀细心地剪开的，由此可以推断，我妈对这些信是很珍惜的。**我拿着这些信，突然感到非常心酸**。

　　我现在特别特别想我哥能够回来，如果有他在，我就不会这么害怕，就不会感到被压得喘不过气来。我觉得特别不公平，为什么我妈有两个儿子，却偏要我一个人来承担全部？对我妈来说，快要死了，大儿子却不知去向，不知道在什么地方漂泊流浪，这又是多么的悲哀！

　　当然，同时我又非常不愿意他回来。自从他逃债出去，我的内心就有一种暗喜，**我庆幸他走掉，并且希望他永远都不要回来**。嫂嫂，我这么想很阴暗，我知道自己很卑鄙，但是，这都是因为你啊！嫂嫂，你应该了解我的心，我不希望他回来，希望他永远都不要回来，这样，嫂嫂你就可以属于我了。你永远都是属于我的，是吗，嫂嫂？为了你，我不管什么阴暗不阴暗，不管什么卑鄙不卑鄙，我要得到你，只要得到你，我什么都做得出来！

只是眼下的日子太难熬了！看着一个人慢慢地死去，看她在死之前，如何受病痛的煎熬。而眼前的一切，引发的又是我对死亡和病痛的纷乱的想法，无法驱赶的深入思考。我并不愿意想这些，但是，奇奇怪怪的想法，按都按不住，它们魔鬼一样从地底下冒出来，纠缠我、折磨我。我现在十分盼望我妈能快点死，快点死掉，她就彻底解脱了，所有的痛苦都没有了。而我，也解脱了，快快处理完她的后事，我还要做我的事情去。我的店一直关门，我什么都不做，天天陪着她，看她被病折磨得人不人鬼不鬼，无比压抑的空气，死亡的气息，令人窒息的分分秒秒！**快点去吧，妈妈！我在心里这么喊**。我不敢喊出来，我想她听到了一定会心里不好受。虽说她一再请求我帮她速死，但我还是不敢把我的心愿说出来。等吧等吧，磨啊磨啊，一天天过去了，非人的日子啊。可是，她还没有死。医生说她少则一个礼拜，最多一个月，可是已经过了四个礼拜了，她还活着。我越来越没有信心，越来越没有耐心。我不再相信她是一个垂死的病人，不相信她会在短时期内死去。我估计她至少还得活上一年半载。这么想，真令我绝望！难道说，这样的日子，我还得熬上半年一年？天啊，我要崩溃了！

嫂嫂，你一定觉得我是个不孝之子吧？居然分分秒秒盼望自己的母亲快快死掉。我也觉得自己很残酷，很没人性。但是，我不相信谁又会比我更能熬。你们不会理解，**这样的不幸没有落在你们身上，你们是不可能体会到这份压抑和绝望的**。你们也不能理解我妈的处境，非亲眼所见，非分分秒秒陪着她，你们是不能体会到的。对她来说，现在绝对是生不如死，这种折磨是谁也承担不起的。我真想抽出她头下的枕头，压在她脸上，用力压紧，压紧不放松，让她断气，送她走，结束她的痛苦，也结束这让我快要窒息的日子！可是我下不了手。我几次伸手要去抽她的枕头，都颤抖得不行，最终缩了回来。我恨自己，我是个懦夫！胆小鬼！如果我下得了手，我才不会在乎别人说我逆子呢。我甚至不怕再次成为杀人犯。如果我下得了手，即使马上把我拉出去枪毙，我也不怕了。我受不了了，真的不行了，我要崩溃了！

嫂嫂，你救救我！

善

一九八七年十二月八日

【荆歌评注】刚刚经历过文化大革命的人，多半是不会保留自己的日记本的。因为日记这种私密记录自己言行和思想的东西，很容易让自己罹祸。

- 我自己都觉得自己变得奇怪了，有一次，我甚至想提醒他，难道你不想找到我妈的钱和存折了吗？
- 是不是世界上每个人都无法摆脱责任这两个字，为它所累，为它而感到窒息呢？

嫂嫂：

现在，我变得不再像以前那样讨厌庄书记了。他有一把我家的钥匙，我每听到钥匙打开门锁的声音，心里都会感到一丝喜悦。看他进来，轻手轻脚地走到我妈的床边，我就感到一阵轻松。看他弯下腰来关切地问候我妈，而她总是闭着眼睛，看都不看他一眼，更别说开口回答他任何问话了。每当此时，我又会有一种幸灾乐祸的心理。可惜的是，他逗留的时间越来越短了。他似乎也像我一样，正在慢慢失去耐心。有几次，我都想请求他，让他再坐一会儿，不要急着走。但是，我开得了这个口吗？我死也不会求他的。我自己都觉得自己变得奇怪了，有一次，我甚至想提醒他，难道你不想找到我妈的钱和存折了吗？你为什么不撬开她的抽屉试试？我要是真这样说了，我就是神经病。我不是神经病，他也会认为我是神经病的，至少他会以为我在讽刺他。**看他的样子，真的看不出来他是如母亲所说的那种人。** 我注意到，他每次来，都并没有任何可疑之处。难道说他更善于伪装？我越来越怀疑母亲说的是一通胡话。甚至，我怀疑自己，是不是在梦里听母亲说了那一番话？

我的脑子越来越混乱，昨天，我想挑拨庄书记，让他下手，我想让他明白，母亲现在的状况明摆着是朝不保夕，多活一天对她来说一点意义都没有，不光不是好事，完全是坏事，多活一天，就意味着多受一天的炼狱之苦。我想对他说，如果你同情她的话，如果是真心为她好，那就应该用枕头将她闷死。你和我不一样，我是她儿子，我下不了这个手。你是外人，你可以干。**你不必担心我，我看见了也不会告发你，我不会恩将仇报，说你是杀人凶手。** 我知道你是为她好，为了拯救她，让她脱离苦海。当然我不看见更好，事实上，我几次都借故走开，以给他机会。我希望他在我走开的时候，果断地抽出枕头，将她闷死。

但我知道他不会这么干，所以他重新又让我厌恶起来。我知道他和我不同，他是外人，他感到压抑的时候，觉得呼吸困难了，他可以走掉，回到自己的家里去。外面的空气很新鲜，他可以一边走一边哼哼流行歌曲，到了家可以喝点酒，然后惬意地看电视。而我不行，我是她儿子，我必须守在这里，呼吸困难也得撑着守着，就是窒息了，也是活该。谁让我是她的儿子呢！这就是责任，责任这个东西，这时候显得很奇怪，顽固得有点奇怪。其实没人拦着我，我也可以像庄书记一样，感到在这儿待不下去了，就走掉好了。去呼吸外面的新鲜空气，唱唱歌也无妨。为什么不行呢？我又不怕别人说，全镇人民都说我该死，是个忤逆子，让他们去说好了，他们说了，我又不会少一块肉。反正他们也没少说我闲话，再说又能怎么样呢？那么我怕什么呢？**我为什么不能把那个责任当破烂一样扔掉呢？**就当我一直没在家，就像我哥那样，一直在外头，家里发生什么事儿都不知道。为什么不能这样呢？是不是世界上每个人都无法摆脱责任这两个字，为它所累，为它而感到窒息呢？

（荆歌注：此处关于责任的大段议论，可参见附录四。）

善

一九八七年十二月十三日

● 我沉浸在书里，暂时忘记了自己的悲凉处境。

嫂嫂：

在母亲的病床边，我终于找到了一种解脱的好办法，那就是看书。今天，我读完了琼瑶的《窗外》，又开始读《雁儿在林梢》了。而以前，我是根本不要看这些书的。《窗外》是我看的第一本琼瑶书。我一头扎进去，突然发现，她编织的爱情故事，虽然有点假假的，但是，却是那么唯美，纯洁美丽得就像童话一样。我完全被这本书迷住了，它里面的浪漫气氛，那美丽的爱情，真是叫人感动。我沉浸在书里，暂时忘记了自己的悲凉处境。老屋里的阴冷，那死亡的气息，都被我置之脑后。我为书里的人物所感动，为他们一波三折的爱情而嗟叹。嫂嫂，这本《窗外》，让我完全超越了不堪的现实，仿佛被带进了没有痛苦和死亡，也无须承担责任的世界。我感谢琼瑶，是她帮我战胜了眼下的困境，让我虽然身处可悲的境地，却不至于窒息，反而时时逸出窗外，呼吸到浪漫的空气，仿佛整个身体都飞升了起来，享受到了灵魂自由飞舞的快乐。《窗外》读完了，我妈还没有死，但我不怕，我还有《雁儿在林梢》，还有《在水一方》，还有《云河》《几度夕阳红》《一帘幽梦》和《月朦胧，鸟朦胧》，我还有很多琼瑶的书。有了她的书，我就不再害怕，也不会窒息，那是一个个美梦，一扇扇纯情美丽的窗，我只要一头扎进书里，就会忘记周遭不堪的世界，就能轻盈地飞起来。

善

一九八七年十二月十九日

嫂嫂：

再过几天，就是元旦了，新的一年很快就要到来了。可是我妈还没死，医生说她最多只能活一个月，可是快两个月过去了，她还没有死。她活得真是艰难啊！她瘦得已经是皮包骨头，浑身没有一点儿肉了。庄书记拿来了注射器，教会我怎样给母亲打杜冷丁。现在，她一天至少要打两针杜冷丁。要不是我坚持不给她打，她最多一个小时就熬不过了，哭着缠着我给她打。她痛得不行了，问她哪儿痛，她也说不出来，一定是浑身上下都痛，从里到外痛。她只能靠杜冷丁来止痛。不光止痛，她是已经有了杜冷丁依赖了。而止痛效果却越来越弱。她每天打，这样的情况已经有一个多礼拜了。我给她打针的时候，发现她臀部已经没有一点儿肌肉了，只有一层皮，皮下面就是骨头。为了不让针头刺到她的骨头，我只能将她的皮拉起来，把药注射进去。给她打针的时候，我的心发冷发颤，这是一件多么恐怖的事啊！嫂嫂，**我敢保证，你来给她打一针，你晚上一定会做噩梦的**。给她打针的时候,我感到胸闷。不过,我总是匆匆打完针,就坐下来看琼瑶小说了。好在她只要打了针,就会停止吵闹,很舒服地睡着了。不过,情况越来越不好,她要求打针的频率越来越高了。不给她打,她就哭,她像个小孩子一样,不停地哭。我只得用棉花球将自己的耳朵塞起来,坐在一边看小说。

善
一九八七年十二月二十六日

【荆歌评注】杜冷丁是一种医用麻醉剂,通常用于止痛。但它和其他毒品一样,会产生严重的药物依赖。因此医院对此有严格控制。

鼠药!

● 我忽然对外面整个世界产生了仇恨,我觉得这么热烈欢乐的爆竹声,是在嘲讽我们。

嫂嫂:

昨天夜里,半夜刚到,外面噼噼啪啪的爆竹就响成了一片。新年到了,一九八八年来临了!我以为,我妈也许会在这个新旧交替的时候死去,因为我看到她的表情突然发生了变化,她的眉头越皱越紧,嘴也在不停地动。但她没有死,她熬过来了,她和我们所有的人,一起走进了新的一年。

我忽然对外面整个世界产生了仇恨,我觉得这么热烈欢乐的爆竹声,是在嘲讽我们。在这样的时候,对这样的人,表现出无所节制的欢快,真的是很无情,很残酷。全世界都应该安静,全人类都应该闭嘴!吃啊,喝啊,唱啊,笑啊,放爆竹啊,这些行为,都是对我们的严重伤害。如果我有一个炸弹,扔出去能让地球瞬间毁灭,我一定会毫不犹豫地扔出去。嫂嫂,请原谅我的自私,我不该连你一起毁灭。**但是,确实有许多时候,我希望能和你同归于尽。**既然这个俗世不能见容于我们,既然我们活着不能畅快地相爱,我们为什么不一起死呢?在另一个世界里,我就可以整天跟着你,与你形影不离。因为我相信,那个世界是不会有什么伦理,什么道德,什么责任,不会有这么多的臭规矩。在那个世界里,不用干活,不用吃饭睡觉,所有的时间,我都要用来与你厮守。嫂嫂,我真的不止一次这样想过,我甚至都已经准备好了**鼠药**,我弄了三包**鼠药**,想泡在茶里,和你一起喝下去。

善
一九八八年元旦

鼠药!鼠药!

● 她的临终遗言,使我感到万分惊愕。

嫂嫂:

我妈去世已经整整一个礼拜了,我还沉浸在惊愕、迷茫的情绪中。她的临终遗言,使我感到万分惊愕。直到现在,我都无法从惊愕、迷茫的情绪中走出来。

虽然说，我以前曾猜疑过，甚至非常固执地怀疑过，但是，那毕竟是猜疑，并没有任何根据，并且后来，我也彻底打消了这个念头，觉得自己确如你所说，是钻了牛角尖，没来由的猜疑不仅是荒诞不经的，而且对我妈来说也不公平。可是事实竟然被我不幸而言中，她亲口说出了这个秘密。这个秘密就像一个恶性肿瘤，长在她的心里。她终于把它割掉了，把它从她的心里取了出来，她一定因此而感到轻松，她像一位大夫，给自己动手术，亲自挖掉了自己心里那个肿瘤，她这才可以坦然地去死。

嫂嫂，我妈亲口对我说，是她害死了我爸。她给我爸下毒，用**鼠药**把他毒死了。只不过，她并不是一下子将他毒死，害死他的过程十分漫长，她很有耐心，她是将他慢慢毒死的。她断断续续地给他下毒，每次只在他的茶水里加上一星半点**鼠药**。他的健康于是出现了问题，他变得病恹恹的，一天比一天消瘦。他由一个强壮的人，慢慢变成了脸色憔悴、形容枯槁的老头。直到死去。谁也没有怀疑，他是被毒死的，包括他自己。只有我，只有我的直觉告诉我，他其实是被我妈害死的。当初，我的直觉是那么坚定。但是，渐渐地，我终于放弃了这份猜疑，觉得自己是那么的荒唐可笑。

当我妈把这个秘密说出来的时候，我觉得她的面目是那么狰狞。她偷偷下毒的情形，种种细节，都在我脑子里生动地复活。我被一阵阵内心风暴所席卷，像一只小船那么颠簸，非常无助，随时都有可能倾覆。

我妈说，她恨我爸，自从嫁给他，几乎没有过上一天好日子，他一直在精神上压迫她，在家庭中制造压抑沉闷的气氛，他几乎剥夺了她生活中所有的幸福和欢乐。她表面看起来逆来顺受，但她内心的恨，却像肿瘤一样暗暗地发育成长。后来他发展到打她，给她带来肉体的疼痛。而伴随着这种暴力的，是她内心的恐惧和无助。她需要采取一点行动，才能不至于被这种恐惧无助的感觉淹没，才能不被自己日益膨胀的仇恨压垮。

为了听得更清楚一点，我靠她很近，我的耳朵，几乎贴在了她的嘴上。她的嘴里，散发出一股极其难闻的气味，是那种垂死者的臭气。但我不顾这个了，为了听清她的讲话，我必须靠她这么近。**她的声音那么微弱，时断时续，但给我的震动，却胜过万钧雷霆。**当她说到我爸死了之后，她天天晚上做噩梦，经常梦见他跳到床上咬她，把她脸上的肉一块块咬下来时，我害怕得差一点儿跳起来。好像我妈此刻也变成了一具僵尸，她突然一张口，就要把我的耳朵咬掉。

（荆歌注：此处关于谋杀的一段移至附录。）

我的内心无法平静，只要看一眼我妈的遗像，我的心头就会一阵震颤。她在照片上很舒坦地笑着，而我却分明从她的眼神里看出了恐惧和不安。她死之前希望我不要将她的骨灰和我爸葬在一起，**我想除了恨他，更是因为惧怕**。对于死，她一定是非常恐惧的，她不只是害怕死亡那无边永恒的黑暗与冰冷，她更怕的应该是漆黑的死亡中提前蹲伏在那里的我爸。

善

一九八八年一月十七日

嫂嫂：

今天，在县府路，和你在一起的那个男人是谁？你为什么要跟他在一起？

亲爱的嫂嫂，你不要伤害一个全心全意爱你的人，我对你的爱，肯定超过所有的人，谁也没有我对你爱得那么深。嫂嫂，你不知道我的心有多痛，只要一想到你和那个男人亲热地走在一起，我的心就像被刀割一样。嫂嫂，**你为什么要抛弃我，爱上这样一个委琐的老男人？他有什么好？他能像我这样爱你吗？**我真想去死！可是，我如果死了，那个可恶的男人就可以放心地拥有你。我要杀人，我要毁灭这个世界！

伤心欲绝的善
一九八八年二月十二日

● 但我是一个母亲，历历还小，我不能让他跟着我们一起毁灭。

阿善：

你太敏感了，看你在胡说些什么呀！你看到的是我学校的同事，他是历史老师，我因为自行车坏了，没法去幼儿园接历历，他就骑车带我去。你说这有什么不正常的？**难道说坐在同事的自行车后面，就一定是关系不一般吗？**你想到哪儿去了，你真是太多心了，你的心眼比女人还小，你这样敏感自己不感到累吗？

再说了，即使我和别人关系暧昧，又关你什么事？你吃什么醋呀？你有什么权利来管我？我们之间绝对不要再说什么爱不爱的，我已经不知道对你说过多少遍了，中止吧，结束吧，我们这样不好，不仅为世所不容，就是对我们自己，尤其是对你，也都很不好。何必呢，阿善？道理我已经反复说过无数遍了，不想再啰唆了，你好自为之吧。请你别再管我的事，你管好你自己就是了。

你真的别再写信给我了，求求你了，还我宁静的生活吧。你再这样没完没了地来纠缠，我要被你逼疯了。真的，好阿善，听话，不要这样，我们还都年轻，我们应该好好地活下去，你这样做，真的是在毁灭呀，毁了你自己，也毁了我的生活。我已经够不幸的了，你就可怜可怜我，你如果真的爱我，你就应该多为我着想，就应该充分理解我，你饶了我吧，我的命贱如草芥，如果没有历历，我也许就豁出去了，你爱怎么样就怎么样，我就跟了你四处漂泊流浪也没什么。但我是一个母亲，历历还小，我不能让他跟着我们一起毁灭。我要过健康的生活，要对他负责，让他健康成长，让他过正常人的生活。阿善，你如果真的爱我，为什么不多为我考虑考虑呢？你为什么这么自私呢？就因为你爱我，我就必须抛弃一切回应你吗？不能那么任性，世界上的事情，本来就是不如意的多。不要以为真爱就一定得压倒一切，你付出了全部，别人也一定要用全部来回报吗？**我还想成为英国女王呢，但是行吗？**现实是冷酷的，不能想怎样就怎样。不要再固执，换一换脑筋，换一换思路，把我忘掉吧，去寻找你应该得到的爱情，过真正属于你的生活吧！

我真的希望你不要再来缠我了，我累了，怕了，我感到厌倦和恐惧。你如果真的爱我，就可怜可怜我，放过我，为我祝福祈祷，让我过上平静安宁的日子。谢谢你了，好阿善！我相信你能做到的，你一定能做到的。等你找到了中意的女朋友，就告诉嫂嫂，到时候我会尽我所能帮你操办婚事。你没了妈妈，我理当承担起嫂嫂所应该承担的责任。

苏惠
二月十五日

● 我呆呆地站在电影院外，看着电影院的大门，它就像怪兽的大口，将我的爱吞噬了！

嫂嫂：

你没有对我说实话，你欺骗了我！你说那个秃顶男只是你的同事，是你们学校的历史老师，他用自行车带你，只是送你去接历历。可是，我却看到你和他一起去看电影了。我亲眼看着你们一起走进了电影院。请不要说我又是在胡说，我没胡说，也不是脑子有病出现了幻觉，我清醒得很，我清清楚楚地看到你们走进电影院去的。你们看的是《原野》，对不对？你还能抵赖吗？

要不是买不到电影票，我会进到电影院里去，一排排地找，一个座位一个座位地找，我一定要找到你。我心里难过极了，我呆呆地站在电影院外，看着电影院的大门，它就像怪兽的大口，将我的爱吞噬了！直到电影开映，门外已经不再有其他人，我还傻傻地站着。我不知道应该怎么办。寒冷的风吹着我的脸，我希望它更冷些，更硬些，最好像真正的刀子，把我的脸划破，割出血来！电影院是一个什么地方呢？里面坐着一排排的人，那是一片沉默而不平静的海，**我的嫂嫂，就在这片人海中，她和一个秃顶的男人并排坐在一起，他们靠得那么紧，也许在黑暗中还手拉着手**。银幕上演绎着爱情，而许多观众也是春心暗自荡漾。这些人中，有我的嫂嫂，我最亲爱的人，她弃我而去，汇入了一片完全不属于我的浪漫的海洋。而这片海，它是那么春潮涌动，却与我无关。它坚决地拒绝了我，它根本不可能感知到在它的世界之外，有一个落魄的我，像一块孤零零的礁石，在寒风中，痛苦地凝固。我走上一级级台阶，可是电影院的玻璃大门已经关进来了。我贴着玻璃向里面张望，没有人愿意过来为我开门。只有一个肥胖的工作人员，对我摆了几下手。他是要告诉我，里面已经客满，还是对我说：小子滚开！这里不是你来的地方！这里不欢迎你！我没有挥拳将电影院的玻璃门敲碎，因为我觉得自己一点儿力气都没有。我不知道自己是如何走下台阶的,更不知道自己是如何在这个寒冷的县城里漫无目的地走了几个小时。

嫂嫂,我现在非常恨你!你为什么要骗我?你辜负了我对你的一片深情!你为什么要喜欢那个男人?你这样做,**对得起我吗?对得起我哥吗?**(荆歌评注:邹善这么说很可笑。他可以对不起哥哥,别人却不行。)你是一个薄情的女人,水性杨花,你假装说是要过平静的生活,美其名曰为了我好,事实上呢,却是移情别恋,爱上了一个老男人。你真会骗人啊,你看似善良美丽的外表下,暗藏着阴险、冷酷、放荡和无耻。我看错了你,爱错了你!道是有情却无情,多情反被无情恼!算了,我也应该清醒了,就让一切如流水,让一切都过去吧,既然你是这样的人,我又何必枉费心机,用一腔真诚和热血来面对你的虚伪和无情呢!你就去爱他吧,爱那个老男人吧,我倒想看看,你们最终会有什么好结果!

邹善

一九八八年二月二十一日

- 你看到我和他一起走进电影院,这是事实,我不否认,但这并不代表我爱上了他。

邹善:

虽然我觉得,给你写这封信,向你作出解释,这样做是完全没有必要的。对你这种人,我已经没有必要再多说一句话。但是,为了我的清白,我还是要告诉你,你的判断是错误的!什么我爱上了老男人,完全是无中生有。你看到我和他一起走进电影院,这是事实,我不否认,但这并不代表我爱上了他。我们学校工会春节发了电影票,作为同事,在电影院门口碰到,一起进去看电影,这是再正常不过的事。

事情并不是像你所想的那样，你这样乱猜忌，不仅是对我的侮辱，也是自寻烦恼。我希望你这种乱猜测瞎怀疑的毛病能够改一改，否则将会误人误己，实在无益。

你认为我是一个阴险、冷酷、放荡和无耻的人，我没意见。倒并不是我承认我是这样的人，而是我懒得和你争。你这么说我，深深地伤害了我。不过我无所谓，因为你已经明确表示，就让一切都过去吧，这很好，很合乎我的心愿。**只要你从此不再来烦我，不再厚颜无耻地纠缠我，我就什么都不跟你计较。**

我不想跟你吵架。

苏惠

二月二十五日

● 亲爱的嫂嫂，请你继续爱我，请你告诉我，你也爱我，像以前一样爱我，像我爱你一样爱。

嫂嫂：

（荆歌注：此处有删节。段落大意可由以下关键词句概括：悔恨，道歉，爱你有多深。）

嫂嫂，但是也要请你理解，我所以会这样，都是因为太爱你了。我弄错了，以为你爱上了老男人，所以丧失了理智，才说出这样的话来。我说的让一切都过去，我说的那些话，明显都是气话，我一边写，一边感到自己的心在战栗，在流血。我怎会忍心和你断绝关系呢？我即使想这样做，也一定做不到啊。

嫂嫂，别再生我的气了，我说的是气话，并不是我真的那样想。恰恰相反，在我眼里，你是世界上最美最好的女人，无论外貌还是内心，没有一个人能超过你。你应该相信我的话，在这个世界上，能够真正知道我对你的爱的，只有两个人，那就是你和我。我们之间所有的矛盾，所有的误解，都是由爱引起的。要是没有爱，要不是爱得如此之深，我对你就不可能有怨恨。我实在太爱你了，不能没有你，不能让任何别的人拥有你，一旦发觉可能要失去你的爱，我就不能自持，我就会发疯。亲爱的嫂嫂，请你继续爱我，请你告诉我，你也爱我，像以前一样爱我，像我爱你一样爱。只要和你彼此相爱，哪怕只活个几年，我也愿意。这几年的价值，胜过长长的一生。

嫂嫂，即使你已经不再爱我，也请你不要不理我，**请你可怜可怜我，允许我单方面爱你**。让我给你写信，让我能在电话里听到你的声音，让我每周一次去县城时能够见到你。嫂嫂，答应我，好吗？

罪该万死的善

一九八八年二月二十八日

嫂嫂：

今天我到你们家去，是为了送上两只甲鱼的。这两只是野生甲鱼，是我托一个熟人到乡下买到的。我知道你喜欢吃清蒸甲鱼，历历也喜欢吃，所以就顺便送到你家去。可是你家没人，我在门外站了十分钟，都没有人应门，你们到哪里去了呢？该不会是知道外面是我，故意不开门吧？看我又在瞎猜疑了，你告诫过我，要我改掉这个毛病，我错了，我现在一点都不怀疑，我相信你们确实不在家。我把甲鱼交给你家隔壁的老师了，想来她已经给你了吧？杀甲鱼的时候还是要小心，用筷子让它咬住，等它咬紧一点再往外拉。要是拉急了，筷子滑掉了，它就不肯再咬了，你就没办法割它的头颈了。白天我想要是你们在家，我就帮你杀好。真不巧，你们出去了，我就帮不上忙了，只能辛苦你自己杀了。

另外一包小吃东西是给历历的，□□□酸奶跟其他零食不同，多吃是有好处的。（荆歌注：此处隐去酸奶名，是为了避免做软广告之嫌。）

嫂嫂，我知道你仍然对我有意见，你不给我写信，我不怪你。要怪也都怪我自己，是我不好，伤透了你的心。我只希望通过自己的行动来向你证明，我知道自己错了，并且努力在改正。我想总有一天你会原谅我的。

今天感冒了，从县城回来就发烧了。不多写了。

阿善

一九八八年三月十八日

● 她一定要我说，她的女儿长得是不是很漂亮。

嫂嫂：

今天真是有趣，有一个姓储的阿姨，到我店里来加印照片。这个储阿姨，是我妈生前的朋友，我妈病重期间，她曾多次来看望的。她认为我是个孝子，她说，一个人只要是孝顺的，那他一定是个好人，一个道德品质高尚的人。她从口袋里拿出一张照片，照片上是她女儿，她一定要我说，她的女儿长得是不是很漂亮。这个女孩，我是觉得有点眼熟的，肯定是见到过的。储阿姨见我不评价，以为我是怕难为情，她就自说自话，说她女儿是镇上最漂亮的姑娘，心地也十分善良。最后她说，介绍给你怎么样？

嫂嫂，可是我心里只有你啊，除了你，任何女人在我眼里都不漂亮。我看着照片上的女孩，心想，**要是照片上的人是你，要是拿着你照片的是你妈，要是你妈想把你介绍给我，那我该多幸福啊！**可是，照片上的人不是你，你是世界上我最不该爱上的人，你是我的嫂嫂，是一个决定不再理我的人，而我却偏偏只爱你一个。我是多么悲哀啊！我的这颗心，为什么会这样呢？它为什么只属于你？我不是没想过，放弃你吧，忘了你吧，只有这样，我才能从罪恶中解脱出来，才能脱离痛苦的深渊。但是一切努力都是徒劳！我做不到，我的心做不到，它被你牢牢地控制，它除了你，不会属于任何人。

嫂嫂，我想好了，你不理我没关系，不管你是不是还爱我，都已经不再重要，只要我爱你就够了。你是我的全部，你是我的过去和未来，你是我活下去的理由。只要你还活着，我就能感觉到你的存在。每天，我想着你入睡，早晨醒来，你就和光一样重新又浮现在我眼前。

阿善
一九八八年四月一日

鼠药！鼠药！

- 写这封信，主要有两个目的，一是彻底揭穿你这个谋杀犯的伪装，把你的凶恶面目暴露到光天化日之下。二是警告你，从今以后再也不要来打扰我。

- 你们就像国民党特务机关，我差一点就被你们谋杀了。

邹善：

给你写这封信，我是考虑再三的。不管是不是必要，有一点都是可以绝对肯定的，那就是，这将是我此生写给你的最后一封信。写这封信，主要有两个目的，一是彻底揭穿你这个谋杀犯的伪装，把你的凶恶面目暴露到光天化日之下。二是警告你，从今以后再也不要来打扰我。我和你从此井水不犯河水，我就当你死了，你也譬如世界上没我这个人。

如果你不那么健忘，一定还记得十年前你写给你哥的几封信吧。你在信上计划着如何害死我，你偷了**鼠药**，差一点就放进我的茶杯里了。你是那么凶残，那么狰狞，如果不是我命大，早在十年前就被你毒死了。很偶然地在储藏室里翻到这些信，我真不敢相信自己的眼睛。但是白纸黑字，毋庸置疑！你们兄弟俩计划得多周密啊，你们就像国民党特务机关，我差一点就被你们谋杀了。看着这些信，我真是不寒而栗！太可怕了，你们是两只豺狼，你们凶残、恶毒，你们的心是那么的狠，手段极其残酷！**现在我终于明白，蔡正阳当年就是被你故意杀害的。**你假装说你是失手将他砸死，还说做出这种举动，是因为你爱我。而我，竟然也相信了你的鬼话。现在我终于明白了，你就是杀人犯！你是个天生的杀人狂！你哥也是！现在我可以相信你说的，你爸是被你妈害死的，你们家有谋杀的基因。

你口口声声说爱我，你就是这样爱的吗？你们密谋要害死我，这是爱我吗？**这不是爱，这是占有，是邪恶的欲望，是嫉妒，是丑恶卑鄙的心理。**而我，一直都那么爱你，真心地爱着你，现在看来，这种爱，是多么的危险啊！比触犯伦理道德，比名誉扫地还要危险一百倍。我差一点死在你们手里。

命运安排我在今天发现你们的罪证，这是我的幸运。当头棒喝，让我猛醒。我终于可以毅然地将过去埋葬，**过去的一切，爱与温情，所有的美好，都是假象，都是骗局，都是危险的游戏。**终于可以让梦醒，美梦与噩梦原来竟是一回事，我可以彻底告别过去，告别危险，让一颗被假象所蒙蔽的心告别死亡的危险，告别伤害和疼痛。

然而我不知道我能不能最终从这浓重的阴影中走出来。这噩梦毕竟是太可怕了,可怕得足以将我吞噬!这十年,我竟然是和两个谋杀犯在周旋,**我把我的心,我的身体,交给了两只狼**。而他们,随时都有可能咬断我的喉咙。他们在十年前就密谋要将我毒死!我把我的爱,我的信任,我的宽恕,我的全部的生活,都放置在这种危险的境地。真是可怕啊,太可怕了!

现在我知道自己应该比任何时候都坚强。生活突然向我展现了它狰狞的一面,人性的残酷时刻与我相伴,而我竟不自知。**我差一点就毁灭、粉碎**,而我还自以为这是爱。我可怜的儿子历历,他有怎样的父亲和叔叔啊,他又有一个怎样善良到愚蠢的母亲啊!他真是一个不幸的孩子。

好了,说什么都是多余。邹善我警告你,不要让我再见到你,**如果你再在我面前出现,我一定会报警**。你也不要写信来,我不会看。

苏惠
一九八八年五月十日

【附录】邹善一九七七年十二月写给哥哥的两封信

哥哥:

今天,苏惠特意到照相馆来找我,她把我叫到楼下,问我下午能不能抽空到她家里去一趟。她来找我,我紧张极了,我想这是怎么啦,行动还没有开始,她不可能已经知道了吧?我跟着她一步步下楼,心跳就跟脚步踩在木楼梯上一样响。其实,我完全是神经过敏,她怎么可能已经知道呢?我只偷了一包**鼠药**,还什么都没做,她又不是神仙,不可能猜到我心里想什么。

原来，她是因为家里做了一只印相箱，要我去她家里去教她印相片。

我很想下午就到她家去，但是，我跟我们徐经理请假，他竟然不答应。我对他说，我头晕得很，浑身不舒服，一定是发高烧了，想回家里好好睡一觉。但他却说"年轻人不要这么娇惯，有一点不舒服，挺一挺就过去了！"他不同意，我心里非常恨他。我想到了那包**鼠药**，我想，要不要先倒半包在他的茶杯里呢？我现在有了一包**鼠药**，脑子里经常会想到它。一碰到有什么讨厌的人，我就想要不要在他的茶杯里倒点**鼠药**。刚偷来的那天，爸爸因为在饭里吃到了沙子，先是骂妈妈，接着又骂我。我当时就想，在他的饭碗里拌一点进去把他药死算了。**鼠药**藏在墙洞里，它好像是活的东西，就像一只老鼠吧，有事没事都会在那里吱吱叫几声，我真的好像能听到它的叫声。

阿善
一九七七年十二月七日

哥哥：

终于没等到星期天，我就到苏惠家里去了。我假装出去上公共厕所，就溜走了。这是我工作以来第一次无故旷工，徐经理知道后，不知道会怎样批评我。但我管不了这些了，我等不到星期天了，那包**鼠药**，放在墙洞里，我担心它会失效。我把它揣在口袋里，感觉它不像原来那么柔软了，它变得硬邦邦的，好像死掉的老鼠，身体都僵硬了。

刚到苏惠家的时候，我老觉得她的眼光有些特别，<u>好像已经看穿了我的险恶用心</u>。我问了她两遍，家里是不是就她一个人，她笑着说，你担心有伏兵啊？有啊，她说，箱子里，水缸里，还有大衣柜里，都藏着人啊！虽然知道她是在开玩笑，但我还是变得更紧张了，我东张西望了一番，恨不得真的拉开柜门，打开箱子，看一看里面是不是埋伏着什么人。我知道我完全是神经过敏，但我控制不住自己，心里总是不踏实。

她泡了一杯麦乳精给我，我接过来，却不敢喝。我担心，里面是掺了**鼠药**的，她知道我的来意，先下手为强，已经在麦乳精里下了毒，我要是喝了，立刻就会腹痛如刀绞，倒在地上，七孔流血。我接过杯子，只是用它来焐手。天气很冷，我的两只手冷得手指头都感到痛。我把杯子捧在手上，感到温暖了很多。

我问苏惠："你不喝吗？"<u>我脑子里老是在想，如何趁她不备，将**鼠药**放进她的杯子里。</u>那包药揣在我的口袋里，它很不安分，它真的就像一个活物，每时每刻都在动，好像在提醒我，快点啊快点啊！但是苏惠没拿杯子，她只是泡了一杯麦乳精给我。她说，她刚才已经喝过了。我就对她说："那你喝点水啊！"她笑着对我说："你是客人，你对我客气什么呀？我在自己家里，想喝就喝，现在我一点也不渴。"她的警惕性很高，<u>她会不会真的早知道了我的计划？</u>

我始终都是忐忑不安。在教她印照片的时候，我也忍不住偷偷打量她，想从她的脸上看出，她是不是对我的计划心知肚明。因为我不够专心，所以印坏了很多照片。这些照片，都是在太浦河大桥边上拍的，全都是她一个人的照片。是谁为她拍的呢？我问她："是谁帮你拍的？"她低着头，看着脸盆，一句话也不说。显影液装在脸盆里，里面的照相纸上，她的影像正在渐渐显现出来，越来越清晰。我突然猜到了答案，我想，这些照片，一定是蔡正阳给她拍的，他们正在谈恋爱，他想方设法巴结她，他知道她喜欢拍照，于是就借了照相机，买了胶卷，帮她拍照。说不定呀，这个印箱，也是他帮她做的呢。

我这么想，心里就很难过，我对她说："是蔡正阳帮你拍的吧？"尽管是在红光底下，我还是能看出来，她的脸红了。在她的房间里，门窗都关上了，窗子也用毛毯严严实实地蒙住了，只有幽暗的红光，像红色的水一样注满了房间。我和她两个人挨得是那么近，我能闻到她嘴巴里的气味，她的呼吸里有一种好闻的奶香。她说她刚才已经喝过麦乳精了，我想她没有瞎说，她的嘴巴里确实有一股奶香。

后来我直截了当地问她："是蔡正阳帮你拍的吧？"这下她抬起头来，很惊讶地问我："你是怎么知道的？"我说："你们不是在谈恋爱吗？"她说："哪里呀，我看不上他的。"她的话让我很意外，真的吗？真的是这样吗？见我不说话，她又说："不过，他对我真的蛮好的，他对我好，我也就觉得他蛮好的。"

苏惠很聪明，很快就学会了印照片。她印照片的时候，我在边上看着她的手，她的手长得真好看，灵巧地印着照片。我脑子很乱，胡思乱想，我想，要是她吃了**鼠药**，那么这双手也就再也不会动了。我看看她的手，有时候也看看她的脸。她发现我在看她，就抬起头来对我笑一笑。她笑起来真是好看，我感到心里难过极了。

哥哥，我突然改变主意了，我不想毒死她了。我不能毒死她，为什么要毒死她呢？你真的那么恨她吗？你恨她，就一定要她死吗？哥哥，请你原谅我，我不能对她下毒手，我不要做杀人犯，我不能把苏惠毒死。我真的不能那么做，你就是打死我，我也不愿意那么做。如果她一定得死，那么，我愿意代替她死。我虽然不想死，我怕死，但是，为她而死，我觉得是值得的。

我这么决定了，你一定非常生气。你也许会把我偷看信的事告诉苏惠，并向公安局检举，如果你这样做，我也不怕，我愿意承担应有的惩罚。如果以害死苏惠为条件,来免除对我的惩罚,这是我绝对不能接受的。我不会害她,坚决不会,我也不会允许任何人伤害她。我要保护她,不让她受到任何伤害。那包**鼠药**,已经被我扔了,扔到公共厕所里去了。

另外告诉你一件事,我在苏惠家里看到她的桌子上放着许多复习资料,我猜想她也一定是准备考大学。我突然决定,我也要考大学,我为什么不能考呢?只是时间已经不多了,我在学校里什么都没学到,现在复习的时间也没有了,离考试的时间已经不多了。但是不管怎么样,我还是要试一试。你呢,这段时间复习得很好吧?

让我们忘记仇恨吧,忘记过去,微笑地面向光明的未来!

阿善
一九七七年十二月九日

【**荆歌注**】以上邹善的两封信,是和苏惠的信装订在一起的。下划线估计是苏惠所画。

鼠药!鼠药!鼠药!

● 我将用自己的死,来向你、向历历谢罪。

嫂嫂:

我快要死了,可能是下个礼拜,也可能是明天。他们说,死刑犯被处决前,会有一顿好菜好饭吃。但我不要吃,我不想吃,也吃不下。

我唯一的愿望，就是希望他们帮我把这封信转交给你，能够亲自送到你的手上。

我知道，你也许不会看我的信。你拿到它，会把它扔掉，或者愤怒地将它撕成碎片。但是，我还是要给你写这封信，因为，有许多话，如果不对你说，我就死不瞑目。

虽然说，历历并不是我害死的，我没有害死他，我对天发誓，他确实不是我害死的，如果我说谎，我死了之后变成鬼，也会得到惩罚和报应。我是那么喜欢他，因为他是你的儿子。在他身上，有着很清晰的你的影子，他的眼睛，他的眉毛，和你那么像。当他眯起眼睛来笑的时候，神态简直和你一模一样。所以当你表示再也不会理我，让我陷入深深的绝望之后，我只能在想你想得活不下去的时候，到幼儿园去看一眼历历。他让我感到安慰。我鬼使神差地将他带走，只是因为彻底失去你之后的恐惧。我把他带在身边，便不再感到恐慌，我绝望的心，因此得到一丝宽慰。我没有杀他，我不可能杀他，我爱他，我爱他就像爱你，因为他身上有你的影子，我向来都把他当作是自己的儿子。然而对于他的死，我确实应该负责。我没想到，他会趁我不注意把墙角那包拌了**鼠药**的炒米吃了。我恨啊，我恨我自己，为什么不在把他带到米厂旧仓库之前，买上一大包零食呢？这样，他就不会饿得乱吃东西了。我还恨，恨米厂的人，为什么要在旧仓库里放下**鼠药**，而且还把它拌在那么香的炒米中！这该死的，我一直想知道他是谁，是他杀死了历历！我恨啊，我不能知道他是谁，要是我能够知道究竟是谁把拌了**鼠药**的炒米放在旧仓库里的，那我一定会杀了他！我对不起历历，虽然我没有杀他，但他其实还是被我害死的。所以我不想为自己辩护，我对谁都没说过历历不是我害死的。我只是决定在我死前，把真相告诉你。我知道，历历死了，你的心也死了，那我还活着干什么！我只求一死，我不想再活。虽然这段日子我每想到死，都会感到恐惧，害怕得一口东西也吃不下。但是想到生，我感到更加害怕。我已经没有一点儿活下去的勇气了，我连设想一下万一我还能活着出去应该如何生活的勇气都没有。我不敢想，也不愿意想。对我来说，生比死更可怕。我知道自己必死无疑，也希望自己快点死掉。我知道死亡对我造成的恐惧，只是暂时的，我再怎么害怕，只要死亡真正来临，就一切都结束了。死了就不怕了，死了什么都不知道了，还会知道恐惧吗？

嫂嫂，我知道你永远都不会原谅我，因为历历死在了我的手上。我将用自己的死，来向你、向历历谢罪。等我死了之后，如果有灵魂的话，我一定会在地下保佑你，我如果变成了鬼，我会尽我的全力保护历历，照顾他，让他在那个世界里不受任何的伤害和委屈。

永别了，亲爱的嫂嫂！我的银行账户上有一些钱，本来是想购买一套二手彩扩设备的，现在不需要了，这些钱就留给你吧，希望你能接受。"真善美照相馆"今年的房租还没付，麻烦你帮我付一下。房子用不着了，不要再租了，把它退掉就是。里面的设备，如果有人想要，就转让给他，随他出多少钱，愿意给多少就给多少，别和他讨价还价。如果没人要，就扔掉算了。

你的罪人阿善绝笔
一九八八年十二月十三日

【下部附录一】关于真相

而我认为，在这个世界上，根本就没有什么真相。真相是什么？就是我们对事物非常有限的了解，我们凭着这点了解，就认为自己掌握了真相。其实，隐秘而不可知，占据了世界的绝大多数地方，它就像无边的黑暗一样，永远都不可能被白昼所覆盖。所谓的真相，其实永远都只是主观的、片面的、暂时的、浅表的。更多的秘密，在那大海的深处更深处，人类永远都无法抵达。而过分执着的对真相的探究，只会令自己疲惫，让自己更迷惑，从而陷入疯狂。没有真相，永远都不会有真相。比方说，我很小的时候，我记得，我继父侵犯过我，这些我在很早以前就对你说过，你还记得吧？小时候，我一直生活在这个阴影中。但是后来，渐渐地，我的这种记忆开始动摇了，它变得不确定了，它常常让我怀疑自己，我的记忆是不是出了什么问题？是事实开始褪色模糊，还是始终只是幻觉如影相随？我无法从自己身上得到印证，他人更不能给我以肯定及否定的答案。真相变得那么可疑，许多时候那一道鬼影一样的记忆，成了吹皱平静心湖的莫名之风，它对生活的意义是消极的，只构成干扰。是真的吗？是真的吗？这样的问题，是那么的无聊，它越来越不可能有正确的答案，显得那么讨厌，却又令人很难将其彻底摆脱。

——摘自一九八七年九月二十三日苏惠给邹善的信

我劝你放弃不是没有道理的。为什么要把自己的心纠结在这上头呢？这样做意义何在？一切都是过眼烟云，一切都可能是真实发生的，也可能只是梦境而已。非要分辨梦与非梦，这样执着你又是为什么？你非要将事实中的梦想部分剔除，非要用事实来将自己的臆想证实，你不觉得自己太可怕了吗？你有能力把你所经历过的一切还原吗？你敢肯定你的所有经历都有证据可以印证吗？真相已经如烟云一般，转化成宇宙间形态完全不同的物质，当你自以为找到它的时候,你会比任何人都大失所望。那么,当你将你自以为是真相的东西抓在手上的时候,你又怎么能肯定它就一定是你想要的真相呢?许多时候,你手上的真相,却是他人眼里的假象;反之也一样,世界上绝大多数人都以为只有自己才是真理在握的。

——摘自一九八七年九月二十三日苏惠给邹善的信

你对真相的一番高论,有些地方我是不能苟同的。比方说,你认为,生活中其实根本就没有真相,此一时的真相,也许恰是彼一时的假象;自己手中的真相,也许正是别人手中的假象。你还说,真相其实是一个飘忽不定的东西,它似是而非,忽隐忽现,许多真实发生过的事,其实也是非常可疑的,它一旦发生,从此留在记忆中,就是不确定的。你说得似乎有点道理,但是,我还是认为你的看法是陷入了一种虚无,你否定了所有的真实,故意将真实与幻象的界线模糊,这样的思维方式,不免有自欺欺人之嫌。我却坚信,绝大多数的事物,都是有其准确无误的真相的,只是纷扰的世象常常有意无意地将其掩盖。所不同的是,有些人并不想看到真相,而有些人,则无法不努力地拨开迷雾见到真相。不同的人生活态度不同,这是宿命,劝也没用。

——摘自一九八七年九月二十七日邹善给苏惠的信

【下部附录二】关于孝道

从医生办公室走出来,我呆呆地想,事情怎么突然变成了这样?我很自私地想,要是我从一开始就不管母亲的事,就像当年父亲病逝,我根本都不知道,我只是去火葬场捧他的骨灰,要是母亲突然病倒，我根本不知道，或者完全不管，那么我就不会像现在这样感到棘手和茫然。社会上普遍都是要讲孝道的，父母长辈病了，作为子女小辈，理当要孝顺，要着急，要操心，要奔走，要悉心照顾。但是不孝又怎么样呢？我如果不管，谁都无法逼我管，难道有人会用刀架着我的脖子让我去管这一摊子麻烦事吗？我能不能做到这样？我甚至故意要在脑子里把以前母亲害死父亲的疑虑重新挖出来，以此来证明我有理由不管我妈的死活。奇怪的是，我越这样想，越觉得眼前的麻烦我无法回避。我必须得管！

——摘自一九八七年十一月八日邹善给苏惠的信

【下部附录三】关于死亡

对于每一个活着的人来说，死都是残酷地摆在面前的一个问题。谁都会死，所有的人，最终的结局都是死，死了就永远都不可能再活过来了，这一点，谁都清楚，所有的人，从懂事那天起，就知道了这个。但是，所有的人，又都觉得死离自己很远，好像死永远都只是别人的事，和自己，至少现在的自己，是一点儿关系都没有的。那么，对于一个认识到死就在眼前的人，他的感受又是如何呢？我站在母亲面前，突然想起了这个问题。也就是说，我非常想知道，母亲现在是如何看待生死的。她再三强调，她希望马上死掉，她恨她自己为什么安眠药吃进去居然全吐了出来，她求我帮她，让我帮她死，她确实已经到了没有能力自杀的地步，她希望我用枕头把她闷死。但是，我看她的脸，痛苦地扭曲着，流着眼泪，我却并不相信她是真的不愿意活了。她只是太难受了，被病痛折磨得顶不住了，才决定让自己死。她要是现在身体上没有疼痛的话，我想她一定不愿意死。死是一件多么可怕的事啊，一代一代人，曾经在这个世界上活过，但最终他们都死了，身体彻底灭绝了，消失了，不复再来。而地球照常转动，活着的人们照常快乐地活，那是多么悲哀的事啊！我看着我妈，这个垂死的人，她不知道是为了病痛在哭，还是为一寸寸逼近的死亡而悲啼。嫂嫂，我真是感到悲哀极了，我觉得作为一个人，真是可悲极了。和死亡比起来，所有的事情，都算不上大事。事业的成功，荣誉，财富，还有爱情，这所有的事，一旦死了，就都没有了，什么意义都没有。尽管有些人的事迹，还有他们写的书、画的画儿，会一代代流传下去，但是对死者来说，这些又有什么意义呢？既不能亲眼见到，也不能日后回来听别人转述。想这些，我真是感到可悲极了。

——摘自一九八七年十一月十八日邹善给苏惠的信

【下部附录四】关于责任

其实所谓的责任心，也就是承认既有的规则和秩序，承认普遍的价值和伦理观念，不敢有一点点的违反。谁也不去想，这一整套东西，一定就是正确的吗？为什么要心甘情愿地把自己放在这一套规范中呢？我就是不承认这一套，可不可以呢？该尊重的我就不尊重，该遵守的我就是不遵守，随心所欲，不服从，不承担，有什么不可以呢？确实没什么不可以。但是，却很少有人能够做到。因为人生下来，从一开始就必须进入这一套体系，否则就不能活下去。当你成为这个体系里的一员，成为这个世界的一部分，要抛弃它，从它里面冲出来，不管不顾，还不背心理包袱，不受良心谴责，又谈何容易！在这一点上，我佩服我哥，他能做到。那时候他就经常对我说，他恨这个家，恨父母，他一旦离开家庭，就绝对不会再回来了。我曾经有这样的疑惑：虽然父母对我们是狠了点，显得很无情，不像别的家长一样对子女和蔼可亲宠爱有加，但是，他们毕竟把我们生出来，毕竟给我们吃给我们穿，没让我们饿死冻死，他们对我们毕竟是有恩的呀，要是没有他们，这个世界上也就没有我们了。可是我哥却说我这样想是不对的，他认为，父母把我们生下来，并不是什么恩，他们是因为男欢女爱才生下我们的，他们是为了他们自己的幸福快乐，才把我们生下来，他们也不问一问我们是不是愿意，就把我们生下来了。我哥还说，生下来有什么好，大多数人活着，就是受苦，最终还要死，人要是不生下来，就什么也不知道，那是最好的。所以他认为，父母把我们生下来，非但不是恩，而且是罪。嫂嫂，你觉得呢？你认为父母生下孩子，是父母对孩子有恩呢，还是有愧于孩子？我想这个问题不会有固定的答案，如果是像我父母一样，不爱孩子，甚至讨厌孩子，那么他们把孩子生下来，应该是对不起孩子的，从这一点来说，我哥的观点是有一定道理的。如果父母非常爱孩子，把自己全部的精力和爱都放在孩子身上，那么作为孩子，是应该感恩的，就像你对历历，你那么爱他，让我嫉妒。我一直这么想，要是我是你的儿子，那该多好啊！嫂嫂，亲爱的嫂嫂，要是那样，我就可以天天和你在一起，被你爱，被你呵护。嫂嫂，要是人真的能有来生那该多好啊，来生，我宁愿不和你做夫妻，我更希望能做你的儿子，我会终身不娶，一辈子陪着你，分分秒秒都和你在一起。因为在我看来，世界上绝大多数的夫妻，其实也并不恩爱，虽然朝朝暮暮，却同床异梦。我要做你的好儿子，在你的子宫里孕育，被你分娩出来，吃你的奶长大，在你丰满温暖的怀里睡觉，听你唱好听的儿歌。即使我长大了，也绝不离开你，我要一辈子守着你，直到你成为一个白发苍苍的老太婆，我也还是爱你，爱你胜过爱所有的人。

——摘自一九八七年十二月十三日邹善给苏惠的信

【下部附录五】关于谋杀

我妈死了之后，她生前的朋友过来吊孝，她们哭得很伤心，嘴里还念叨着她生前为人如何热情大方之类的话，在我看来多少有些滑稽。我想，这些人，这些哭哭啼啼的人中间，是不是也有人曾经谋杀了自己的丈夫？或者有人正在不露声色地计划着？暗害的对象，也许并不局限于自己的丈夫，或者还有其他的人，公婆，妯娌，甚至兄弟姐妹和父母儿女，还有邻居和单位的同事。我妈的死，变得好像跟我无关，我只是一个人看热闹的人，我研究每一个人的脸，想要通过她们的表情，来探究她们内心深处的秘密，猜测她们内心轻易不为人知的阴谋和嫉恨。许多情绪和感受，甚至是她们自己都尚未察觉的，至少是没有明确意识到，即使点破，也死都不肯承认的。在这种观察中，我发现乡下郭阿姨有些与众不同，她每次目光与我相接，都迅速避开了。这又是为什么呢？在火葬场，我更像个旁观者，人们捧着的亲人遗像，特别吸引我的注意。我发现，遗像上的人表情都很自满，仿佛能够成为死者是一件多么幸运的事。那么他们对他们的死因，都很清楚吗？他们是不是死于亲人或朋友之手？对于暗算，他们难道变成死人后还无法知道吗？死去果然就是彻底的灭寂了，并不像许多人认为的那样有什么灵异，他们比活着的时候更为麻木愚蠢，对最亲近的人暗中所下的毒手，活着的时候浑然不知，死了更像

鼠　药

个白痴一样甘愿受骗受害。看遗像上的他们，脸上荡漾着幸福感，好像他们的照片是被挂在了光荣榜上。

——摘自一九八八年一月十七日邹善给苏惠的信